도련님

坊っちゃん

坊っちゃん(1906)
琴のそら音(1905)
倫敦塔(1905)

夏目漱石

도련님

坊っちゃん

나쓰메 소세키 — 오유리 옮김

문예출판사

일러두기

옮긴이가 추가한 설명은 〔 〕로 표시했습니다.

차례

도련님

1

부모님께 물려받은 천성이 워낙 막무가내인지라 손해만 보고 살았다. 초등학교 때 학교 건물 2층에서 뛰어내려서 허리를 삔 적이 있다. 왜 2층에서 뛰어내렸는지 묻는다면 별달리 할 말은 없다. 새로 지은 건물 2층에서 고개를 쭉 빼고 밑을 내려다보고 있는데 그때 마침 운동장을 지나가던 같은 반 녀석이 날 보고는 대뜸 이러는 거다.

"거기서 뛰어내릴 용기는 없을걸? 이 겁쟁이야."

그래서 그냥 뛰어내렸다. 학교 사환 형 등에 업혀서 집으로 돌아오니 우리집 영감은 눈이 휘둥그렇게 돼서 "아니 도대체 2층 건물에서 뛰어내려 허리를 삐는 멍청한 녀석이 어디 있냐?"고 그러는 거다. "그럼 다음에는 허리는 삐지 않게 뛰어내릴게요"라고 대답했다.

친척에게 서양제 칼 한 자루를 받았다. 날렵하게 빠진 칼날을 햇빛에 요리조리 비춰가며 친구들한테 자랑을 하고 있는데 한 녀석이 "광은 나는데 뭐 하나 제대로 자를 것 같진 않다"고 빈정거리는 거였다. "안 잘리는 게 어딨어! 어디다 갖고 와봐! 내 칼이 얼마나 잘 드는지 보여주지" 하고 큰소리쳤다. "그럼, 네 손가락 한번 잘라보지그래"라고 하길래 "뭐, 손가락? 그것쯤 문제도 아니지" 하면서 광나는 칼날로 오른손 엄지손가락을 쓱 베었다. 다행히 칼이 작기도 했거니와 엄지손가락 뼈가 단단해서 아직도 엄지손가락은 손에 붙어 있다. 하지만 이 상처는 죽을 때까지 없어지지 않을 것이다.

마당 동쪽으로 스무 발자국 정도 걸어가면 남쪽으로 비스듬히 좁다란 채소밭이 있고 그 가운데 밤나무가 한 그루 서 있다. 이 밤들은 내 목숨보다 더 소중한 놈들이다. 열매가 매달려 그놈이 떨어질 때가 되면 나는 아침에 일어나자마자 현관문을 박차고 나가서 떨어진 놈들을 주워 담아 학교에 가지고 가서 먹는다.

채소밭 서쪽 담은 '야마시로야'라는 전당포 집 마당과 이어지는데 이 집에는 간타로라는 열서너 살쯤 된 아들놈이 하나 있었다. 간타로, 이 녀석은 겁쟁이다. 겁쟁이 주제에 슬금슬금 눈치를 보면서 밤을 훔치려고 호시탐탐 기회를 노린다.

어느 날 저녁, 나는 쪽문 뒤로 드리워진 그림자 속에 숨어 있다가 드디어 간타로 녀석을 붙잡았다. 도망갈 구멍을 찾지 못한 간타로는 죽기 살기로 나한테 달려들었다.

그 녀석은 나보다 두 살 더 먹었다. 겁쟁이 녀석이 힘은 또 장사다. 짱구 머리를 내 가슴팍에 들이대고 무작정 밀어붙이던 찰나, 그 녀석의 머리가 미끄러져서 내 윗옷 소매 속으로 쑥 박혀버렸다. 팔이 불편해서 마구 저어댔더니 소매 안에 있던 간타로 녀석의 머리통이 이리저리 흔들렸다. 이쯤 되니까, 녀석은 정신을 못 차리겠던지 내 팔을 꽉 물었다. 순간 나는 너무 아파서 그놈의 머리통을 담 밑 쪽으로 뿌리치고는 발로 차서 자빠뜨렸다. 야마시로야의 뜰은 우리 채소밭보다 약 2미터가량이 낮다. 간타로는 꼴사나운 모습으로 자기네 집 쪽으로 곤두박질쳐버렸다. 그리고 땅바닥에 처박혀서는 "끄윽" 하는 소리를 냈다. 그놈의 머리통이 빠져나갈 때 내 옷소매도 떨어져 나가서 순간 팔이 자유로워졌다. 그날 밤 우리 엄마가 야마시로야에 사과를 하고 돌아오는 길에 한쪽 소매를 찾아가지고 오셨다.

이 밖에도 나의 활약상을 이야기하자면 끝이 없다.

한번은 목수 집 가네와 생선 가게 가쿠를 데리고 모사쿠네 당근밭을 쑥대밭으로 만든 적이 있다. 싹이 제대로 나지 않는 곳에 짚이 깔려 있길래 그 위에서 셋이서 반나절 동안 스모를 했더니 당근들이 다 뭉개져버렸다.

또 어느 날은 후루카와네 우물에 흙을 메워서 책임을 진 적도 있다. 땅속 깊숙이 박아둔 죽순대를 타고 물이 솟아서 근처 논에 물을 대는 장치였다. 그때 나는 어찌되는 것인지 몰라서 우물 안에 돌이랑 나무토막을 꾸역꾸역 밀어 넣고는 더 이상 물이 안 나오는 것을 확인하고 집으로 돌아왔다. 저녁을 먹고 있는데 후루카와가 얼굴이 시뻘게져서 뛰어들어 왔다. 아마도 우리집 영감이 벌금을 내고야 마무리됐던 것 같다.

우리집 영감은 한 번도 나를 예쁘게 봐준 적이 없다. 엄마도 형만 예뻐했다. 형은 얼굴이 유난히 하얗고, 연극 놀이를 하면서 여자 흉내 내는 것을 좋아했다. 우리집 영감은 나를 볼 때마다 "저 녀석은 사람 구실 하긴 그른 놈이야"라고 말했다. 그러면 엄마도 "애가 어째 저렇게 제멋대로 구는지 원, 앞으로 뭐가 되려나 몰라" 하면서 거들었다. 맞다. 난 대단한 놈은 못 된다. 보는 바와 같이 말이다.

엄마가 병으로 돌아가시기 2, 3일 전, 부엌에서 재주를 넘다가 부뚜막 모서리에 갈비뼈를 부딪혀 몹시 아팠던 기억이 있다. 엄마는 노발대발하면서 "너 같은 놈은 꼴도 보기 싫어!"라고 소리쳤다. 그래서 친척집에 가 있었더니 며칠 지나지 않아서 엄마가 돌아가셨다고 연락이 왔다. 그렇게 금방 돌아가실 줄은 몰랐다. '그렇게 많이 아픈 줄 알았으면 좀 얌전히 굴걸' 하고 잠시 생각했다. 집으로 돌아왔더니 형이 "야, 이 자식아! 너 때문에 어머니가 빨리 돌아가신 거야"라고 소리쳤다. 속이 상해서 형의 귀싸대기를 후려쳤다가 우리집 영감한테 엄청나게 혼이 났다.

엄마가 돌아가신 뒤로 영감, 형, 그리고 나 셋이서 살았다. 영감은 아무 일도 하지 않으면서 나만 보면 "넌 틀렸어. 글러 먹었어" 하고 입버릇처럼 말했다. 뭐가 틀렸다는 건지는 아직도 모르겠다. 형은 이다음에 커서 사업을 하겠다면서 영어 공부를 열심히 했다. 그런 형은 천성이 계집애 같고 아주 교활했기 때문에 나와는 사이가 좋지 않았다. 열흘에 한 번꼴로 싸움질을 했다.

어느 날 형이랑 장기를 두는데, 비겁한 수로 남의 말이 나갈 길을 막아버리고는 내가 어쩔 줄을 몰라 쩔쩔매고 있으니까 기분 좋은 듯 빈정댔다. 너무나 화가 나서 들고 있던 말을 냅다 형의 이마에다 던져버렸다. 이마가 터져서 피가 뚝뚝 떨어졌다. 형은 영감에게 일러바쳤고 우리집 영감은 "호적에서 파내겠다"며 으름장을 놓았다.

그때는 영감의 맘을 돌릴 방법이 없겠구나 싶어서 부자지간의 연을 끊든지 마음대로 하라고 두었다. 그런데 10년 넘게 우리집 살림을 돌봐주던 가정부 기요가 영감 앞에 무릎을 꿇고 울면서 빌어 겨우 영감의 맘이 누그러졌다. 이러는데도 우리집 영감이 무섭다는 생각은 들지 않았다. 오히려 기요가 가여웠다.

우리집 가정부 기요는 원래 명문가의 처녀였는데 도쿠가와 막부가 무너지면서 집안 전체가 몰락하여 결국 남의집

살이를 하게 되었다고 한다. 그러니까 내가 기요, 기요라고 불러도 나이는 할머니뻘이었다. 그런데 이 할머니가 어찌 된 영문인지는 몰라도 나를 끔찍이 챙겨주었다. 그 이유는 정말 알 수 없었다. 엄마도 돌아가시기 사흘 전에 이미 정이 떨어졌고, 영감은 항상 골칫거리로만 여기고, 동네에서도 몹쓸 망나니 취급을 받는 나를 기요는 애지중지했다. 남의 호감을 살 만한 성격은 아니라고 스스로도 생각하고 있었기 때문에 남들이 곱지 않은 시선으로 보는 것쯤은 아무렇지도 않았다. 오히려 기요처럼 나에게 곰살맞게 구는 게 더 이상했다. 기요는 가끔 부엌에 아무도 없으면 "도련님은 성품이 대쪽 같으셔서 좋아요" 하고 나를 칭찬하곤 했다. 그러나 나는 기요가 하는 말이 무슨 뜻인지 알 수 없었다. '정말로 좋은 성품이라면 기요 말고 다른 사람들도 나한테 잘해주어야 되는 거 아니야?' 하는 생각이 들었다. 그래서 기요가 그런 말을 할 때마다 "나는 누가 아첨하는 것 듣기 싫어"라고 했다. 그러면 기요는 "그러니까 대쪽 같다는 거예요"라고 하면서 웃으며 나를 바라보았다. 마음 내키는 대로 내 모습을 상상해가지고는 혼자 좋아하는 것 같았다. 그다지 탐탁한 일은 아니다.

엄마가 돌아가시고 나서 기요는 점점 더 나를 예뻐했다. 때로는 어린 마음에 기요의 행동이 부담스럽기도 했다. 쓸데없는 짓은 그만하면 좋겠다고 생각했지만 가끔은 기요가 딱해 보이기도 했다. 어쨌든 기요는 늘 나를 아꼈다. 가끔씩 자기 돈으로 과자나 엿가락을 사주기도 했고, 어느 추운 밤에는 몰래 사두었던 메밀가루를 꺼내 미음을 만들어 내 머리맡에 놓아두기도 했다.

냄비우동을 사줄 때도 있었다. 먹는 것뿐만이 아니었다. 양말도 사주었다. 연필도 받았다. 가끔씩 공책도 받았다. 한참 후의 일이기는 하지만 돈도 3엔〔당시 1엔은 현재의 3,500엔 정도에 해당한다〕이나 꿔준 적이 있다. 내가 빌려달라고 한 것은 아니었다. 그냥 내 방으로 와서 "용돈이 없어서 곤란하시죠. 이것으로 필요한 것 사서 쓰세요" 하면서 돈을 건넸다. 나는 당연히 "필요 없어"라고 무뚝뚝하게 대답했지만, 굳이 건네주길래 받아두었다. 사실 속으로는 '만세'를 외쳤다. 그 3엔을 지갑에 넣고, 지갑을 다시 호주머니에 넣은 채 변소에 갔다가 볼일을 보고 바지를 치키는데 그만 지갑이 똥통 속으로 빠지고 말았다. 별수 없이 어기적어기적 걸어 나와서 기요에게 이러저러하게 됐다고 얘기하자 기요는 어디선지 재빨리 대나무 막대기를 주워와서는 "제가 꺼내올게요" 하고 변소로 달려갔다. 방 안에 있는데, 우물가에서 "쏴쏴" 하는 물소리가 들려왔다. 나가봤더니 기요가 대나무 끝에 걸려 있는 지갑을 물로 씻고 있었다. 지갑을 열어보니 1엔짜리 지폐는 적갈색으로 물이 들어 있었다. 기요는 아궁이로 달려가 적갈색 지폐 세 장을 말려서 "이젠 됐죠?"

하면서 나에게 들이밀었다. 그 돈을 코에다 들이댔다가 똥 냄새가 난다고 했더니 "그럼 이리 주세요, 바꿔드릴게요" 하고는 밖으로 나갔다. 잠시 후에 어디서 바꿨는지 기요는 적갈색 지폐 대신 은 동전 3엔을 내밀었다. 그 은 동전 3엔을 어디에다 썼는지는 잊어버렸다. 기요에게 그 돈을 받으면서 "곧 갚을게"라고 말하고는 갚지 않았다. 이제는 그 열 배로 갚아주고 싶어도 갚을 길이 없다.

기요는 언제나 우리집 영감이랑 형이 모두 외출하고 없을 때 내게 무엇을 주곤 했다. 다른 사람 몰래 혼자 치사하게 득 보는 것만큼 싫은 것이 없다. 물론 형과는 사이도 안 좋았지만 그렇다고 형 몰래 나 혼자 사탕을 받아먹거나 색연필을 받아 챙기기는 싫었다. 한번은 "왜 나만 주고 형은 주지 않는 거야?" 하고 물어본 적이 있다. 기요는 이렇게 대답했다. "형님은 아버님이 많이 사주시니까 걱정할 것 없지요." 이건 불공평하다. 우리집 영감이 꽉 막히긴 했지만 사람 편애 따위나 하는 치사한 사람은 아니었다. 하지만 기요 눈에는 영감이 형만 싸고도는 것처럼 보였나 보다. 정말로 내게 푹 빠져 있었는지도 모르겠다. 원래 지체 높은 집 규수였다지만 그다지 배운 것이 없는 노인네니 어쩔 수 없다. 그뿐만이 아니었다.

사람이 한번 오해를 하면 그것처럼 무서운 것도 없다. 기요는 내가 장차 훌륭한 사람이 될 거라고 굳게 믿었다. 나름대로 공부를 꽤 하고 있던 형을 보고는 "얼굴색만 색시처럼 뽀얘서 영 도움이 안 돼" 하고 혼자 단정지어버렸다. 이런 할머니한테는 당해낼 방법이 없다. 자기가 좋다고 생각한 사람은 틀림없이 훌륭한 사람이 되고 밉게 보인 사람은 반드시 비렁뱅이가 될 것이라고 믿으니, 참. 나는 그 당시 뚜렷하게 되고 싶은 것이 없었다. 그런데 기요가 옆에서 자꾸 훌륭한 사람이 될 거야, 될 거야 하니까 뭔가 될 것 같은 기분이 들기도 했다. 지금 생각하면 웃기는 일이다. 언젠가 기요에게 "나는 이다음에 어떤 사람이 될까?" 하고 물어본 적이 있었는데 사실 기요도 구체적인 생각이 있었던 것은 아닌 것 같다. 그냥 "멋진 자동차를 타고 으리으리한 문이 달린 집에서 사실 겁니다"라고만 말할 뿐이었다.

게다가 기요는 내가 집이라도 사서 독립을 하게 되면 나랑 같이 살 생각이었다. 몇 번이나 나한테 "어딜 가시든 절 데려가주세요"라고 말했다. 그러면 나도 굉장한 집이라도 갖게 될 것 같은 착각에 빠져 "그래, 그럴게" 하고 대답했다. 이 할머니의 상상력은 아무도 못 말려서 "어디서 살고 싶으세요? 고지마치麴町가 좋으세요? 아니면 아자부麻布 마을이 좋으세요? 마당에 그네를 매달아둘 수 있는 서양식 집은 한 채로 족해요, 도련님!" 하면서 자기 마음대로 집도 만들고 마당도 만들고 혼자 다 했다. 그 나이 땐 집 따위는 갖고 싶지도 않았다. 서양식 집이든 일본식 집이든 관심도 없었기 때문에 "난 그런 것 하나도 필요 없어" 하고 대답했다. 기요는 "도련님은 물욕도 없으시고 참 착하세요" 하면서 또 칭찬을 하는 것이었다. 기요는 내가 무슨 말을 해도 칭찬으로 답했다.

엄마가 돌아가신 후 5, 6년 동안은 늘 이런 상태로 지냈다. 영감한테서는 꾸지람을 듣고, 형하고는 싸움을 했다. 기요에게는 과자를 받아먹었다. 가끔 칭찬도 받아먹었고.

특별히 바라는 것이 없었기 때문에 그런대로 불만 없이 살았다. 다른 아이들도 다 이렇겠지 하고 생각했다. 하지만 가끔씩 기요가 "도련님은 가여운 사람이에요. 복도 없지"라고 말하면 '나는 가여운 사람이구나, 복도 없는 사람이구나' 라고 생각했다. 그 외에는 달리 고민거리가 없었다. 다만 우리집 영감이 용돈을 잘 주지 않는 데는 정말 두 손 들었다.

엄마가 돌아가시고 6년째 되던 해 정월에 우리집 영감도 뇌출혈로 세상을 떴다. 그해 4월에 나는 사립 중학교를 졸업했고, 6월에는 형이 상업전문학교를 졸업했다. 형은 어떤 회사 규슈九州 지점에 자리가 나서 집을 떠나야 했다. 나는 도쿄에서 아직 학교를 더 다녀야 했다.

어느 날 형은 말했다.

"집을 팔고 재산을 정리해서 부임지로 가야겠다."

그래서 난 딱 한마디만 했다.

"맘대로 해."

어차피 형에게 얹혀살 생각은 눈곱만큼도 없었다. 날 돌봐준다지만 싸움질이나 하게 될 것이 뻔하다. 형에게 밥을 얻어먹으면 형이 말하는 대로 따라야 할 텐데 그렇게 사느니 차라리 내가 우유 배달이라도 해서 먹고살겠다고 마음을 굳게 먹었다.

다음 날 형은 동네 고물상을 집으로 불러 집 안 구석구석에 쌓여 있던 골동품과 잡동사니들을 헐값에 팔아치웠다. 집은 마을 사람이 소개한 어떤 부자에게 팔았다. 이것은 꽤 돈이 됐을 테지만 자세한 것은 모른다. 왜냐하면 난 한 달 전부터 임시로 간다神田의 오가와마치小川町에서 하숙을 하고 있었기 때문이다.

기요는 몇십 년이나 살던 집이 남의 손에 넘어가자 무척이나 섭섭해했지만 자기 집이 아니니 어쩔 수 없었다. 그저 "도련님이 조금만 더 나이를 먹었더라면 여기를 물려받을 수 있었을 텐데" 하고 몇 번이나 투덜거릴 뿐이었다. 나이를 더 먹는다고 집을 물려받을 수 있는 게 아닌데, 노인네라 아무것도 모르니 나이가 좀더 많았더라면 형 집을 가질 수 있었을 거라고 생각하는 것이다.

형과 나는 이렇게 떨어져 제각기 살게 됐는데 정작 처량하게 된 것은 기요였다. 물론 형은 기요를 데리고 갈 처지가 아니었고 기요도 형의 꽁무니를 따라 규슈 촌구석까지 갈 마음은 애당초 없었다. 그 당시 내 입장도 기요를 데리고 있을 형편은 절대 아니었다. 다다미 네 장짜리 하숙방에 들어앉아 있던 처지였고 여차하면 방을 빼야 했으니까. 안타깝기는 했지만 별수 없었다. 그래서 기요에게 "어디 다른 집 살림 봐줄 생각은 없어?"라고 물어보니 "도련님이 색시를 맞아서 집을 얻기 전까지는 할 수 없이 조카 신세를 져야지요" 하고 대답하는 것이었다. 기요로서는 오랫동안 고민하다가 정말로 어쩔 수 없이 내린 결론이었다.

기요의 조카는 재판소에서 서기를 보는 사람으로 먹고 사는 데는 별지장이 없는 모양이었다. 그래서 그동안 몇 번인가 기요에게 자기와 같이 살자고 했는데 기요는 "비록 남의집살이지만 그래도 오래 살아 익숙한 곳이 난 더 편해"라며 거절했다. 하지만 결국 상황이 이렇게 됐으니 기요도 낯선 집에서 또 가정부 노릇을 시작하는 것보다 조카에게 신세지는 편이 낫다고 생각했나 보다. 그렇게 결심은 했어도 나한테 "집 빨리 사세요" "얼른 장가드세요" "빨리 절 다시 불러주세요" 하는 말을 수도 없이 했다. 친혈육인 조카보다 남인 내가 더 좋은가 보다.

규슈로 떠나기 이틀 전 형이 하숙방으로 찾아와서는 나에게 돈 600엔을 내밀었다.

"이 돈으로 장사를 하든지, 학교에 가든지 네 맘대로 해라. 그 대신 이젠 모두 다 네 책임이야. 아무도 널 돌봐줄 사람은 없다."

형으로서는 큰 인심 쓴 것이겠지만 그깟 600엔, 안 받아도 상관없었다. 하지만 평소와 다른 뒤끝 없는 처사가 마음에 들어서 고맙다고 하고 그 돈을 받았다. 그리고 형은 50엔을 주면서 "이건 기요의 몫이다. 네가 좀 전해줘" 하길래 이번에는 군말 없이 얼른 받아 챙겼다. 이틀 후 신바시新橋 역에서 형과 헤어지고 그 뒤로 우린 만난 적이 없다.

나는 이 600엔을 어디다 쓸지 잠자리에서 생각해보았다. 장사를 시작한댔자 귀찮은 일 못 참는 성격에 잘 꾸려나갈 리도 없고, 600엔으로는 그럴듯한 장사를 할 수도 없었다. 게다가 이 모든 이유를 떠나서 지금 상태로는 사람들 앞에서 배웠다고 할 만한 게 없으니 결국 망신만 당하고 말 것 같았다. 그래서 나중에 장사를 하건 뭘 하건 일단 배우기로 했다. 600엔을 셋으로 나눠 1년에 200엔씩 학비로 쓰면 앞으로 3년은 더 공부할 수 있다. 3년 동안 죽자고 공부하면 무엇이든 되겠지. 그다음에 어떤 학교에 들어갈지 생각해보았는데 공부라는 것이 내 취미에는 영 안 맞았다. 특히 어학이라든가 문학 쪽은 영 꽝이었다. 학교에서 노상 들고 있던 책에 나와 있는 시 구절 하나 머릿속에 떠오르지 않았다. 어차피 입맛에 맞지 않는 거라면 뭘 해도 마찬가지라고 생각하며 길을 걷는데 물리 전문학교 앞에 붙은 '학생모집' 광고가 눈에 들어왔다. 순간 이것도 무슨 인연이겠지 하는 생각이 들어서 입학원서를 받아들고는 그 길로 접수

해버렸다. 지금 생각하면 이것도 부모에게서 물려받은 막무가내 기질이 낳은 실수였다.

3년 동안 얼추 남들 하는 만큼 공부를 했지만 원래 머리가 특별히 좋은 것도 아니고 노력파는 더더욱 아니었기에 등수는 언제나 뒤에서 세는 것이 빨랐다. 그러나 어느덧 3년이 흘러 드디어 졸업을 해버렸다. 내가 생각해도 이상한 일이기는 했으나 특별히 반대할 이유도 없어서 군말 없이 졸업장을 받아두었다.

학교를 졸업하고 여드레째 되는 날, 교장이 찾는다기에 무슨 일인가 싶어서 가보았더니 "시코쿠四国에 있는 중학교에서 수학 교사가 하나 필요하다는데 월급은 40엔밖에 안 되지만 생각 있냐"고 물었다. 사실 학교는 꾸준히 다녔지만 꼭 교사가 되겠다는 생각도, 다른 지방에 갈 생각도 없었다. 하지만 그렇다고 해서 교사 이외에 다른 어떤 것이 되겠다는 생각도 없었기 때문에 교장이 그렇게 물었을 때 "가겠습니다"라고 그 자리에서 대답했다. 이런 것 또한 막무가내들만이 하는 짓이다.

일단 가겠다고 했으니 이제는 정말 이곳을 떠나야 했다. 3년 동안 다다미 네 장 반짜리 하숙방에 틀어박혀 지내면서 꾸중 한번 들은 적이 없었다. 싸움도 안 했다. 그나마 평탄한 시절이었다. 그러나 이제 방을 내놓지 않으면 안 된다. 태어나서 지금까지 도쿄를 벗어나본 것은 반 아이들과 가마쿠라鎌倉市〔도쿄 근처 유적지〕로 소풍을 갔을 때뿐이었다. 이번에 내가 가겠다고 대답한 곳은 가마쿠라 정도가 아니었다. 상당히 멀리까지 기차를 타고 가야 하는 곳이다. 지도를 보면 일본 섬과 바다가 닿는 부근에 파리 똥만 하게 표시되어 있는 곳이었다.

'어차피 그럴듯한 곳은 아닐 거야. 어떤 마을인지 어떻게 생겨 먹은 사람들이 사는 곳인지 지금 이 자리에서 알 도리는 없지만, 뭐 몰라도 상관없지. 걱정할 필요도 없고. 일단 가보는 거지.'

그런데 짐 챙길 생각을 하니 약간 귀찮아졌다.

짐을 정리하고 난 다음에는 기요가 사는 집에 자주 들렀다. 기요의 조카는 뜻밖에도 썩 괜찮은 사람이었다. 내가 갈 때마다 이것저것 내오면서 대접을 했다. 기요는 날 앞에 앉혀두고 자기 조카에게 내 자랑을 했다.

"이제 학교를 졸업하시면 고지마치에 집을 장만하시고 관청에 다니실 거다."

자기 혼자 정하고 자기 마음대로 떠들어대니 그 앞에서 나는 민망해서 얼굴만 벌게질 뿐이었다. 그것도 한두 번이 아니다. 가끔 내가 어릴 적에 밤에 자다가 이불에 오줌을 싼 것까지 들춰내는 데 결국 나는 두 손 두 발 다 들고 항복할 수밖에 없었다. 그 조카는 무슨 생각을 하면서 기요의 이야기를 끝까지 듣고 앉아 있었을까. 어쨌든 내가 보기에 기요는 자신과 나와의 관계를 무슨 옛날 막부 시절의 주인과 하녀처럼 생각하고 있었다. 자기에게 주인이면 조카에게도 내가 주인이라고 생각하고 있는 것 같았다. 그 조카도 참, 성격 한번 되게 무던한 사람이다.

시코쿠로 떠나기로 한 날짜가 다가오고 있었다. 떠나기 사흘 전 기요를 다시 찾아갔는데 다다미 석 장짜리 북향 방에 감기에 걸렸다며 누워 있었다. 그래도 내가 방에 들어오는 것을 보고는 몸을 추슬러 일어나 앉았는데, 앉기가 무섭게 "도련님, 언제 집 장만하세요?" 하고 물었다. 학교만 졸업하면 돈이 저절로 굴러들어 오는 줄 아나 보다. 나 같은 사람을 붙들고 아직도 도련님이라고 부르는 것도 정말이지 바보 같은 짓이다. 내가 간단하게 "당분간 집은 살 수 없어. 나 시골에 가는 길이야"라고 답했더니 기요는 고개를 푹 떨구며 아무 말 못 하고 흐트러진 하얀 머리카락을 쓸어 올렸다. 그 모습이 안돼 보여서 "지금 떠나기는 하지만 곧 돌아올 거야. 내년 여름방학 때 꼭 올게" 하며 위로해주려고 애썼다. 그 말을 듣고도 기요 표정이 밝아지지 않아서 "선물로 뭘 사다 줄까? 뭐가 갖고 싶어?" 하고 물어봤더니 작은 목소리로 "에치고越後의 갈엿이 먹고 싶어요"라고 했다. 에치고의 갈엿이라고? 들어본 적도 없는데. 그리고 에치고라고 하면 그 방향부터가 영 틀린데. 그래서 "내가 가는 곳에서는 그런 엿을 구할 수 없어"라고 솔직히 말했더니 "어디께로 가신다고 그랬지요?" 하고 다시 물었다. "여기서는 서쪽이야" 하고 또 가르쳐주자 이번엔 "거기가 하코네箱根町 가기 전이에요? 아니면 그 근처예요?" 하고 또 엉뚱한 걸 물어보았다. 어떻게 대답해야 좋은지 몰라 무척이나 난감했다.

떠나는 날에는 아침부터 와서 이것저것 챙겨주었다. 역까지 오는 길에 가게에 들러 치약이랑 칫솔이랑 수건을 사서 가방에 찔러 넣어주었다. "이런 것 필요 없대도"라고 해도 막무가내였다. 인력거를 타고 역 앞에 도착해 기차에 자리를 잡고 앉은 나를 보고 기요는 작은 목소리로 "이제 이것이 마지막일지도 모르겠네요. 부디 몸 건강하세요" 하고 말했다. 눈에는 눈물을 그렁그렁 매단 채로. 나는 울진 않았지만 하마터면 눈물을 흘릴 뻔했다. 기차가 덜커덩거리면서 움직였기 때문에 이젠 시간이 다 됐다고 생각하면서 차창으로 고개를 빼고 돌아보니 역시나 기요는 그 자리에 그대로 서 있었다.

기요의 모습이 너무나 작아 보였다.

2

“뿌우” 하고 고동 소리를 내며 여객선이 멈추자 거룻배 한 척이 이쪽으로 천천히 다가왔다. 노를 젓는 뱃사공은 벌거벗은 몸뚱이에 빨간 훈도시(일본 남성이 입는 속옷)만 차고 있었다. 볼썽사납게. 하긴 이만한 더위라면 옷을 입을 수 없을 테지. 햇빛이 너무 강해서 물결에 반사되어 오는 빛이 눈을 따갑게 쏘았다. 쳐다보고 있기는 한데 눈앞이 캄캄해서 아무것도 보이지 않았다. 사무원에게 물어보니 나는 이번에 내려야 한다고 했다. 얼핏 보기에는 오모리大森(도쿄의 작은 어촌)만 한 어촌이다.

‘사람을 바보 취급을 해도 분수가 있지. 나보고 이런 데서 버티라고?’

이런 생각이 머릿속에 가득했지만 어쩔 수 없는 노릇이었다. 기세 좋게 제일 먼저 거룻배로 뛰어들었다. 그러고는 대여섯 명 정도가 뒤따라 뛰어들었다. 커다란 궤짝 네 개를 배에 싣고 빨간 훈도시는 다시 노를 저었다.

육지에 닿았을 때도 제일 먼저 뛰어올라 옆에 서 있던 코흘리개 꼬마에게 "중학교는 어디 있냐?"고 물었다. 꼬마는 나를 멍하니 쳐다보다가 "몰랑" 하고 대답한다. 얼빠진 촌놈이다. 괭이 마빡만 한 동네에 살면서 하나밖에 없는 중학교가 어디 있는지 모른다니 그게 말이나 되는 소린가. 괘씸하게 생각하고 있던 차에 이번에는 통소매 옷을 입은 사내가 옆에 와서는 "이쪽으로 오시요이" 하길래 따라갔더니 미나토야港屋라고 써붙인 여관 앞이었다. 요상한 여자가 걸어 나와서 "어서 들어오세요" 하는데 더 들어가기 싫었다. 모퉁이 한쪽에 그대로 서서 "이 동네 중학교는 어디 있소?" 하고 물었다. "중학교는 여기서 기차로 2리(일본 거리 단위로는 약 8킬로미터)는 더 가야 있어요"라는 대답을 들으니 한층 더 그 집에 들어가기 싫어졌다. 그래서 나는 그 통소매 옷 사내가 들고 있던 내 가방을 낚아채서 성큼성큼 걸어 그곳을 떠났다. 여관 사람들은 이상한 표정으로 날 쳐다보았다.

기차역은 바로 찾았다. 차표도 쉽게 구했다. 기차에 올라보니 이건 완전히 성냥갑이었다. 이리 밀리고 저리 밀리면서 한 5분 정도 갔나 싶은데 벌써 내리라는 거였다. 어쩐지 차비가 싸더라니. 겨우 3전이었다. 거기서부터 인력거를 타고 마침내 중학교에 도착했다. 기껏 왔는데 수업은 이미 다 끝나고 학교에는 아무도 없었다. 멍하니 학교 지붕만 쳐다보고 서 있는데 "숙직 선생님은 잠깐 볼일 보러 나가셨어요" 하고 사환으로 보이는 아이가 일러주었다. 참, 팔자 좋은 숙직도 다 있구나 생각했다. 교장이라도 먼저 찾아갈까 하다가 몸도 피곤하고 해서 바로 인력거를 탔다. 인력거꾼에게 "여관으로 갑시다" 했더니 신나게 달려서 '야마시로야'라는 간판이 붙은 여관에 내려주었다. 야마시로야라는 이름이 겁쟁이 간타로가 살던 전당포랑 이름이 똑같아 약간 재밌다는 생각이 들었다.

그 집 종업원은 2층 계단 바로 밑에 있는 좁고 어둠침침한 방으로 나를 안내했다. 너무 더워서 들어앉아 있을 것 같지가 않았다. 그래서 "이런 방은 싫은데"라고 했더니 "죄송하지만 방들이 다 꽉 차서 어쩔 수 없네요" 하고 대답하면서 내 가방을 방 안으로 던져 넣고는 그대로 가버렸다. 어쩔 수 없이 방으로 들어가 땀을 닦으며 참고 있었다. 조금 있다가 목욕을 하라고 하길래 그 길로 뛰쳐나가 탕 안으로 텀벙 뛰어들었다. 목욕을 하고 돌아오면서 둘러보니 시원해 보이는 방들이 텅텅 비어 있는 게 아닌가. 이런 괘씸한 놈들, 사람을 속여먹다니. 그 후 종업원이 저녁상을 들고 왔다.

방은 더웠지만 밥은 하숙집보다 나았다. 그 여자는 상 앞에 앉아서 내 얼굴을 힐끔힐끔 보더니 "손님은 어디서 오셨나요?" 하고 물었다. 도쿄에서 왔다고 대답했더니 그녀는

"도쿄는 좋은 곳이죠?" 하기에 "당연하지" 하고 대답해주었다. 상을 물리고 종업원이 부엌으로 가자 부엌 쪽에서 웃음소리가 크게 들려왔다. 뭐 내가 신경쓸 일 아니니까 상관않고 방바닥에 누워서 잠을 청했다. 그러나 좀처럼 잠들지 못했다. 너무 더워서 그런 것만은 아니었다. 주위가 시끌벅적했다. 하숙집의 다섯 배는 시끄러웠다. 그러다가 깜빡 잠이 들었는데 기요의 꿈을 꾸었다. 기요가 에치고의 갈엿을 먹고 있었는데 그 엿을 싼 나뭇잎까지 쪽쪽 빨아 먹는 것이었다. 내가 기요에게 "겉에 싼 잎은 먹지 마"라고 했더니 기요는 "아니요, 이 잎이 보약인걸요" 하며 맛있게 빨아 먹었다. 내가 어이가 없어서 입을 크게 벌리고 "아하하하" 하고 웃는 바람에 잠이 깼다. 종업원이 덧문을 열고 있었다. 열린 문틈으로 보이는 하늘은 언제나처럼 끝도 없이 널리 펼쳐져 있다.

여행을 할 때는 어디에 들를 때마다 덧돈을 꼭 챙겨주는 것이 상례라고 들었다. 덧돈을 주지 않으면 푸대접을 받는다고들 했다. 내가 이런 좁고 어둠침침한 방에 들게 된 것도 덧돈을 주지 않았기 때문이란 생각이 들었다. 초라한 몰골에 마포로 만든 가방을 지고 다 떨어진 우산을 들었으니 그렇게 볼 만도 하지.

'촌놈들 주제에 사람을 업신여기다니, 다음번엔 덧돈 한 번 제대로 줘서 입이 떡 벌어지게 해줘야지.'

내가 이래 봬도 도쿄를 떠나올 때 학자금으로 쓰고 남은 돈 30엔 정도를 주머니에 챙겨가지고 온 몸이다. 기차표 값이랑 뱃삯, 그리고 이것저것 잡비를 제하고도 아직 14엔은 주머니 속에 남아 있다. 이 돈을 전부 써버린다고 해도 이제부터는 월급을 받을 테니 걱정 없다. 촌사람들은 노랑이니까 덧돈으로 5엔쯤 주면 눈이 휘둥그레질 것이다. 어떻게 이것들을 놀라게 해줄까를 생각하면서 세수를 하고 방으로 돌아와 앉아 있으니까 어제 저녁상을 들고 들어왔던 종업원이 아침상을 가져왔다. 쟁반을 무릎에 놓고 앉아 시중을 들면서 밥맛 떨어지게 샐샐 웃는다.

재수 없는 여자다. 내 얼굴에 뭐 구경거리라도 났는지, 그래도 나 생긴 게 이 종업원 낯짝보다는 볼만하다.

밥을 먹고 난 다음에 주려고 했다가 화가 나서 5엔 지폐를 꺼내 "자, 이거 카운터에 갖다줘라" 하고 건네줬다. 그 종업원은 멍한 표정이었다. 그리고 나는 곧 학교로 향했다. 구두는 닦아놓지 않았다.

학교는 어제 차를 타고 갔었기 때문에 대강 어디인지 알고 있었다. 길모퉁이를 두세 번 도니까 금세 학교 앞에 다다랐다. 교문에서 현관까지 화강암이 잔뜩 깔려 있었다. 어제 이 길을 인력거로 달리며 덜걱거릴 때는 너무 큰 소리가 나서 민망스러웠다. 학교 가는 길 중간쯤부터 교복을 입은 학생들을 많이 볼 수 있었는데 모두 이 문으로 들어간다.

학생들 중에는 나보다 키도 크고 힘도 세어 보이는 놈들이 있다. 저런 놈들을 내가 가르쳐야 된다고 생각하니 기분이 썩 좋진 않았다.

명함을 내밀었더니 사환이 교장실로 안내했다. 교장은 거무튀튀한 얼굴에 수염이 희끗희끗 나고 눈이 부리부리한 것이 영락없이 '너구리'다. 그는 유별나게 거드름을 피웠다. "자, 이제부터 열심히 가르쳐보게"라고 한마디하며 큰 도장이 찍힌 임명장을 내밀었다. 이 임명장은 도쿄로 돌아올 때 구겨서 바다에 던져버렸다. 그리고 교장은 "조금 있다가 교직원들을 소개해줄 테니 한 사람 한 사람 인사하면서 이 임명장을 보여주게"라고 말하는 것이다.

'쓸데없는 짓이다! 그렇게 귀찮은 짓을 하느니 차라리 사흘 동안 교무실 앞에 이 종이쪽을 붙여놓는 편이 훨씬 낫지' 하고 생각했다.

교직원들이 모두 교무실에 모이려면 첫 수업이 끝남을 알리는 종소리가 울릴 때까지 기다려야 했다. 종이 울리려면 아직도 멀었다. 교장은 시계를 꺼내 보고 나서 "앞으로 차차 얘기하겠지만 우선 기본적인 것부터 마음속에 새겨두기 바라네" 하며 그때부터 교육 정신에 대해 장광설을 늘어놓기 시작했다. 물론 나는 한 귀로 듣고 한 귀로는 흘리고 있었지만 점점 '이거 이상한 곳으로 왔구나' 하는 생각이 들었다. 왜냐하면 지금까지 교장이 말한 대로는 죽었다

깨어나도 할 수 없기 때문이다. 나 같은 막무가내를 앉혀놓고 '학생들에게 항상 모범을 보여야 된다'는 둥 '선생은 항상 학생들에게 존경을 받아야 된다'는 둥 '자신의 전공 학문 이외에도 교사란 모름지기 덕을 쌓아야만 참다운 교육자가 될 수 있다'는 둥 마구 억지 주문을 늘어놓았다.

'그렇게 잘난 사람이 월급 40엔 받고 이런 촌구석까지 왜 오겠냐? 인간이 다 거기서 거기지, 열받으면 한판 붙기도 하는 거지' 하고 생각했다. 교장이 시키는 대로 하자면 말도 못 하겠다. 산책도 할 수 없다. 그렇게 어려운 자격을 갖춰야만 교사가 될 수 있다면 사람을 고용하기 전에 말을 했어야지, 난 거짓말은 못 하고 사는 사람이기 때문에 그렇다면 할 수 없다. 속아서 여기까지 왔으니 포기하고 돌아가자고 생각했다. 여관집에 5엔이나 덧돈을 줬으니 이제 지갑 속엔 9엔밖에 남지 않았다. 9엔으로는 도쿄까지 가는 차표를 살 수 없다. 덧돈을 주지 않는 편이 좋았을 것이다. 쓸데없는 짓을 했다. 그러나 9엔이라도 있으니 어떻게든 되겠지. 여비가 모자라도 거짓말하는 것보다는 낫다고 생각해서 교장에게 "아무리 생각해도 지금 교장 선생님이 말씀하신 대로는 못 하겠습니다. 이 임명장 도로 받으시지요"라고 말했더니 교장은 너구리 같은 얼굴에 눈을 더 똥그랗게 뜨고 내 얼굴을 한동안 말없이 쳐다보았다. 그러다가 "아, 지금 내가 한 얘기는 희망 사항이지. 선생이 내 희망 그대로 할 수 없다는 것은 잘 알고 있네. 너무 걱정하지 말게"라고 말하면서 웃었다. 그렇게 잘 알고 있다면 처음부터 괜한 소리 해서 사람 겁주지 않았으면 좋았잖아.

그럭저럭 하고 있는 동안 종이 울렸다. 교실 쪽에서 왁자지껄 소란한 소리가 쏟아져 나왔다. 교장이 그 소리를 듣고 "이제 교직원들이 교무실에 다 모일 걸세" 하기에 나는 교장을 따라 교무실로 들어갔다. 넓고 기다란 방 주위에 책상들이 쭉 들어서 있고 모두들 의자에 앉아 있었다. 내가 들어오는 것을 보자 모두들 짠 것처럼 일제히 내 얼굴을 쳐다보았다.

'무슨 구경거리라고.'

교장이 말한 대로 한 사람씩 그 앞에 서서 임명장을 내밀며 인사를 했다. 대부분은 의자에서 살짝 일어나 허리를 굽히고 인사를 받기만 했는데 개중에는 내가 보여준 임명장을 받아들고 한번 훑어본 다음 다시 돌려주는 이도 있었다. 꼭 신사神社 경내에서 공연하는 연극 흉내를 내는 것 같았다. 열다섯 번째로 체육 선생 앞에 섰을 때는 같은 말을 몇 번이나 반복해야 했기 때문에 슬슬 짜증이 났다. 상대방은 딱 한 번뿐이지만 난 똑같은 짓을 열다섯 번이나 하고 있으니 조금이라도 사람 입장을 생각해줘야 되는 것 아닌가 하는 생각이 들었다.

인사한 사람들 중에 교감인지 뭔지 하는 사람도 있었다.

이 사람은 문학사라고 한다. 문학사라 하면 대학 졸업자라는 의미니까 꽤나 잘난 사람일 것이다. 목소리는 꼭 여자처럼 사분사분하다. 무엇보다 놀라운 것은 이 더운 날씨에 모직 셔츠를 입고 있다는 점이다. 아무리 얇다 하더라도 이런 날씨엔 쪄 죽기 십상이다. 학사 출신 양반이라 그렇게 고생을 하는 거겠지. 게다가 그게 빨간 셔츠였기 때문에 더 기가 막히다. 나중에 들어보니 이 사람은 1년 내내 빨간 셔츠만 입고 다닌다는 것이었다. 분명 어딘가 아픈 사람임에 틀림없다. 본인의 설명으로는 빨간색이 몸에 좋기 때문에 건강상 일부러 주문해 맞춰 입는다고는 하지만 걱정도 팔자다. 그렇다면 셔츠나 바지나 다 빨간색으로 하지 않고.

그다음은 고가라는 영어 선생으로 얼굴색이 상당히 안 좋은 남자와 인사를 했다. 대개 얼굴색이 푸르뎅뎅한 사람은 몸도 바싹 마른 법인데 이 남자는 얼굴색은 푸르뎅뎅한데 몸은 또 통통했다.

내가 초등학교에 다닐 때 우리 반에 아사이 다미라는 애가 있었는데 그 애 아버지 얼굴색이 꼭 저런 색이었다. 그 애 아버지는 농사꾼이었기 때문에 어느 날 기요에게 "농사꾼이 되면 얼굴색이 저렇게 되나?" 하고 물었더니 기요는 "아니요, 저 사람은 끝물 호박을 하도 많이 먹어서 저렇게 된 거예요" 하고 가르쳐주었다. 그날 이후로 난 얼굴이 퍼런 사람만 보면 끝물 호박만 먹어서 저리 됐구나 하고 생각했다. 이 영어 선생도 맨날 끝물 호박만 먹어서 저리 됐을 것이다. 그런데 끝물 호박이란 건 뭔가. 지금도 모르겠다. 기요에게 물어본 적은 있지만 웃기만 할 뿐 대답해주지 않았다. 아마 기요도 잘 몰랐던 모양이다.

그다음으로는 나와 같은 과목을 담당하는 수학 선생으로 홋타라는 사람이다. 이 사람은 늠름하고 체격이 좋으며 밤송이 같은 빡빡머리여서 옛날 히에이잔比叡山의 엔랴쿠지延暦寺에서 세력을 떨치던 승려병의 모습이 떠올랐다. 얼굴도 꼭 그렇게 생겼다. 내가 공손히 임명장을 내밀었는데 그것은 쳐다보지도 않고 "아하, 자네가 새로 온 선생인가? 우리 집에 한번 놀러오라고. 아하하하" 하고 큰 소리로 웃었다. 아하하하는 뭐가 아하하하야. 이렇게 예의도 모르는 놈 집에 누가 놀러를 가겠나? 나는 그 순간부터 그 승려병에게 '거센 바람'이라는 별명을 붙이기로 했다.

한문 선생은 과연 과묵한 사람이다. "어제 막 도착하셔서 아직 여독이 채 풀리지 않으셨을 텐데 이렇게 또 인사하러 오시느라 참으로 수고 많으십니다" 하고 먼저 인사를 하는 것이 정말이지 유일하게 붙임성 있는 아저씨다.

미술 선생 역시 첫눈에 예술가다운 분위기를 풍기는 사람이었다. 하늘하늘한 비단 하오리(일본식 옷 위에 걸치는 얇은 겉옷)를 입고 부채를 펴 들고는 "고향은 어디신가요? 네? 도쿄요. 아유, 이거 반갑습니다. 동향 친구가 생겼네요. 저도 도쿄 토박이랍니다"라고 말했다. '치, 이런 물건하고 동향이라니 도쿄에서 태어나지 않았으면 좋았을걸 그랬구나' 하고 속으로 생각했다. 이런 식으로 한 사람 한 사람에 대해 떠들다가는 끝도 없으니 이쯤에서 접어두겠다.

신고식이 대충 끝나자 교장이 "오늘은 뭐 이쯤에서 끝내고 돌아가 쉬지. 수업에 필요한 것은 수학 주임하고 상의하고 모레부터 출근해주게" 하고 말했다. 그래서 수학 주임이 누구냐고 물어보니 바로 그 '거센 바람'이라는 게 아닌가.

'어이구, 속 터져. 저런 놈 밑에서 지내야 하다니, 재수가 없어도 이렇게 없나.'

실망스러웠다. 이때 교무실 뒤편에서 거센 바람이 "어이 자네, 지금 어디 묵고 있나? 야마시로야? 그럼 이따가 내 그리로 가서 자세한 걸 얘기해주지"라는 말만 남기고 분필을 들고 그 길로 나가버렸다. '아니 주임이 직접 내 방으로 찾아와서 얘기를 한다는 거야? 생각이 없는 사람이군. 하긴 저런 놈한테 불려가는 것보다야 그편이 낫지.'

학교 문을 나서서 곧바로 여관으로 갈까 하다가 여관에 들어가봤자 할일도 없고 해서 잠깐 동네나 둘러볼 생각으로 무작정 발길 닿는 쪽으로 걸어갔다. 현청縣廳이 나왔다. 아주 오래된 건물이었다. 거기서 조금 더 걸어가니 병영이 있었다. 아자부의 연대보다 나을 것이 없다. 넓은 거리도 보았다. 가구라자카神楽坂의 절반 정도 너비인데 건물들은 그곳만 못했다. 25만 석짜리 성이라고들 떠들어대더니만 뭐 별것도 아니었다.

'이런 촌구석에 살면서 이런 걸 보고 대단한 성이라고 떠드는 사람들이란, 딱하지 딱해.'

이런 생각을 하면서 걷다 보니 어느새 야마시로야 앞이었다. 겉으로만 넓어 보이고 실은 좁은 곳이다. 대충 뭐가 어디에 붙어 있는지 금방 파악이 됐다.

집에 들어가서 밥이나 먹을 생각으로 현관에 들어섰다. 계산대에 앉아 있던 안주인이 내 얼굴을 보자 갑자기 벌떡 일어나서 "이제 들어오세요" 하며 탁자 위에 이마가 닿을 정도로 인사를 했다. 신발을 벗고 안으로 들어가니 "저 손님, 방이 하나 났습니다요" 하면서 종업원을 하나 불러 2층 방으로 안내하게 했다. 다다미 열다섯 장짜리, 2층 정면에 있는 방으로 넓은 도코노마(일본식 방의 윗자리에 높이를 약간 높여 만든 자리)도 딸려 있다. 나는 태어나서 지금까지도 그렇게 멋있는 방에는 들어가본 적이 없다. 이다음에 내가 또 언제 이런 방에 들어가보겠나 싶어서 얼른 양복을 벗고 유카타로 갈아입은 뒤 다다미 위에 대자로 드러누웠다. 기분이 상쾌했다.

점심을 먹은 다음 서둘러 기요에게 편지를 썼다. 나는 말도 잘 지어낼 줄 모르고 철자법도 서툴러서 편지 쓰는 것은 딱 질색이다. 그리고 그동안 편지를 쓸 일도 없었다. 하지만 기요는 걱정하고 있을 것이다. 내가 탄 배가 난파라도 해서 죽지는 않았는지 쓸데없이 걱정할 것 같아서 큰맘 먹고 기요에게 편지를 썼다. 편지에 쓴 장문의 내용은 이렇다.

어제 도착했다. 별 볼 일 없는 동네다. 다다미 열다섯 장이 깔린 방에 누워 있다. 여관집 종업원에게 덧돈으로 5엔을 주었다. 오늘 안주인이 책상에 이마가 닿도록 절을 했다. 어제는 제대로 잠을 자지 못했다. 기요가 에치고의 갈엿을 껍질까지 먹는 꿈을 꾸었다. 내년 여름에는 돌아갈 것이다. 오늘 학교에 가서 선생들에게 별명을 붙여주었다. 교장은 너구리, 교감은 빨간 셔츠, 영어는 끝물 호박, 수학은 거센 바람, 미술은 떠버리. 이제부터 일이 있으면 편지를 쓸 것이다.

그럼 이만.

편지를 다 썼더니 기분이 개운한 게 슬슬 졸음이 와 아까처럼 대자로 누워 잤다. 이번에는 꿈도 안 꾸고 푹 잤다.

"이 방이야?"

쩌렁쩌렁한 목소리가 들려서 눈을 떴더니 거센 바람이 들어왔다.

"아까는 내가 좀 실례했지. 자네가 담당할 반은……."

사람이 일어나 앉자마자 본론부터 꺼내서 나는 잠시 멍했다. 내가 해야 할 일들을 들어보니 그다지 어려울 것도 없어서 그냥 알겠다고 했다. 이 정도 일이라면 모레까지 기다릴 거 뭐 있나, 내일 당장 하라고 해도 문제없겠다.

수업에 대한 이야기를 끝내고 거센 바람이 말했다.

"자네 언제까지 이 여관에서 지낼 수는 없지 않나. 내가 좋은 하숙집을 소개해줄 테니 그 집으로 옮기게. 다른 사람이면 몰라도 내가 소개하는 사람이니 금세 방을 빼줄 거야. 서두르는 것이 좋으니까 오늘 방을 보고 내일 짐을 옮긴 다음 모레부터 출근을 하면 딱 들어맞잖나."

혼자서 계획을 다 세워놨다. 하긴 이 넓은 방에서 언제까지 지낼 수는 없는 노릇이다. 월급 받아서 모두 방값으로 내야 할지도 모르니까. 5엔이나 덧돈을 주고 얻은 방이어서 조금 아깝기는 하지만 어차피 옮길 바에야 빨리 이사해서 정착하는 편이 낫겠다 싶어서 거센 바람 계획대로 하기로 했다. 바로 거센 바람을 따라나섰다.

하숙집은 읍에서는 약간 떨어진 언덕배기에 있었는데 아주 조용했다. 그 집 주인은 골동품을 매매하는 이카긴이란 남자였고 안주인은 자기 서방보다 서너 살은 더 먹어 보이는 여자였다. 이 여자의 얼굴을 보자 갑자기 중학교 때 기억이 떠올랐다. 중학교 영어 시간에 '위치witch(마녀)'라는 단어를 배운 적이 있는데 그 말을 배우면서 머릿속에 그렸던 모습하고 어쩌면 그리도 똑같이 생겼는지. 그렇다고는 해도 사람이니까 상관없다.

마침내 내일 짐을 옮기기로 했다. 돌아오는 길에 거센 바람이 빙수 한 그릇을 사주었다. 학교에서 처음 봤을 때는 예의 없고 건방진 놈이라고 생각했는데 이렇게 여러 가지 신경써 주는 걸 보니 그렇게 나쁜 놈은 아닌 것 같다. 단지 나처럼 성질이 급하고 욱하는 성미가 있는 것처럼 보였다. 나중에 들으니 이 남자가 학생들 사이에서 가장 인기가 있는 사람이란다.

3

드디어 학교에 나갔다. 처음 교실 문을 열고 들어가 교단에 섰을 때는 왠지 기분이 이상했다. 수업을 하면서도 내가 정말로 선생이 됐나 싶었다. 학생들은 시끌시끌 떠들었다. 가끔씩 "새임" 하면서 튀는 소리로 날 불렀다. 지금까지 학교를 다니면서 "선생님, 선생님" 부르기만 했는데 선생님이라고 부르는 것과 그렇게 불리는 것은 천지 차이다. 괜스레 발바닥이 간지러웠다. 나는 비겁한 인간은 아니다. 겁쟁이도 아니다. 안타깝지만 담력이 조금 약할 뿐. 큰 소리로 "새임" 하고 부르는 소리를 들으니 허기질 때 마루노우치丸の內에 있다가 정오를 알리는 종소리라도 들은 것 같은 기분이 든다.

첫 시간은 그런대로 잘 지나갔다. 특별히 까다로운 질문을 한 녀석도 없었다. 교무실로 들어왔더니 거센 바람이 "어땠나?" 하고 물었다. "네, 뭐." 간단히 대답했더니 거센 바람도 별말 않는 것이 안심한 듯했다. 2교시 수업이 있어 분필을 들고 교무실을 나서는데 왠지 이번에는 적지에 기어들어 가는 기분이 들었다. 교실에 들어가 보니까 이번 반은 이전 반보다 덩치 큰 녀석들이 많았다. 나는 도쿄 토박이로 자그맣고 날씬한 체구였기 때문에 아무리 한 계단 높은 곳에 서서 내려다봐도 이 덩치들 앞에서는 영 위엄이 서질 않았다. 싸움이라면 씨름 선수하고도 한판 떠볼 자신이 있었지만 이런 덩치들 40여 명을 앉혀두고 혓바닥 하나로 휘어잡을 만큼 배짱이 두둑하진 않았다. 그러나 약한 모습을 보이면 앞으로 계속 끌려다니겠다 싶어서 가능한 한 큰 소리로 약간은 혀 꼬부라진 발음도 섞어가면서 수업을 해나갔다.

처음 몇 분 간은 학생들도 내 언변에 놀랐는지 잠자코 쳐다만 보고 있었기 때문에 아하! 요것들 봐라, 약발이 듣는구나 싶어 더 신을 내며 일사천리로 설명을 해나갔다. 그렇게 한창 침을 튀기고 있는데 맨 앞줄 가운데 앉아 있던 덩치 큰 녀석이 갑자기 자리에서 일어서더니 "새임" 하고 날 불렀다. 올 것이 왔구나 생각하며 "뭔가" 하고 목소리에 힘을 주어 물었다. "너무 말이 빨러서 당최 무슨 소린지 모르갔구먼요, 쪼께 설설 해주실 수는 없을랑가요이" 하고 말했다.

"학생이 지금 하는 말은 표준말이 아니다. 내 말이 너무 빠르면 천천히 해줄 수는 있지만 나는 도쿄 토박이라 자네들이 쓰는 사투리는 알아듣기 힘들고 또 흉내 낼 수도 없다. 자네들이 쓰는 말과 달라서 못 알아듣겠으면 알아들을 때까지 노력해라" 하고 대답해주었다. 이런 분위기로 몰고 가서 두 번째 시간은 생각했던 것보다 순조로웠다. 그런데 거의 끝나갈 즈음해서 한 녀석이 "저그요, 이 문제 뭔 말인지 해석 좀 해줄 수 있을랑가요이" 하면서 이제껏 접해보지 못한 기하 문제를 물어보는데 갑자기 등에서 식은땀이 주르륵 흘렀다. 달리 알아낼 수도 없고 해서 "지금은 나도 모르겠다. 다음 시간에 가르쳐주지" 하고 서둘러 수업을 마치려고 하자 학생들이 "와하하" 웃었다. 개중에 어떤 놈이 "모른다, 몰러" 하는 소리가 들렸다. 교실을 나오면서 속으로 '바보 같은 놈들, 선생이면 뭐든지 다 아는 줄 아나 보지? 모르는 것을 모른다고 말한 것이 뭐가 그리 우습단 말이야, 그런 문제까지 다 아는 사람이 40엔 받고 이 촌구석에 올 리가 있냐?'고 투덜거리며 교무실로 돌아왔다. 거센 바람이 이번에도 "이번 시간은 어땠나?" 하고 묻길래 "네, 뭐" 하고 대답했다가 그것으로 그치기에는 성이 안 차서 "이 학교 학생들은 좀 이상하네요" 했다. 거센 바람은 멍한 표정으로 날 쳐다보았다.

셋째 시간도, 넷째 시간도, 점심 먹은 다음 한 시간도 그저 그만그만하게 지나갔다. 첫날 수업답게 약간씩 실수를 했다. 교사라는 직업이 겉보기만큼 쉬운 것은 아니구나 하고 생각했다. 수업은 다 끝났지만 집에 돌아갈 수는 없었다. 3시까지 손 놓고 앉아 기다려야 했다. 3시에 내가 담당한 반 학생이 교실 청소를 끝내고 보고하러 오면 따라가서 검사를 해야 한다고 했기 때문이다. 그런 다음 출석부를 정리하고서야 숨을 돌릴 수 있다. 아무리 월급 받고 하는 일이지만 빈 시간까지 학교에 묶여서 책상만 바라보고 있어야 하다니 불합리하다는 생각이 들었다. 하지만 다른 선생들도 다 군말 없이 규칙대로 하는데 신참인 나만 튀는 것도 모양새가 좋지 않을 것 같아 꾹 참았다.

집으로 돌아가는 길에 거센 바람에게 "선생님, 수업이 끝났는데 무조건 3시 넘을 때까지 선생을 학교에 붙들어둘 필요는 없잖아요?" 하고 내 생각을 털어놓자 "그렇지, 아하하하" 하고 껄껄대다가 곧 심각하게 "자네, 학교에 대한 불평을 하면 좋지 않아. 말하려면 나한테만 말해. 성격 이상한 인간들 많으니까" 하고 충고했다. 금세 헤어질 길목까지 와서 더 자세한 내용은 물어보지 못했다.

집으로 돌아오자 집주인이 "차 한잔 하시죠" 하면서 내 방으로 건너왔다. 차 한잔 하자고 하길래 나는 차 대접을 하려나 생각했더니 컵만 들고 들어와서는 내 방에 있던 차를 자기 찻잔에 덜어서 혼자 마시는 게 아닌가.

'저 사람 하는 품을 보니 이거 내가 없을 때도 저 혼자서 차 한잔 하시죠 하면서 방문 열고 들어와 남의 차를 덜어

마시겠군' 하고 생각하는데 집주인이 차를 홀짝거리면서 이야기를 시작했다.

"나는 말이죠, 오래전부터 옛 그림이나 골동품이 그렇게 좋더라고요. 그래서 지금은 그쪽으로 매매업을 시작하게 됐지 뭡니까. 내 처음 선생님 얼굴을 이렇게 보니까 풍류를 꽤 아실 것 같더라고요. 어때요, 예술품들 한번 구경해보실랍니까?"

말도 안 되는 소리를 늘어놓고 있다. 2년 전 어떤 사람 심부름으로 제국호텔에 갔다가 자물쇠 고치는 사람으로 오해받은 적이 있다. 또 담요를 뒤집어쓰고 가마쿠라의 불상을 구경 갔을 때는 인력거꾼이 나리라고 부르기도 했다. 내가 이제껏 살아오면서 날 제멋대로 판단해서 지껄이는 인간들은 많이 봤지만 이 사람처럼 '풍류를 꽤 아실 것 같다'고 말한 사람은 한 명도 없었다. 대충 하는 짓이나 차림새를 보면 어떤 사람인지 알 수 있는 것 아닌가. 예술가라고 불리는 사람들은 머리에 두건을 쓰거나 단자쿠(하이쿠 등을 쓰거나 칠석날 장식으로 쓰는, 폭이 좁고 긴 두꺼운 종이)를 들고 있게 마련이다. 그런데 나를 처음 보고 풍류를 알 것 같다느니 해가며 심각하게 떠드는 것을 보니 이 사람도 보통은 아닐 것 같다. 그래서 "나는 그렇게 여유 있게 예술이나 보고 좋아하는 그런 사람이 아닙니다" 했다. 그랬더니 이 주인 헤헤거리면서 "아이고, 처음부터 예술품 좋아한다고 그러는 양반은 없습지요. 그래도 일단 한번 보시면 푹 빠진다니까요" 하고 떠벌리면서 혼자서 차를 연거푸 마셨다.

사실 어제저녁에 이 사람에게 차를 좀 사달라고 부탁해서 받은 것인데 마셔보았더니 너무 쓴맛이 강해 한 잔만 마셨는데도 속이 쓰렸다. 다음에는 좀 덜 쓴 것으로 사다달라고 했더니 "알겠습니다"라고 시원스럽게 대답하고 주전자 손잡이가 닳도록 연거푸 차를 마셨다. 남의 차라고 마구 마셔대는 놈이다. 주인이 방을 나간 다음 내일 가르칠 것을 좀 훑어보고 바로 잠자리에 들었다.

그 후로는 매일 학교에 나가서는 수업하고 규칙대로 앉아 있다가 집에 오면 "차 한잔 하시죠" 하면서 들어오는 하숙집 주인장을 맞이해야 했다. 1주일 정도가 지나자 학교 돌아가는 사정도 대충 알겠고 하숙집 주인장이나 그 아내의 성격도 대강 파악이 됐다. 처음 학교에 와서 1주일이나 한 달쯤 되면 자기 평판이 좋은지 나쁜지 신경이 많이 쓰인다고 하지만 나는 전혀 그런 생각이 들지 않았다. 이제는 교실에서 이따금 실수를 하고 나면 그때만 좀 기분이 찜찜했지 한 반시간쯤 지나면 그것도 까맣게 잊어버린다. 오래 걱정하려고 해도 원래 그런 성격이 아니다. 교실에서의 실수가 학생들에게 어떤 반응을 불러일으킬지, 그 때문에 교장이나 교감이 뭐라 할지 통 무관심했다.

그다지 배짱이 두둑하지는 않았으면서도 한번 마음먹으

면 그대로 밀어붙이는 성격이었다. 이 학교에서 잘리면 금방 다른 곳으로 가면 되지 하는 각오로 있었기 때문에 너구리건 빨간 셔츠건 조금도 무섭지 않았다. 하물며 교실에 있는 머슴아이들에게 잘 보일까 해서 그들을 치켜세우거나 하는 일 따위를 할 생각은 없다.

어쨌든 학교는 그런대로 괜찮았는데 하숙집이 문제였다. 집주인이 차 한잔 하자는 것쯤은 들어줄 수도 있다. 하지만 여러 가지 물건들을 갖고 들어온다. 처음 갖고 온 것은 무슨 도장 재료라고 했는데 열댓 가지나 되는 것들을 방바닥에 늘어놓고 "모두 해서 3엔이면 무지하게 싼 겁니다. 사시죠" 하는 것이었다. 내가 무슨 촌구석의 엉터리 그림상도 아니고, 그런 게 무슨 필요가 있냐고 했더니 이번엔 가잔이라나 뭐라나 하는 남자가 그린 그림을 갖고 왔다. 마음대로 도코노마에 걸더니 "이건 정말 훌륭한 작품입니다" 하길래 대강 "그래요?" 하며 받아주었다. "가잔이라는 이름을 가진 화가는 두 명이지요. 한 명은 아무개 가잔, 또 한 명은 거시기 가잔인데 이 그림은 그 거시기 가잔이 그린 겁니다" 하며 별 쓸데없는 강의를 한바탕한다. 그런 다음 "어때요, 선생님께는 특별히 15엔에 드리겠습니다. 사시죠" 하고 재촉한다. "돈이 없어요" 했더니 "에이, 돈이야 언제라도 주시면 되지요" 하며 좀처럼 물러서질 않는다. "돈이 있어도 난 그런 건 안 삽니다" 하고 딱 잘라 말해버렸다. 그다음에는 사람이 깔려 죽을 만큼 큰 벼루를 어디서 들고 와서는 "선생님 이것 보십시오, 이게 바로 단계(중국 단계에서만 나는 돌로 만든 비싼 벼루)라는 겁니다." 계속 단계라고 강조하길래 "단계가 뭔데요?" 하고 물었더니 당장 강의를 시작했다. "단계에는 상층, 중층, 하층이 있는데 요샌 다 상층이죠. 하지만 이건 분명 중층입니다. 이 눈 좀 보세요. 눈이 세 개나 있죠? 이런 건 드뭅니다. 발묵潑墨도 아주 좋습니다. 시험해보세요" 하면서 눈앞으로 쑥 들이민다. "얼만데요?" 그랬더니 "이 벼루의 주인이 중국에서 직접 갖고 들어온 건데요, 꼭 팔고 싶다고 해서 싸게 내놓았지요. 30엔이면 어떠시겠어요? 사시죠" 하는 것이다. 이 남잔 바보임에 틀림없다. 학교는 그럭저럭 익숙해질 만한데 이렇게 골동품 사라고 늘어지는 통에 도저히 오래 견딜 수가 없을 것 같다.

그러는 동안에 학교도 싫증이 났다. 어느 날 저녁 오마치大町란 동네를 산책하고 있는데 우체국 옆서 '메밀국수'라고 쓰고 그 밑에 '도쿄식'이라고 써 붙인 간판이 눈에 띄었다. 나는 메밀국수라면 사족을 못 쓴다. 도쿄에 있을 때도 메밀국숫집 앞을 지나다가 그 냄새를 맡으면 꼭 들어가고 싶었다. 이곳에 와서 오늘까지 학교 수업과 그놈의 골동품 잡동사니 때문에 메밀국수를 잊고 있었는데 오늘 이렇게 메밀국수 간판을 보니 그냥 지나칠 수가 없었다.

오랜만에 한 그릇 먹고 가려고 들어섰는데 '도쿄식'이라고 써붙인 글자가 무색하게 식당 안은 지저분하기 그지없었다. 도쿄 근처에 와본 적도 없는 식당 주인인지, 아니면 청소할 돈이 없는 건지. 다다미는 색깔이 바랬고 모래가 까칠까칠하게 남아 있었다. 벽은 그을려서 새까맣다. 천장은 램프 그을음 때문에 까맣게 되었을 뿐만 아니라 낮아서 들어서자마자 목을 움츠려야 했다. 그럴듯하게 음식 이름을 써서 붙인 가격표만 깨끗한 새것이었다. 아마 낡은 집을 사서 식당을 연 지 며칠 안 되는 모양이었다. 제일 먼저 눈에 들어온 것이 튀김국수여서 "여봐, 여기 튀김국수 좀 가져와 봐" 하고 큰 소리로 주문을 했다. 그랬더니 저쪽 구석에 모여 앉아서 후룩후룩 소리를 내며 뭘 먹고 있던 남자 셋이 나를 힐끗 쳐다봤다. 처음에는 안이 어두컴컴해서 못 알아봤는데 자세히 보니 모두 우리 학교 학생들이었다. 저쪽에서 인사를 하기에 나도 고개를 슬쩍 숙였다. 오랜만이라 튀김국수를 네 그릇이나 깨끗이 먹어치웠다.

다음 날 아무 생각 없이 교실에 들어서자 칠판 한가득 '튀김 선생'이라고 써 있었다. 내 얼굴을 보자 모두들 "와하하" 하고 웃었다. 나는 머쓱해져서 "내가 튀김국수 좀 먹었기로 그게 뭐 그리 이상한가?" 하고 물었다. 그러자 학생 중 한 명이 "그래도 네 그릇이나, 그건 쪼까 너무한 것 아닐랑가" 했다. "네 그릇을 먹든 다섯 그릇을 먹든 내 돈 내고 내가 먹는데 뭐가 잘못됐나?" 하고는 서둘러 수업을 끝내고 교무실로 돌아왔다. 쉬는 시간 10분이 지나서 그다음 교실로 들어갔더니 이번에는 칠판에 '여봐, 여기 튀김국수 네 그릇. 단, 웃어서는 안 됨'이라고 쓰여 있는 것이 아닌가. 앞반에서는 뭐 특별히 거슬린다고 생각하지 않았는데 이번에는 울컥 화가 치밀어 올랐다. 농담도 도가 지나치면 기분이 나쁜 법이다. 그건 떡을 잘 굽다가 태운 거나 마찬가지여서 좋다고 할 사람이 없다. 이 촌놈들이 뭘 몰라서 어느 정도까지 하고 그만둬야 하는지 모르는 모양이다.

한 시간 정도면 동네 구석구석에 뭐가 있는지 훤히 알 수 있을 만큼 좁은 동네에 살면서 도무지 구경거리라고는 없었으니 내가 튀김국수 좀 먹은 것을 갖고 러일전쟁이라도 난 것처럼 소문을 퍼뜨리고 다닌 거겠지. 참으로 불쌍한 놈들이다. 어릴 적부터 배운 거라곤 그런 것뿐이니 속이 삐딱해져서는 화분에 심은 단풍나무처럼 치졸해지는 것이다. 아무 뜻 없이 한 일이라면 웃어넘길 수도 있었을 것을, 이것은 아니다. 어린것들이 이렇게 고약하게 굴겠단 말이지?

나는 말없이 칠판을 지우고 돌아서서 "이걸 장난이라고 친 건가? 비겁한 짓이야. 너희들 비겁하다는 것이 무슨 뜻인 줄 아나?" 하고 물었더니 "망신 좀 당했기로 화를 버럭 내는 것이 비겁한 것 아닐랑가" 하고 받아치는 놈이 있다. 마음에 안 드는 놈이다. 내가 도쿄에서 이런 촌구석까지 저따위 녀석들을 가르치려고 왔나 생각하니 내 자신이 한심스러웠다. 그래서 난 "쓸데없는 소리 하지 말고 공부나 해" 하고 수업을 시작했다. 그다음 교실로 수업하러 들어갔더니 그 교실 칠판에는 '튀김국수를 먹으면 억지를 부리고 싶어진당께'라고 쓰여 있었다. 어떻게 해볼 도리가 없다. 나는 머리끝까지 피가 거꾸로 치솟는 것 같아서 교무실로 뛰어들어가 "저런 돼먹지 못한 놈들은 가르칠 수 없습니다"라는 말만 던지고 그대로 집으로 돌아왔다. 다음 날 가보니 학생 놈들은 쉬게 되어 잘들 놀았다고 한다. 상황이 이 지경이 되고 보니 학교보다 차라리 그 골동품 잡동사니에게 잡히는 것이 낫겠다 싶었다.

튀김국수 사건도 집으로 돌아와 하룻밤 자고 나니 그렇게 화가 나지 않았다. 학교에 나가보았더니 학생들도 나와 있었다. 그러고 나서 사흘 정도는 별일 없이 조용히 지나갔다. 나흘째 되는 날 저녁 나는 스미다墨田라는 동네에 가서 당고(구워서 팥이나 꿀 등을 발라 먹는 떡)를 먹었다. 스미다는 온천으로 유명한 마을인데 내가 사는 동네에서 기차를 타면 10분 정도, 걸어서도 30분이면 갈 수 있다. 이곳은 요릿집도 많고 온천 여관에, 공원까지 있으며 또 조금 걸어가면 유흥가도 나온다. 내가 들어간 당고집은 유흥가 입구에 있었는데 당고 맛이 좋기로 소문이 자자해서 온천에 들어갔다 나오는 길에 잠깐 들렀다. '요번에는 녀석들 그림자도 없으니 아무도 모르겠지'라고 생각하면서 맛있게 먹었다.

그다음 날 학교에 가서 첫 수업에 들어가니 칠판에 '당고 두 접시 7전'이라고 쓰여 있다. 실제로 나는 당고 두 접시를 먹고 7전을 냈다. 정말이지, 신물나는 녀석들이다. 그렇다면 둘째 시간에도 뭔가 써놓았겠지 예상하고 들어갔다. '유흥가에서 먹은 당고, 맛 좋아, 맛 좋아'라고 쓰여 있다. 진절머리나는 놈들!

며칠 후 당고 사건이 좀 사그라지는가 싶더니 이번에는 '빨간 앞치마'라는 소문이 돌았다. 이건 또 뭔가 했더니 별로 시답지 않은 이유였다. 나는 이곳에 온 이후로 거의 매일 스미다의 온천에 간다. 이 동네 어딜 가도 도쿄에 비하면 발뒤꿈치에도 따라오지 못하는 수준이지만 온천 하나만큼은 알아줄 만하다.

'내 여기까지 큰 걸음 했으니 여한 없이 온천이나 하고 돌아가야지' 하는 마음으로 저녁 먹기 전에 운동 삼아 걸어서 온천에 간다. 그런데 온천에 갈 때는 꼭 큰 수건을 매달고 간다. 이 수건에는 빨간 줄무늬가 있어서 물에 젖으면 언뜻 빨간색으로 보이기도 한다. 나는 이 수건을 길을 걸을 때도, 기차를 타고 오가면서도 언제나 매달고 다녔다. 그런데 애들이 그것을 보고 '빨간 앞치마 빨간 앞치마' 하고 부르는 것이다. 정말이지 좁아터진 촌구석에 살자니 별게 다 성가시다.

그뿐만이 아니다. 온천은 새로 지은 3층 건물로 그곳 고급탕에서는 유카타를 빌리고 때밀이에게 때를 미는 데 8전이 든다. 그리고 여자가 차를 가져온다. 나는 언제나 고급탕에서 목욕을 한다. 그러자 이번엔 '40엔 월급 받고 매일 매일 고급탕에서 목욕하는 것은 사치'라는 소리가 들렸다. 쓸데없는 참견이다. 여기서 끝나지 않았다. 내가 가는 그 온천의 욕탕은 화강암을 쌓아 올려 모양도 그럴듯하고 넓이도 다다미 열다섯 장짜리 방 정도 넓이로 보통 열댓 명은 들어가 앉을 수 있는데 가끔 탕 안에 아무도 없을 때가 있다. 일어섰을 때 물이 가슴팍까지 차기 때문에 아무도 없을 때는 운동한다 생각하고 그 안에서 헤엄을 쳤다. 사람이 없는 틈을 잘 봐두었다가 냉탕에서 수영을 했다.

그러던 어느 날, 온천탕 문을 열고 '오늘도 한번 멋지게 물살을 갈라볼까' 하고 탕 안으로 뛰어들어갔더니 욕조 입구에 커다란 판자가 붙어 있다. 그리고 거기에는 검은 글씨로 '욕탕에서 수영하지 말 것'이라고 쓰여 있었다. 나 외에는 욕탕에서 수영하는 사람이 좀처럼 없으니 그 간판은 나 때문에 특별히 주문 제작해서 붙인 것일 수도 있었다. 그래서 난 수영을 포기했다.

그리고 다음 날 학교에 갔다. 교실 칠판에 이번에는 '욕탕에서 수영하지 말 것'라고 쓰여 있었다. 난 입이 떡 벌어졌다. 전교생이 나 하나를 감시하는 것 아닌가 하는 생각이 들었다. 그리고 우울했다. 애들이 뭐라 하든 하고 싶은 일을 못 할 나는 아니지만 어쩌다 이런 촌구석에 와서 이 꼴을 당하나 생각하니 한심스러웠다. 그러다가 지쳐서 집에 돌아오면 어김없이 그 골동품 잡동사니 때문에 시달린다.

4

학교에는 숙직이라는 것이 있어서 교직원들이 돌아가며 밤에 남아 학교를 지킨다. 그런데 너구리하고 빨간 셔츠만은 예외다. 어째서 두 사람은 숙직을 서지 않아도 되는 것이냐고 물었더니 주임관 대우라서 그런다고 한다. 월급은 월급대로 많이 받고 수업은 수업대로 조금밖에 안 하면서 숙직까지 안 서다니 이보다 더 불공평한 일이 또 어디 있단 말인가. 자기네들 멋대로 규칙을 정해놓고 그게 당연하다는 듯 얼굴을 들고 다닌다. 참으로 뻔뻔하기 그지없다.

어느 날 거센 바람이 "아무리 혼자서 불공평하다고 외쳐도 달걀로 바위 치기지"란 말을 한 적이 있다. 한 사람이건 두 사람이건 불공평한 것은 불공평한 것이고 정의는 반드시 이기는 법이다.

거센 바람은 'Might is right'라는 영어를 갖다붙이며 현재 상황을 비유했다. 내가 무슨 뜻인지 몰라 다시 물어보았더니 '강한 자의 권리'라는 의미란다. '강한 자의 권리'라면 나도 예부터 들어서 알고 있다. 새삼스럽게 이제 와서 거센 바람에게 설명을 들을 필요가 없다. 그리고 '강한 자의 권리'와 '숙직'은 다른 문제다. 너구리랑 빨간 셔츠가 강한 자라니 누가 그 말에 찬성한다는 말인가.

불공평한 것은 불공평한 것이고 어쨌든 내가 숙직을 설 차례가 돌아왔다. 나는 어릴 적부터 내가 덮던 이불이 아니면 잠을 깊이 못 잔다. 그래서 친구들 집에 가서 잠을 잔 적이 한 번도 없다. 친구네 집에서도 잠을 못 자는데 하물며 숙직실에서? 하지만 이것도 월급 40엔 속에 포함되는 것이라면 별수 없지. 참고 하는 수밖에.

선생들도 학생 놈들도 다 돌아가고 혼자 멍하니 있는 건 참으로 한심스럽기 그지없다. 숙직실은 학교 건물 뒤편에 있는 기숙사의 서쪽 끝방이다. 잠깐 동안 지는 햇빛을 그대로 받는 방에 있자니 숨이 막혀 견딜 수가 없었다. 촌구석이라 그런지 가을이 되어도 볕이 따갑고 덥다. 사환에게 학생들이 먹는 밥을 가져오라고 해서 먹었는데, 어찌나 맛이 없던지 질려버렸다. 이런 맛없는 음식을 먹고도 용케들 날뛰는구나. 게다가 저녁을 4시 반에 먹다니 대단하다. 아무튼 저녁밥까지 다 먹었는데 밖은 여전히 밝아 잠을 잘 수가 없었다. 온천탕에 뛰어들어가고 싶었다. 숙직을 하면서 밖에 돌아다녀도 괜찮은지 어쩐지는 모르겠지만 이렇게 옴짝

달싹 못 하고 갇혀 있자니 좀이 쑤셔 못 견딜 지경이었다.

내가 이 학교에 처음 온 날이 떠올랐다. 그때 사환 아이가 숙직 선생은 잠깐 볼일 보러 나갔다고 말했다. 그 당시에는 참 이상하다고 생각했는데 내가 막상 그 입장이 되고 보니 저절로 고개가 끄덕여졌다. 나가는 게 바른 일이다. 그래서 사환 아이를 불러 잠깐 나갔다 오겠다고 했더니 이 녀석이 "무슨 볼일 있으세요?" 했다. 그래서 "볼일이 아니라 온천에 좀 가는 거다"라고 대답하고 재빨리 빠져나왔다. 나의 빨간 수건을 안 가지고 나온 것이 좀 후회가 되기는 했지만 오늘은 온천에서 빌리기로 했다. 욕탕에 들락날락하며 몸을 좀 풀었더니 그제야 겨우 밖이 어둑어둑해져서 기차를 타고 역에 내렸다.

역에서부터 학교까지는 약간 걸어야 한다. 뚜벅뚜벅 기분 좋게 걸어가는데 맞은편에서 너구리가 걸어오는 게 아닌가. 너구리는 지금부터 역으로 가 기차를 타고 온천탕에 가겠지. 내가 발걸음을 재촉해서 그 옆을 지나가는데 내 얼굴을 쳐다보기에 가볍게 인사를 했다.

"자네 오늘 숙직 당번 아니었나?"

사뭇 진지한 어투였다. 아니었나는 무슨 아니었나야. 바로 두 시간 전에 나한테 "오늘 처음 숙직을 서는구먼, 그럼 수고하게"라고 했으면서. 교장인지 뭔지 감투를 쓰면 다 저렇게 말을 빙빙 돌려가며 해야 되나. 나는 짜증이 나서 "네,

맞습니다. 오늘밤은 제가 당번이니까 지금부터 들어가서는 꼼짝 않고 붙어 있을 테니 걱정 마십시오" 하고 빨리 그 자리를 떴다. 거의 다 와서 마지막 모퉁이를 돌자 이번에는 거센 바람과 마주쳤다. 괭이 마빡만 한 동네라 어쩔 수가 없다. 문밖만 나서면 꼭 누구와 부딪친다. 거센 바람이 먼저 "어이, 자네 오늘 숙직 당번 아니었어?" 하고 묻기에 "네, 숙직입니다" 했더니 "숙직하는 사람이 이렇게 나와서 돌아다니면 안 되지" 하는 것이었다. 그래서 나는 곧바로 "잠깐 나왔다가 들어가는데 안 될 것까지 있습니까? 나왔는데 안 돌아다니는 것이 안 될 일이지요" 했다. "자네 그렇게 흐리터분하게 일하면 곤란하네. 교장이나 교감이라도 만나면 골치 아파진다고" 하고 어울리지 않는 소리를 해서 "교장 선생은 지금 막 마주쳤는데, 더울 때 산책이라도 하지 않으면 숙직하는 것도 꽤 고생일 거라면서 칭찬하셨어요" 하고 이젠 누굴 또 만날까 무서워서 얼른 학교로 돌아왔다.

이윽고 해가 저물었다. 해가 진 다음 한두 시간 동안은 사환 아이를 숙직실로 불러 이야기를 했으나 금세 싫증이 나서 잠이 안 오더라도 일단은 들어가 누워보자 생각했다. 잠옷으로 갈아입고 모기장을 걷어 올리고 들어가 빨간 담요를 걷어 젖히고 풀썩 앉았다가 벌렁 드러누웠다.

자기 전에 이불 위에 풀썩 앉는 것은 어릴 적부터의 버릇이다. 오가와마치의 하숙집에 머물 때는 아래층에 묵던 법률 학교 서생이 좋지 않은 버릇이라며 기분 나쁜 소리를 한 적이 있다. 야들야들한 법률 학교 서생이란 작자가 입만 살아가지고 되지도 않는 소리를 길게 늘어놓기에 쿵쿵 소리가 나는 것은 내 탓이 아니라 하숙집 건물이 부실한 탓이니까 할말이 있으면 하숙집 주인에게 하라고 퉁명스럽게 대꾸해주었다. 숙직실이야 아래층 걱정할 필요가 없으니 아무리 쿵쿵거려도 괜찮다. 될 수 있는 대로 소리를 크게 내며 주저앉지 않으면 잔 것 같지가 않다. 온천도 다녀왔겠다, "아이고, 기분 좋다" 하고 다리를 쭉 뻗었는데 뭔가가 양쪽 다리에 들러붙었다. 까칠까칠한 것이 벼룩은 아닌 것 같아서 뭔가 하고 다리로 이불 속을 휘저어보았다. 그러니까 까칠하게 닿는 것이 더 많아졌다. 후다닥 다리를 빼내어 보니 정강이 근처에 대여섯 군데, 허벅지에 네댓 군데가 불그스레하고, 엉덩이 밑에서 뭔가 뿌직하고 뭉개지는 소리가 났다. 배꼽 근처도 한 군데가 벌겋다. 놀라서 벌떡 일어나 담요를 휙 걷었더니 그 안에서 메뚜기가 50, 60마리는 족히 튀어나왔다. 정체를 몰랐을 때는 기분만 이상했는데 그게 메뚜기임을 알자 갑자기 열이 확 받쳤다.

'메뚜기 주제에 사람을 이렇게 놀래다니 어디 맛 좀 봐라.'

잽싸게 베개를 집어 들고 두세 번 후려쳤는데 그놈들이 너무 작아서 영 효과가 없었다. 그래서 이번에는 봄날 대청소하듯이 돗자리를 둘둘 말아 그놈들이 튀어나왔던 곳을 힘껏 내리쳤다. 이것들이 놀란 데다가 돗자리로 후려치니까 이제는 내 어깨, 머리 위로 날아와 앉는 놈에, 또 부딪히는 놈에 정신을 못 차렸다. 내 얼굴에 와서 붙은 놈은 베개로 칠 수가 없으니까 손으로 잡아서 있는 힘껏 집어던졌다. 하지만 아무리 젖 먹던 힘까지 짜내서 메뚜기들을 내던져도 그놈들이 날아가 부딪히는 곳이 모기장이라 이것들은 또다시 날아오른다. 메뚜기들은 솜방망이로 한 대 얻어맞은 것뿐이다. 영 수고한 보람이 없다. 메뚜기는 얻어맞으면서도 그대로 있다. 죽지도 않고 도망도 안 간다. 마침내 30분 정도 걸려서 메뚜기들을 다 때려잡았다.

빗자루를 가져와 메뚜기 시체를 쓸어 담았다. 사환 아이가 방으로 들어와서 "무슨 일이에요?" 하기에 나는 "무슨 일이냐니, 메뚜기를 이불 속에다 키우는 녀석이 어디 있냐 이 세상에" 했더니 "저는 모르는 일인데요" 한다. "모른다면 다인 줄 아냐?" 하고 소리치면서 빗자루를 문 쪽으로 집어던졌더니 사환 아이는 그 길로 빗자루를 들고 나가버렸다.

나는 서둘러 기숙사로 올라가 기숙생 중에서 세 명을 대표로 불러냈다. 그랬더니 여섯 명이 나왔다. 여섯 명이든 열 명이든 그게 문제가 아니었다. 잠옷 바람으로 나는 그 자리에서 담판을 지으려고 "뭣 땜에 메뚜기를 내 잠자리에 넣었나?" 했더니 "메뚜기가 뭐당가요?" 하고 맨 앞줄에 선 놈이 다시 물었다. 재수 없게 시치미를 뚝 떼고 있다. 이 학교는 교장을 비롯해서 학생들까지 빙빙 말꼬리를 돌린다. "메뚜기가 뭔지 모른단 말이야? 그렇다면 내 보여주지" 하면서 한 마리 잡아서 보여주려고 돌아섰더니 싹 쓸어버려서 한 마리도 남아 있지 않았다. 다시 사환 아이를 불러 "아까 내다버린 메뚜기 도로 갖고 들어와라" 했더니 "벌써 다 쓸어 담아서 버렸는데 다시 주워올까요?" 했다. "그래, 다시 주워와" 하고 소리쳤더니 사환 아이가 뛰어나가서 한참 만에 종이 위에 메뚜기 열 마리 정도를 얹어와서는 "너무 죄송한데요, 밖이 캄캄해서 이것밖에 못 주워 담았어요. 내일 더 많이 주워올게요" 했다. 이거 원, 사환까지 바보다.

나는 메뚜기 한 마리를 집어 녀석들에게 보이며 "이게 메뚜기란 것이다. 덩치는 산만 해가지고 메뚜기가 뭔지 모른다니 말이나 되냐?" 했더니 왼쪽 맨 끝에 있던 얼굴이 동그란 녀석이 "방아깨비 아니당가, 그거" 하면서 말대꾸를 했다.

나는 화가 치밀어 "니들은 방아깨비라고 부를지 몰라도 표준어로는 메뚜기다. 메뚜기를 방아깨비라고 부른다고 메뚜기가 아닌 줄 알아?" 하고 소리쳤다.

그랬더니 뒷줄에 선 또 한 녀석이 한다는 소리가 "방아깨비는 방아깨비고 메뚜기는 메뚜기지라." 내 참, 죽을 때까지 이따위로 깐족거릴 녀석들이다.

"그래, 메뚜기든 방아깨비든 왜 내 이불 속에 저런 것들을 집어넣었냔 말이다. 내가 언제 저런 것들 집어넣어 달라고 한 적 있냐?"

"아무도 집어넣지 않았당께로."

"아니, 일부러 집어넣지 않았는데 어떻게 저것들이 이불 속에 들어왔단 말이야?"

"방아깨비는 본디 따땃한 데를 좋아한당께로. 저거들이 좋아서 찾아들어 간 것 같응께."

"바보 같은 소리 마라. 메뚜기가 저 좋아서 찾아들었다고? 그렇게 말하면 내가 속을 것 같냐? 바른대로 대. 누가 이따위 장난했는지."

"바른대로 대라고 그러셔도 그런 사람이 없는디 어찌 말을 한당가."

비겁한 놈들이다. 자기가 한 일을 자기가 했다고 정정당당히 밝히지 못할 바에야 애시당초 시작도 하지 말았어야지. 증거가 없다고 끝까지 시치미를 뗄 심산으로 뻰뻰스럽게 말꼬리를 잡는 모습이 더 얄미웠다.

나도 중학교 때 장난이라면 꽤 쳐본 사람이다. 그러나 "누가 이랬어?" 했을 때 내가 안 했다고 잡아뗀 적은 한 번도 없었다. 한 건 한 것이고 안 한 건 안 한 것이다. 나란 놈은 장난을 쳤어도 거리낄 게 없다. 거짓말을 해서 벌을 피할 생각이라면 처음부터 장난을 하지 말 일이다. 장난과 벌은 붙어 다니는 것이다. 벌이 있으니까 장난칠 마음도 생기는 거지. 장난은 실컷 쳐놓고 벌은 안 받으려고 피하다니 도대체 어디서 배워먹은 버릇인가. 돈은 빌리면서 갚아야 될 땐 오리발 내미는 비열한 짓들은 모두 이런 녀석들이 어릴 적 버릇 못 버리고 자라서 하는 짓거리다. 도대체 학교에 와서 뭘 배우는 거야, 저런 녀석들은! 기껏 학교에 와서 거짓말이나 하고, 사람을 속여먹고, 다른 사람 뒤에 숨어서 욕이나 하고, 이따위 장난질이나 하는데. 저런 것들도 나중에 졸업장 받고 '나 학교 나왔네' 하고 큰소리치고 다닐 테니, 참. 나는 이 썩어빠진 놈들하고 얼굴 마주 대하기조차 비위가 뒤틀려서 "그렇게 시치미를 떼겠다면 더는 물을 것도 없다. 중학교에 들어와서 교양 있는 것과 비열한 것도 구별 못 하니, 니들도 참 안됐다" 하고 여섯 명을 내쫓았다.

나는 하는 말이나 다니는 모양새로 봐서는 그다지 교양 있는 사람은 아니지만 마음가짐만은 저런 녀석들보다 훨씬 바르다. 여섯 놈은 유유히 물러갔다. 언뜻 보면 저 녀석들 겉모습이 교사인 나보다 훨씬 잘나 보일지도 모른다. 실제로 안달하지 않고 진득하니 서 있는 모습은 나를 더욱더 화나게 했지만 아무튼 나는 이런 놈들을 당해낼 재간이 없다.

다시 이불 속에 들어가보니 조금 전 소동 때문에 모기장 속에서는 모기들이 윙윙 소리를 내고 있었다. 초를 들고 한 마리씩 태워 죽일 수는 없는 노릇이라서 모기장 줄을 풀어서 길게 묶어 방 한가운데 열십자 모양으로 흔들어 대다가 금속 고리에 손등을 얻어맞았다. 대충 정리를 하고 세 번째로 잠자리에 들어가 잠을 청했는데 좀처럼 잠이 오지 않았다.

시곗바늘이 10시 반을 가리키고 있다. 생각해보니 퍽 성가신 곳에 왔구나 싶었다. 도대체 중학교 선생이란 것이 어디에 갖다놓아도 이런 꼴이나 당한대서야 이처럼 딱한 일이 또 있겠나. 그런데도 선생이란 인간들이 끊이지 않고 나오는 것을 보면 다들 무척이나 참을성 있는 벽창호라도 되나 보다. 나는 죽었다가 깨어나도 못 따라갈 인간성이다.

그러다가 문득 기요가 생각났다. 기요야말로 우러러볼 만한 사람이다. 교육도 받지 못했고 신분도 미천한 노인이지만 인간성은 높이 살 만하다. 지금까지 그렇게 보살핌을 받고도 딱히 고맙다는 생각 한번 안 했는데 혼자서 이렇게 멀리 고향을 떠나와 보니 비로소 신세를 많이 졌다는 것을 알겠다. 기요는 날 보고 욕심 없이 올곧은 성품이라고 칭찬하곤 했는데 칭찬받는 나보다 칭찬하는 쪽이 더 훌륭한 인간이다. 기요가 보고 싶다.

기요를 생각하면서 몸을 엎치락뒤치락하고 있는데 별안간 머리 위에서 30, 40명쯤이 2층 마룻바닥이 꺼질 정도로 "통도로 동동 동통! 통도로 동동 동통!" 하고 박자를 맞춰가며 발을 구르는 소리가 들렸다. 그리고 발소리에 맞춰 함성도 났다. 그래서 나는 "이건 또 뭐야?" 하면서 자리에서 일어났다. 일어나는 순간, 아하! 내가 좀 전에 불러낸 것 때문에 이것들이 또 날뛰는 거구나 하는 생각이 머리를 스쳤다.

'네놈들이 잘못한 것을 스스로 잘못했다고 뉘우치기 전까지는 그 죄가 완전히 가시지 않는 거야. 네놈들 머릿속에 그대로 남아 있을 테니, 제대로 된 놈들이라면 밤새 죄를 뉘우치고 내일 아침 날이 밝는 대로 날 찾아와 사죄를 해야 옳지. 비록 사죄까지는 안 하더라도 적어도 밤이 늦었는데 조용히 잠은 자야 될 거 아니야. 근데 이건 또 뭐냔 말이야. 아니 기껏 기숙사를 지어놓고 돼지 새끼들을 치는 것도 아닐 테고. 고약한 장난도 정도껏 해야지.'

나는 잠옷 바람으로 숙직실을 뛰쳐나와 계단을 두 계단씩 건너 뛰어올라 갔다. 그러자 요상하게도 지금까지 머리 위에서 우당탕하던 소리가 갑자기 싹 사라지고 떠드는 소리는커녕 발소리도 들리지 않았다. 참으로 이상했다. 전등은 모두 꺼져 있고 기숙사 안은 온통 캄캄했기 때문에 어디 뭐가 있는지 확실히 모르겠지만 사람이 어딘가에 있으면 그것은 느낌으로도 알 수 있다. 한데 동쪽 끝에서 서쪽 끝까지 길게 뚫린 복도에 쥐새끼 한 마리도 없었다. 복도 바깥에서 달빛이 비쳐 맞은편 쪽은 오히려 밝았다. 그런데 아무도 없었다. 아무리 생각해도 너무나 이상했다.

나는 어릴 적부터 꿈을 꾸다가 벌떡 일어나 횡설수설 잠꼬대를 하고 돌아다녀서 사람들에게 웃음거리가 된 적이 자주 있다. 열여섯인가 열일곱 살 때는 다이아몬드를 주운 꿈을 꾼 적이 있는데 잠자다가 갑자기 일어나서 옆에 있던 형한테 "아까 그 다이아몬드 어쨌어?" 하고 심각하게 물어본 적이 있을 정도다. 그 후 사흘 내내 사람들이 그 이야기를 하며 놀려대서 무척이나 난처했던 기억이 난다.

'내가 꿈을 꾼 것인지도 몰라. 확실히 쿵쾅대긴 했는데…….'

복도 가운데에 서서 꿈인지 생시인지 신중하게 생각하고 있는데 달빛이 비치는 저쪽 끝에서 갑자기 "하나, 둘, 셋, 와하!" 하고 30, 40명의 목소리가 하나가 되어 울려 퍼졌다. 그런 다음 곧바로 아까 내가 들은 것처럼 발로 박자를 맞춰서 모두가 마룻바닥을 구르는 것이었다. 그것 봐, 꿈이 아니잖아. 역시 사실이야.

"조용히들 해. 한밤중이야."

나도 뒤질세라 소리를 치며 건너편 복도로 뛰어갔다. 내가 지금 뛰고 있는 복도는 캄캄하다. 복도 끝 쪽의 달빛을 등대 삼아 뛰는 것이다. 한 2간(약 3.6미터)쯤 뛰었는데 복도 한가운데에서 뭔가 딱딱하고 커다란 것에 정강이를 정통으로 부딪혔다. '아! 아프다' 하는 소리가 머릿속에 울리는 순간 내 몸은 앞으로 고꾸라졌다. 일어나 보았지만 움직일 수가 없었다. 정신은 말짱했는데 다리가 말을 듣지 않았다. 열이 바짝 올라 한쪽 다리로 일어섰는데 벌써 발 구르는 소리도 사람 소리도 나지 않았다. 잠잠했다. 아무리 인간이 비겁하다고 해도 분수가 있지. 이건 인간이 아니라 돼지다.

'두고 봐라, 내가 숨어서 이따위 짓을 하는 놈들을 모조리 잡아내 꼭 사죄를 받아내지 않고서는 절대로 물러서지 않을 테니.'

마음을 굳게 먹고 방문을 확 열어젖혀서 샅샅이 검사하려고 했는데 문이 열리지 않았다. 열쇠로 잠근 것인지, 책상을 문 앞에 쌓아놓은 것인지, 아무리 밀어도 꿈쩍하지 않는다. 그래서 이번엔 건너편 북쪽에 있는 방문을 열어보았다. 그 문도 꿈쩍하지 않았다. 내가 그 돼지 새끼들을 잡아내려고 안달하고 있는 순간 이번에는 또 동쪽 끝에서 아까 그 함성과 발 구르는 소리가 났다. '이놈들이 동쪽, 서쪽 서로 짜고 사람을 골탕 먹일 셈이구먼' 하고 생각했다. 하지만 당장 어찌해야 좋을지 생각나지 않았다.

솔직히 이 순간 한마디 털어놓자면 내가 불의를 보면 못 참고 울컥하긴 하지만 그걸 해결할 지혜가 모자란다. 이런 때에는 어떡해야 좋을지 묘안이 떠오르질 않는다. 방법은 모르겠지만 결코 물러설 수는 없다. 이대로 가만있으면 내 체면이 말이 아니다.

도쿄 토박이는 패기가 없다는 말을 듣는 건 죽기보다 싫다. 숙직을 하면서 머리에 피도 안 마른 까까머리들한테 골탕이나 먹고, 포기하고 들어가 자는 꼴을 보이면 이건 정말이지 평생 불명예스럽게 여길 일이다. 이래 봬도 나는 하타모토(에도 시대 대대로 장군을 지낸 명가)다. 하타모토 집안이면 세이와겐지(세이와 천황에서 뻗어 나와 겐지 성을 받은 씨족)로 다다노 만주(헤이안 시대의 장군)의 자손이다. 이런 촌구석 천민들하고는 그 태생부터가 다르다. 지금 이 상황을 어찌해야 좋은지 그 대책이 안 서는 것이 애석할 따름이다.

대책이 안 선다고 질 수는 없다. 내가 솔직하기 때문에 어떡해야 좋을지 모르는 거다. 하지만 결국 이 세상에선 정의가 반드시 승리를 거두게 되어 있다. 오늘밤 안으로 못 이기면 내일 이긴다. 내일도 이기지 못하면 모레 이긴다. 모레도 이기지 못하면 하숙집에 도시락을 싸달라고 부탁해서 승리할 때까지 이곳에 있을 것이다. 나는 이렇게 결심했기 때문에 복도 한가운데 양반다리를 하고 앉아 날이 샐 때를 기다렸다. 모기들이 앵앵거리며 달려들었으나 꿈쩍하지 않았다. 아까 부딪힌 정강이를 만져보니 끈적끈적하다. 피가 나는 것 같다. 피란 한번 나오면 콸콸 쏟아지는 것이 좋다. 좀 전까지 이리 뛰고 저리 뛰어다닌 것이 피곤했는지 이내 꾸벅꾸벅 졸았다.

뭔가 주위에 인기척이 느껴져서 눈을 번쩍 떴더니 내가 앉아 있던 자리 오른쪽 문이 반쯤 열리고 학생 둘이 내 앞에 서 있다. 나는 정신을 차리고 코앞에 있는 놈의 다리를 부여잡고 있는 힘껏 잡아당겼다. 그랬더니 그놈이 벌렁 뒤로 나자빠졌다. 나머지 한 명이 당황스러워하는 틈을 타서 그놈마저 확 덮쳤다. 어깨를 잡아 누르며 두세 번 흔들었더니 입은 떡 벌어지고 눈은 휘둥그레졌다. “이놈들, 내 방으로 와” 하고 일으켜 세우고 보니 영 겁먹은 표정들이어서 그냥 내가 데리고 갔다. 날은 이미 밝았다.

숙직실로 끌고 온 두 놈을 세워두고 어젯밤 소동에 대해 다그쳤는데 그놈들은 어차피 돼지인지라 언제까지나 “모른당께로”만 반복할 뿐 끝까지 자백을 하지 않는다. 그러고 있는데 한 명이 내려오고, 또 한 명이 들어온다. 한 명씩 두 명씩 2층에서 숙직실로 모여들었다. 그 낯짝들을 보니 모두 졸린 듯 눈꺼풀이 축축 처졌다. 이런 한심한 놈들. “하룻밤 못 잤다고 얼굴들이 그게 뭐냐? 그러고서 남자라고 할 수 있나? 세수라도 하고 다시 들어와” 했는데 아무도 갈 생각을 하지 않았다. 그래서 50여 명을 세워두고 한 시간가량 입씨름을 하고 있는데 느닷없이 너구리가 방으로 들어왔다. 나중에 들어보니 사환 아이가 학교에 소동이 났다고 너구리에게 일러바쳤다고 한다. 이까짓 일로 교장까지 부르다니 간이 작기도 하다. 그러니 중학교 사환 노릇이나 하고 있지.

너구리는 잠자코 앉아 내 설명을 들었다. 녀석들의 변명도 잠깐 들었다. 그러고 나서 녀석들에게 “내 처분이 있을 때까지 정상적으로 수업에 들어가라. 빨리 나가서 세수하고 밥 먹지 않으면 수업 시간 놓치니까 서둘러라” 하고 녀석들을 모두 내보냈다. 시시한 처분도 다 있다. 나 같으면 그 자리에서 저놈들 모두 퇴학시켜버린다. 이렇게 물러터지게 아이들을 봐주니 녀석들이 숙직 선생을 바보로 알고 놀리는 것이다.

그다음엔 나를 보고 "어젯밤 학교 일 걱정하느라 잠도 못 자고 피곤할 테니 오늘 수업은 쉬게" 하기에 나는 이렇게 바로 대답해주었다.

"아닙니다. 조금도 걱정하지 않았습니다. 이런 일이 매일 밤 있다고 해도 목숨이 붙어 있는 한 걱정할 것 없습니다. 수업은 합니다. 하룻밤 못 잤다고 수업을 못 할 정도라면 제가 받은 월급을 도로 내놓겠습니다."

교장은 무슨 생각을 했는지 잠시 내 얼굴을 쳐다보더니 "하지만 자네 얼굴이 퉁퉁 부었는데 정말 괜찮겠나?" 하고 물었다. 듣고 보니 어쩐지 얼굴이 묵직한 느낌이 들었다. 그리고 가렵기 시작했다. 밤새 복도에 앉아 있을 때 모기가 와서 엄청나게 물어댄 모양이다. 나는 얼굴을 긁적이면서 "얼굴은 이렇게 됐어도 입은 멀쩡하니 수업하는 데는 지장 없습니다" 하고 답했다. 교장은 웃으면서 "아이고, 기운 좋으시네" 하며 칭찬했다. 사실 말하자면 칭찬이 아니라 비꼬는 것이다.

5

어느 날 빨간 셔츠가 "낚시하러 같이 안 가실래요?" 하고 물었다.

빨간 셔츠는 비위가 상할 정도로 상냥한 목소리를 내는 남자다. 진짜 남자인지 여자인지 분간할 수가 없을 정도다. 무릇 남자라면 남자다운 목소리를 내야 하는 법이다. 게다가 저 사람은 대학까지 나온 사람 아닌가. 물리 전문학교만 나왔어도 나 정도 목소리가 나오는데 문학사씩이나 되는 사람이 볼썽사납다.

내가 "아 네, 낚시요" 하고 별로 내키지 않는다는 듯 대답했더니 "낚시는 해본 적 있나요?" 하고 무례한 질문을 한다.

"뭐, 많지는 않지만, 어릴 때 고우메 유료 낚시디에서 붕어를 한 세 마리 잡은 적이 있습니다. 그리고 가구라자카의 비샤몬텐(일본 신화 속 칠복신의 하나) 잿날 낚싯대로 한 8촌(약 25센티미터)쯤 되는 놈을 잡았다가 그놈이 펄떡이는 바람에 놓친 적이 있는데 그건 지금 생각해도 좀 아깝습니다"라고 했더니 빨간 셔츠는 턱을 앞으로 쭉 빼고 "호호호" 하고 웃었다. 뭐가 호호호야. 그게 뭐 우스운 이야기라고. "그럼 아직 낚시 맛은 잘 모르시는 거네요. 괜찮으시면 내가 한 수 가르쳐드리지요" 하고 의기양양하게 이야기한다.

'누가 배우고 싶대? 도대체 낚시나 사냥질하는 것들은 모두 피도 눈물도 없는 것들이다. 그렇지 않고서야 멀쩡히 살아 움직이는 것을 죽여놓고 그렇게 좋아할 수가 있겠나. 물고기든 새든 잡혀 죽는 것보다 살아 움직이는 것을 당연히 좋아하겠지. 낚시나 사냥질을 안 하고서는 굶어 죽는다면 또 몰라도 그렇지 않고도 먹고사는 데 문제없는 사람들이 살아 있는 것을 죽이다니 배부른 소리지.'

속으로는 이렇게 생각했지만 상대는 문학사라 달변가이니 말싸움으로는 상대가 안 된다고 생각해 잠자코 있었다. 그랬더니 빨간 셔츠는 내가 그대로 항복한 줄 알고 "자, 내가 돈도 안 받고 한 수 가르쳐줄 테니 시간 있으면 오늘 어때요? 요시카와 선생이랑 둘만 가면 심심하니까 같이 가시죠" 하고 재촉이다. 요시카와 선생이란 미술 담당으로 그 떠버리를 말한다. 이 떠버리는 무슨 속셈인지 빨간 셔츠네 집에 아침저녁으로 들락거리면서 어디든지 붙어다닌다. 무슨 주인과 종놈처럼. 빨간 셔츠가 가는 곳이라면 떠버리도 따라가게 마련이니 새삼스러울 것도 없는 일이지만 둘만 가면 될 것이지 뭐하러 뚱하고 있는 나한테까지 말을 거는지. 아마 자기가 강태공쯤 되는 줄 알고 고기를 낚아 올리는 모습을 보여주면서 잘난 체하려고 말을 꺼냈을 것이다. 그렇다고 내가 기가 죽을까. 그깟 고기 두어 마리 낚는다 해도 꿈쩍 않는다.

'나도 사람인데 아무리 서투르다고 해도 낚싯줄 늘이고 앉아 있으면 뭐든 걸리겠지. 내가 안 간다고 하면 낚시 따위는 인간이 할 짓이 아니라 안 가는 줄도 모르고 빨간 셔츠는 분명, 낚시가 서툴러서 피하는 줄로 착각할 것이다.'

나는 "갑시다" 하고 대답했다. 그리고 그날 수업을 끝내고 3시까지 앉아 있다가 바로 집으로 와서 옷을 대충 갈아입고 정류장에서 빨간 셔츠와 떠버리를 만나 바닷가로 향했다.

한 사람이 노를 젓는 이 배는 가늘고 긴 것이 도쿄 근처에서는 한 번도 구경해본 적이 없는 모양이었다. 배 안을 둘러보았지만 낚싯대는 한 대도 보이지 않았다.

'낚싯대 없이 낚시를 할 수 있나? 어쩔 셈이지?'

궁금하여 떠버리에게 물었더니 "바다낚시를 할 때는 낚싯대를 쓰지 않아요. 실로 합니다" 하고 턱을 만지면서 마치 자기가 낚시 전문가라도 되는 양 말한다. 이렇게 한마디 대꾸도 못 할 줄 알았으면 차라리 아무 말 않고 앉아 있을 것을 그랬다.

뱃사공이 천천히 힘 안 들이고 노를 젓는다 싶었는데 밥 먹고 한 일이 그것뿐이라 그런지 벌써 뭍이 조그맣게 보일 정도로 육지에서는 멀리 떨어진 바다에 나와 있었다. 숲 위로 바늘처럼 솟은 고하쿠지高柏寺의 오층탑이 보인다. 건너편을 보니 푸른 섬 하나가 동그라니 떠 있다. 그 섬은 사람이 살지 않는 섬이라고 한다. 자세히 보니 섬 위에는 돌과 소나무뿐이다. 하긴 돌이랑 나무밖에 없는데 누가 저기서 살 수 있겠나. 빨간 셔츠는 먼 곳을 둘러보면서 연거푸 "경치 한번 기막히네" 한다. 그러자 바로 떠버리가 "절경입니다" 하고 받는다. 절경인지 뭔지 나는 모르겠지만 어쨌든 기분은 상쾌했다. 망망한 바다 위에서 바닷바람을 쐬는 것은 좋은 일임이 분명했다. 배가 고파왔다. "저 소나무 좀 봐. 줄기가 곧고 위는 우산 모양인 게 터너(영국의 화가. 풍경을 그린 수채화로 유명하다)의 그림 같네" 하며 빨간 셔츠가 떠버리에게 고개를 돌리니 "그야말로 터너로군요. 저 모양이라니 터너가 분명합니다" 하고 떠버리도 아는 척을 한다. 터너라니, 그게 뭔지 모르겠지만 몰라도 문제될 게 없으니까 가만히 있었다.

배는 섬을 오른쪽으로 돌아 천천히 섰다. 파도는 전혀 일지 않았다. 바다 위라고는 믿기지 않을 정도로 잔잔하고 고요했다. 빨간 셔츠 덕분에 좋은 구경 한다. 가능하면 그 사람이 안 산다는 섬에 한번 내려보고 싶어서 물었다.

"저기 저 바위들 있는 곳에는 배를 댈 수 없나요?"

"배야 갖다 댈 수 있지만 낚시하기에 암벽은 좋지 않아요."

빨간 셔츠가 이렇게 말하기에 난 그냥 잠자코 있었다. 그러자 떠버리는 "교감 선생님, 저 섬을 터너섬이라고 부르는 게 어떨까요?" 하고 쓸데없이 떠든다. "그거 좋겠네요. 이제부터 우리는 그렇게 부릅시다" 하고 빨간 셔츠도 고개를 끄덕인다. 그 '우리' 속에 나도 포함시킨 거라면 곤란하다. 나는 그저 푸른 섬이면 된다.

"저 바위 위에 라파엘로의 마돈나 상을 갖다놓으면 좋은 그림이 될 것 같지 않습니까?" 하고 떠버리가 떠벌리자 "마돈나 얘기는 그만두도록 하지요. 호호호" 하고 빨간 셔츠가 비위 뒤틀리는 소리를 내며 웃었다. "뭐가요, 아무도 없는데요 뭘" 하면서 떠버리가 내 얼굴을 힐끔 쳐다보더니 얼른 고개를 돌리고 실실 웃는다. 나는 왠지 기분이 안 좋아졌다. 마돈나든 고단나(작은 도련님이라는 뜻이다)든 나랑은 상관없으니까 자기들 마음대로 세워놓든지 눕혀놓든지 할 일이지 자기네끼리 아는 얘기를 해놓고 모를 테니 괜찮다는 둥 떠들다니 정말이지 교양머리 없는 행동이다. 그러면서 자기도 도쿄 태생입네 하고 다니다니.

마돈나라는 것은 아무래도 빨간 셔츠의 단골 기생 별명이지 싶었다. 자기가 예뻐하는 기생을 무인도 소나무 아래 세워두고 바라보는 것은 어려울 것도 없다. 그걸 떠버리가 유화로 그려서 전시회에라도 내면 좋겠지.

"여기께가 좋겠지요" 하고 뱃사공이 배를 세우고 닻을 내렸다. 빨간 셔츠가 "보자, 깊이가 어느 정도나 될까" 하고 묻자 "여섯 길(한 길은 약 1.8미터) 정도는 되겠네요" 했다. "그 정도라면 도미는 잡기 어렵겠네" 하고 말하면서 빨간 셔츠가 실을 바다에 던졌다. 폼은 꼭 도미라도 낚아올릴 기세다. 통도 크다.

"왜요, 교감 선생님 솜씨라면 충분히 잡으시지요. 게다가 오늘은 바람까지 자는데요 뭘."

떠버리는 아첨을 하면서 자기도 실을 잡고 바다로 던져 넣었다. 실 끝에 낚싯봉인지 납덩이만 붙어 있을 뿐 낚시찌가 없다.

"자, 선생도 해야지요. 실 있습니까?" 하고 빨간 셔츠가 쳐다보면서 묻기에 "실은 남을 만큼 있지만 찌가 없습니다" 했더니 "찌가 없다고 낚시를 못 한다는 것은 풋내기들이나 하는 소리지요. 이렇게 해서요, 실이 바다 밑에 닿았을 때 뱃전에서 검지손가락으로 움직임을 살피세요. 그러다 놈들이 삼키면 손끝에 느낌이 옵니다. 그럼 되는 거죠"라고 한다. 그러더니 "왔다" 하면서 실을 끌어올리기 시작한다. 뭔가 잡았나 보다 했더니 아무것도 없었다. 미끼만 뜯어먹은 모양이었다. 쌤통이다. 한쪽에서는 떠버리가 "교감 선생님, 지금 그놈이 빠져나간 건 정말 아깝네요. 교감 선생님 솜씨로도 놓치신 걸 보면 오늘 영 운이 안 따라줄 것 같은데요. 뭐 놓치긴 했어도 찌만 바라보고 있는 사람들보다는 훨씬 낫지요. 브레이크가 없다고 자전거를 못 타겠다고 하는 거나 마찬가지 태도 아니겠습니까."

떠버리는 혼자 잘도 주절댄다. 주먹으로 그 주둥이를 한 방 갈겨주고 싶다.

'나도 사람이다. 교감 혼자서 세낸 바다도 아니고 말이야. 이럴 때 다랑어라도 한 마리 걸려주면 좋잖아' 하고 생각하면서 실을 던지고 적당히 손끝으로 다루고 있었다. 잠시 기다리니까 뭔가 실 끝이 왔다 갔다 하는 느낌이 들었다. 나는 곧 '분명히 뭔가 걸렸다. 살아 있는 놈이 아니고선 이렇게 줄을 앞뒤로 흔들지 못할 거야. 좋아, 잡았다' 하고 단숨에 쭉 잡아당겼다. "어이구, 잡으셨나 봐요. 청출어람이라더니" 하고 떠버리가 무슨 소린지 떠드는 사이에 실을 거의 끌어당겨 물속에 약 1미터 정도만 남겨두었다. 뱃전에서 내려다보니 은어처럼 줄무늬가 있는 물고기가 실 끝에 걸려 양옆으로 헤엄치면서 내가 손가락으로 잡아끄는 대로 딸려 올라왔다.

'재밌구나.'

물 위로 올라오면서 풀쩍 튀어오르는 바람에 난 얼굴에 소금물을 뒤집어썼다. 비위가 상했다. 하지만 꾹 참고 바늘을 빼내려고 하는데 잘 빠지지 않았다. 물고기를 잡은 손이 미끄덩거렸다. 정말 비위가 뒤틀렸다. 귀찮아져서 실을 쭉 잡아당겨 배 바닥에 내리쳤더니 금세 죽어버렸다.

빨간 셔츠와 떠버리는 놀라서 그냥 쳐다만 보고 있다. 나는 바닷물 속에 손을 담가 박박 문질러 씻어내고는 냄새를 맡아보았다. 여전히 비린내가 났다. 정나미가 뚝 떨어졌다. 이젠 뭐가 걸려들어도 물고기는 잡고 싶지 않다. 물고기들도 잡히고 싶지 않겠지. 서둘러 실을 둘둘 감아버렸다.

"첫 번째로 걸린 놈이 고르키(놀래기처럼 생긴 물고기)래서야……."

떠버리가 건방을 떨면서 선수 치자 "고르키라면 러시아의 작가와 비슷한 이름이네요(러시아의 대문호 고리키를 가리킴)" 하고 빨간 셔츠가 말을 받는다. "그렇네요, 정말 똑같네요" 하고 떠버리가 맞장구를 친다.

이것도 빨간 셔츠가 갖고 있는 고약한 버릇이다. 누굴 만나든 외래어를 주절주절거린다. 누구에게나 각자 나름대로 그 전문 분야가 있게 마련이다. 나 같은 수학 교사가 고르키인지 샤리키(짐수레꾼)인지 알게 뭔가. 좀 알 만한 소리를 하면 좋을 것을. 프랭클린(미국의 정치가이자 과학자)이나 《푸싱 투 더 프론트》(입신출세에 관한 이야기로 당시 일본 중학교 교재로 쓰였다)처럼 나도 알 만한 이야기를 하면 어때서! 빨간 셔츠는 가끔 《제국문학》인가 하는 잡지책을 학교까지 가져와서 보물 다루듯 조심조심 읽곤 한다. 거센 바람 얘기로는 빨간 셔츠가 떠들어대는 외국 이름들은 다 그 잡지에 나오는 것들이라고 한다. 이러니《제국문학》도 문제다.

그다음부터 빨간 셔츠와 떠버리는 뭔가 잡으려고 애를 써서 결국 약 한 시간 사이에 둘이서 열대여섯 마리를 낚았다. 그런데 이상하게도 계속 잡히는 것마다 그 고르키였다. 도미는 약에 쓰려고 해도 없었다. "오늘은 러시아 문학이 성공했군요" 하고 빨간 셔츠는 떠버리에게 말한다. "교감 선생님 솜씨로도 고르키밖에 안 걸리는 날이니 제 실력으로야 고르키인 게 당연하지요" 하고 떠버리는 또 아첨을 했다. 뱃사공에게 물어보니 이 조그만 물고기는 가시도 많고 맛도 없어서 사람이 먹지는 못하고 그냥 비료로 쓴다고 한다. 빨간 셔츠와 떠버리는 한 시간 동안 사력을 다해 비료를 낚아올린 셈이다. 가련하기 그지없다. 나는 한 마리만 잡고 이내 싫증이 나서 배 바닥에 드러누워 끝없이 펼쳐진 푸른 하늘만 올려다보고 있었다. 낚시질보다 그쪽이 훨씬 운치 있고 좋았다.

그러다 보니 두 사람이서 소곤소곤 무슨 이야기를 하기 시작했다. 내 귀에는 잘 들리지도 않고 별로 듣고 싶지도 않았다. 나는 먼 하늘을 바라보면서 기요를 생각하고 있었다. 돈이 있어서 기요와 함께 이런 멋진 곳에 놀러오면 참 좋을 것이다. 아무리 훌륭한 경치가 펼쳐진 곳이라도 떠버리 같은 녀석과 같이 와서는 재미가 없다. 주름투성이 노인네지만 기요는 어디에 데리고 가든 부끄러울 것이 없다. 떠버리하고는 도저히 마차나 배를 타거나 료운카쿠凌雲閣(도쿄 아사쿠사浅草 공원에 있는 팔각탑)에 올라가고 싶지 않다. 기요랑 다니는 것하고는 비교할 수 없다. 내가 빨간 셔츠고 빨간 셔츠가 나라고 하면 떠버리는 나한테 붙어서 비위를 맞추고 빨간 셔츠 얘기를 하며 비아냥거릴 것이 분명하다. 도쿄 토박이들이 경박하다지만 이런 작자가 여기저기 돌아다니며 제가 도쿄 토박입니다 한다면 사람들은 경박함하면 도쿄를 생각할 것이고 도쿄 하면 경박한 사람들이 사는 곳이라고 여길 것이 아니겠는가.

그런데 아까부터 뒤에서 두 사람이 키득키득거리기 시작했다. 웃음소리 중간중간에 띄엄띄엄 들려서 확실히는 모르겠다.

"네? 그랬단 말이에요?"

"바로 그거예요…… 모르니까요…… 그게 죄지요."

"저런……."

"메뚜기를…… 정말이에요."

나는 다른 말들은 관심도 없었지만 메뚜기라고 하는 떠버리의 말을 듣고는 귀가 번쩍 뜨였다. 떠버리는 무엇 때문인지 메뚜기란 말에는 일부러 힘을 줘서 내가 확실히 들을 수 있게 하고는 다시 소곤소곤 안 들리게 말을 했다. 나는 움직이지 않고 그대로 있었지만 귀는 뒤쪽으로 곤두세우고 있었다.

"아, 요번에도 홋타가……."

"그럴지도 모르는데……."

"튀김…… 하하하."

"꼬드겨서……."

"당고도……."

말소리는 이렇게 띄엄띄엄 들렸지만 메뚜기, 튀김, 당고라는 말이 나오는 것으로 봐서 틀림없이 지금 자기들끼리 내 얘기를 하고 있는 것이다. 이야기를 하려면 좀더 큰 소리로 하든지 내 험담을 하려면 아예 자기들끼리 와서 할 일이지 나는 왜 끌어들인 거야? 정말이지 상종 못 할 놈들이다.

메뚜기든 꼴뚜기든 어쨌든 나는 아무 잘못도 없다. 교장이 자기에게 맡겨두라고 하기에 너구리 체면 생각해서 지금까지 꾹 참고 있는데 떠버리 주제에 쓸데없이 끼어들다니. 방 안에 틀어박혀서 붓이나 빨고 있지, 내 일은 내가 알아서 처리할 테니 두고 봐라. 이렇게 생각하고 있는데 "이번에도 홋타가……"라든지 "꼬드겨서……"라고 한 말이 신경쓰였다.

홋타가 나를 꼬드겨서 사건을 크게 만들었다는 말인지, 아니면 홋타가 학생들을 꼬드겨서 나를 골탕 먹인 것인지 잘 모르겠다. 파란 하늘을 보고 있자니 햇빛이 점점 약해지면서 서늘한 바람이 불기 시작했다. 모기향 연기처럼 생긴 구름이 저편으로 퍼져가서는 안개가 낀 듯했다.

"이제 돌아가지" 하고 빨간 셔츠가 그제야 정신이 난 듯이 말하자 떠버리가 "아 벌써 시간이 이렇게 됐네요. 오늘 밤엔 마돈나 아씨 만나러 가십니까?" 하고 묻는다. "무슨 그런 쓸데없는 소리를…… 아니에요" 하면서 뱃전에 놓아두었던 것들을 정리한다. "에헤헤헤, 괜찮아요. 들어도 뭐……" 하고 떠버리가 돌아서는 순간 나는 도깨비 눈을 하고 떠버리의 머리를 쏘아보았다. 떠버리는 햇빛을 핑계 삼아 이맛살을 찌푸리더니 얼른 등을 돌려 잡은 물고기들을 보면서 "아이고, 이놈들 벌써 다들 뻗었네" 했다. 정말로 시건방진 놈이다.

배는 잔잔한 바다를 뒤로하고 뭍으로 향했다.

"선생은 낚시가 별로 재미없었나 봐요."

빨간 셔츠가 말을 걸어서 "글쎄, 저는 누워서 하늘 구경하는 것이 더 좋습니다" 하고 대답하고 막 붙인 입담배를 바닷속으로 던졌더니 "슉" 소리를 내며 노를 저어 갈라진 물결 위를 동동 떠다녔다. 빨간 셔츠가 계속해서 "선생이 우리 학교에 새로 와서 학생들이 아주 좋아하고 있으니까 많이 가르쳐주세요" 하고 낚시와는 아무 상관도 없는 말을 했다.

"별로 좋아하지 않던데요."

"아니에요. 그냥 하는 말이 아닙니다. 정말 좋아들 한다니까. 그렇지요, 요시카와 선생?" 하고 빨간 셔츠가 떠버리를 보면서 묻자 "아유, 좋아하는 정도가 아닙니다. 아주 좋아 난리지요, 난리"라고 맞장구를 치면서 실실 웃었다. 이 자식이 내뱉는 말은 한마디 한마디가 신경이 거슬린다.

빨간 셔츠가 나에게 다시 "하지만 선생, 조심하지 않으면 안 좋은 일이 생길 수 있습니다. 위험해요" 하는 것이었다. 그래서 난 "어차피 세상살이가 다 그런 것 아닙니까? 저도 그런 것쯤 각오하고 있습니다" 하고 말했다. 실제로 나는 이 학교를 그만두든지 그놈의 기숙사 돼지 새끼들한테 끝까지 사죄를 받아내든지 둘 중 하나를 선택할 참이었다.

내 말을 받은 빨간 셔츠는 "그렇게 말하면 더 할 얘기는 없지만 나는 교감으로서 선생이 염려가 되니까 한 말이니 나쁘게 듣진 마세요"라고 말했다. 그러자 이번엔 떠버리가 "교감 선생님은 확실히 선생에게 호감을 갖고 계시지요. 나도 같은 도쿄 출신이라 될 수 있으면 서로 힘이 되어주면서 오랫동안 선생과 함께 이 학교에서 교직 생활을 하면 좋겠어요" 하면서 제법 사람다운 말을 했다.

'너한테 신세를 지느니 차라리 목을 매고 죽는 편이 낫다.'

이렇게 생각하고 있는데 떠버리는 말을 계속 이었다.

"그래서 말인데요, 학생들은 선생이 우리 학교에 새로 온 것을 무척이나 환영하고는 있는데 거기엔 여러 사정이 있어서…… 선생도 화가 날 때가 물론 있겠지만 본인 쪽에서 참고 넘기겠다 생각하고 인내심 있게 지켜보세요. 결코 해를 끼치지는 않을 테니까요."

"여러 사정이 있다니, 무슨 사정입니까?"

"그게, 좀 복잡하지만 곧 알게 될 거예요. 내가 얘기하지 않아도 저절로 알게 될 테죠. 그렇지 않나요 요시카와 군?" 하니까 "맞습니다. 보통 복잡한 게 아니라서 하루이틀로는 파악하기 어렵죠. 그렇지만 조금씩 알게 될 겁니다. 내가 얘기해주지 않아도 말입니다" 하고 떠버리도 빨간 셔츠와 똑같은 말을 했다.

"그렇게 말 못 할 사정이라면 안 들어도 좋습니다. 선생님 쪽에서 먼저 말을 꺼내셨으니까 여쭤보는 겁니다" 하자 빨간 셔츠도 "그렇죠. 말을 시작해놓고 그만두는 것도 무책임한 짓이지요. 이 정도만 이야기해두지요. 이렇게 말하면 좀 뭣합니다만, 선생은 이제 막 학교를 졸업하고 교사로서는 경험이 없잖아요. 그런데 이 학교 생활이라는 것이 그렇게 쉽지만은 않아서 선생이 학교에서 배운 것대로 돌아가지는 않거든요" 한다.

"배운 대로 돌아가지 않으면 어떻게 돌아간다는 겁니까?"

"저런저런, 그렇게 내놓고 물어보니까 경험이 없다고 하는 거예요."

"경험이야 부족하겠지요. 이력서에도 썼지만 스물세 해

하고도 넉 달밖에 안 살았으니까요."

"저기, 그래서 생각지 못한 곳에서 이용당할지도 모른다고 얘기했잖아요."

"정직하게 살면 누가 이용하려고 한대도 겁날 게 없습니다."

"그렇죠, 겁날 건 없겠지만 이용당하는 건 어쩔 건가요? 바로 선생 전임자가 이용당했으니까 조심해야 한다는 거지요."

떠버리가 어째 조용하다 했더니 뱃머리 쪽에서 뱃사공과 낚시 얘기를 하고 있었다. 그래서 얘기를 계속하기가 쉬웠다.

"제 전임자가 누구한테 이용을 당했습니까?"

"그걸 얘기하면 그 사람의 명예는 어떻게 되겠어요. 확실한 증거도 없고 말이지요. 그런 실수를 할 수는 없잖아요? 어쨌든 처음 우리 학교에서 교사 생활을 시작하는 거니까 첫 경험을 잘 치르지 않으면 우리도 선생을 이곳으로 부른 보람이 없고…… 아무쪼록 신경 좀 써주세요."

"신경을 써달라고 해도 이 이상 더 신경쓸 일은 없습니다. 나쁜 짓을 안 하면 되는 겁니다."

그랬더니 빨간 셔츠가 "호호호호" 하고 웃었다. 생각해보면 이 세상 많은 사람들은 나쁜 길로 들어서는 걸 당연하다고 여기는 모양이다. 나쁜 것에 물들지 않으면 이 사회에서 성공할 수 없다고 믿고들 있는 것 같다. 가끔 솔직하고 순수한 사람을 보면 '도련님, 부잣집 도련님' 하면서 비꼬곤 한다. 그렇다면 초등학교나 중학교에서 '거짓말하면 안 된다, 솔직해야 된다'라고 가르치지 말고 차라리 '거짓말하는 법'이라든가 '사람을 의심하는 기술', '사람 등치는 술책'을 가르치는 편이 이 세상을 위해서도, 그 사람을 위해서도 도움이 될 것이다.

빨간 셔츠가 '호호호' 한 것은 내가 융통성이 없다고 생각하며 웃은 것이겠지. 하지만 순수하고 솔직한 것이 손가락질받는 세상이라면 어쩔 수 없다. 기요라면 이런 때 결코 웃지 않을 것이다. 내 이야기를 진지하게 들어준다. 기요가 빨간 셔츠보다 훨씬 훌륭한 사람이다.

"물론 나쁜 짓을 안 하면 되지만 자기가 나쁜 짓을 하지 않는다고 다른 사람의 나쁜 점을 알아채지 못한다면 큰코다칠 수 있다는 말입니다. 이 세상에는요, 아무리 통이 큰 것처럼 보여도, 아무리 뒤끝이 없어 보여도, 친절하게 묵을 집을 알선해준다 해도 절대 방심해서는 안 되는 사람이 있으니까요……. 어유, 이거 벌써 쌀쌀해지네, 이제 정말 가을인가 봐요. 바다 쪽은 벌써 안개 때문에 자주색이네요. 멋지네, 여봐요! 요시카와 선생, 어때요? 저 바다 풍경."

빨간 셔츠는 큰 소리로 떠버리를 불렀다.

"와아, 정말 멋지네요. 이런 풍경은 흔치 않습니다. 시간만 있으면 캔버스에 담아놓으면 좋겠는데, 아깝다."

떠버리가 수선을 떨었다.

항구 식당 2층 건물에 전등이 켜지고 경적이 "뿌우" 하고 울리자 배는 해변가 모래밭에 뱃머리를 갖다 댔다.

"이제 오세요?"

식당 주인아줌마가 모래밭에까지 나와 빨간 셔츠에게 인사를 한다. 나는 뱃머리에서 "어이차" 소리를 내며 뛰어내렸다.

6

떠버리는 정말 싫은 놈이다. 이런 놈은 큰 맷돌을 발목에 묶어서 바닷속으로 던져버리는 것이 나라를 위하는 길이다. 빨간 셔츠는 목소리가 비위 상한다. 그 사람은 타고난 목소리는 안 그런데 일부러 잘난 척하느라고 고상을 떨어서 저런 목소리가 나오는 것일 게다. 제아무리 잘난 척해도 저런 낯짝을 해가지고는 안 된다. 만일 저런 낯짝을 보고 잘생겼다고 하는 사람이 있다면 그건 마돈나 아씨뿐일 거다.

그러나 교감이니만큼 떠버리보다는 그럴듯한 이야기를 한 것이라고 생각한다. 집에 돌아와서 그 사람의 이야기를 다시 떠올려보니 이해가 될 것도 같다. 직접적으로 말을 하지 않아서 확실히 단정지을 수는 없지만 '거센 바람이 좋은 사람은 아니니 조심하라'는 얘기 같다. 만일 내 해석이 맞다면 분명히 딱 부러지게 이야기를 했어야 옳다. 남자답지 못하다. 그리고 그렇게 안 좋은 사람이면 빨리 모가지를 자를 것이지 왜 지금까지 그대로 두는 건가. 빨간 셔츠는 문학사나 되면서 그 꼴이다. 뒤에서 몰래 수군거리면서도 이름을 대지 못하는 걸 보니 한심한 녀석임은 분명하다. 이런 녀석은 겉으로는 친절하게 구는 법이니 빨간 셔츠도 마찬가지겠지. 친절은 친절이고 목소리는 목소리니까 목소리가 마음에 안 든다고 친절을 무시할 필요야 없을 것이다. 어쨌든 아무리 생각해도 참 이상한 세상이다. 주는 것 없이 미운 놈이 친절하게 굴기도 하고, 마음 맞던 친구가 갑자기 배반하고 사람을 바보로 만든다. 도대체 시골 촌구석은 모든 게 도쿄와 반대로 돌아가나 보다. 참으로 이해 안 가는 곳이다.

하지만 그 거센 바람이 학생들을 꼬드겨서 나한테 장난을 칠 이유도 없지 않나. 학생들한테 인기 있는 선생이라니 하려고만 들면 못 할 것도 없지만. 내가 미워서 나를 혼내주고 싶으면 그냥 날 붙잡고 한판 붙자고 하는 편이 훨씬 간단하다. 아니면 사실 이러저러해서 방해가 되니까 그만 이 학교에서 나가달라고 하면 좋을 텐데. 얘기를 해보고 일리 있는 얘기라면 나는 내일이라도 당장 그만둘 것이다. 내가 뭐 여기 말고는 입에 풀칠할 데가 없는 것도 아니고, 어디다 내놔도 굶어 죽지는 않을 거란 말이다. 거센 바람도 함부로 이야기를 나눠서는 안 되는 놈이었다.

이 촌구석에 처음 왔을 때 나한테 처음 빙수를 사준 것이 거센 바람인데, 그렇게 겉과 속이 다른 자한테서 빙수를 얻어먹었으니 이것은 내 얼굴에 똥칠하는 셈이다. 나는 딱 한 그릇 먹었으니 내가 그때 빚진 돈은 1전 5리다. 하지만 그것이 1전이 됐든 5리가 됐든 사기꾼한테서 얻어먹은 것이라면 죽어서도 눈을 못 감을 것이다. 내일 학교에 가자마자 1전 5리를 갚아야지. 기요에게는 3엔을 빌렸다. 그 돈은 5년이 지난 지금까지 갚지 못했다. 못 갚는 것이 아니라 안 갚는 것이다. 기요도 내 주머니나 살피면서 언제 갚겠지 하고 생각하지는 않을 것이다. 이젠 남남처럼 꼭 갚고 말고 따지지 않을 작정이다. 그런 생각을 할수록 기요의 마음을 몰라주는 것 같아서 오히려 기요에게 더 부담을 주는 것이 아닌가 싶다. 돈을 갚지 않는 것은 기요를 무시하는 게 아니라 나의 일부로 생각한다는 거다. 기요와 거센 바람을 비교할 수는 없겠지만 빙수든 뭐든 남에게 얻어먹고 아무 말 않는 것은 상대를 인간으로 보았기 때문이다. 내 돈 내고 먹으면 그만인 것을 마음속으로 계속 고마워하고 있다면 그건 누구든 돈 내고 얻기 힘든 답례이다. 지체가 없는 사람이라도 사람은 사람이다. 버젓한 사람이 남 앞에 고개를 숙이는 것은 100만 엔보다 더 값비싼 대가를 치른 것이나 마찬가지다. 거센 바람이 나한테 고마워해야 하는 게 아닌가. 사람 생각해주는 척하다가 이렇게 뒤통수를 치다니 괘씸하다. 내일 가서 1전 5리만 갚으면 그것으로 돈거래는 끝이니 그 뒤에 한판 붙어야지.

나는 여기까지 계획을 세우고 졸음이 와서 쿨쿨 잤다. 다음 날 아침 나는 생각해둔 일이 있으므로 다른 때보다 일찍 학교에 나가 거센 바람을 기다렸다. 그런데 거센 바람이 좀처럼 나타나지 않았다. 끝물 호박이 일등으로 들어온다. 그 다음은 한문이 들어오고 그 뒤를 떠버리가 따라 들어왔다. 그리고 맨 마지막으로 빨간 셔츠까지 다 와서 각자의 책상에 자리를 잡았는데 거센 바람의 책상 위에는 분필만 한 자루 자빠져 있을 뿐 조용하다.

오늘 아침 나는 교무실에 들어가자마자 돈 갚을 생각을 하고 1전 5리를 손에 꼭 쥐고 왔다. 나는 원래 손바닥에 땀이 많이 나는 사람이라 어찌됐나 손바닥을 펴 보니 1전 5리가 땀에 젖어 있다. 땀에 젖은 돈을 주면 거센 바람이 무슨 말이든 할 거라고 생각하고 책상 위에다 그 지폐를 올려놓고 후후 불어서 말린 다음 다시 집어 들었다. 이때 빨간 셔츠가 다가와서는 "어제는 내가 실례한 것 같아요. 좋아하지 않는 사람 괜히 불러내서 성가시게 했으니" 하며 말을 걸어왔다. 그래서 "성가시긴요. 덕분에 운동 좀 했습니다" 하고 대답했다.

그러자 빨간 셔츠는 "저 선생, 어제 내가 돌아오는 배 안에서 한 얘기는 비밀로 해줘요. 아직 아무한테도 얘기 안 했을 테지만" 하는 것이었다. 목소리만 계집애 같은 것이 아니라 조그만 일에 걱정하는 것도 꼭 그렇다. 다른 사람에게 퍼뜨릴 생각은 나도 없다. 그렇지만 거센 바람과는 직접 담판을 지을 참으로 돈까지 꽉 쥐고 왔는데 여기서 빨간 셔츠에게 제재를 당하면 곤란하다. 빨간 셔츠도 웃긴다. 거센 바람이라고 꼭 집어서 말하지 않았더라도 충분히 짐작할 수 있을 만큼 할 얘기는 다 하고서 이제 와서 그걸 알면 곤란하다고 하다니 교감답지 않게 꽁무니를 빼려 한다. 제대로 되었다면 내가 거센 바람과 싸움이라도 시작해서 한바탕 소란을 피우고 있는 가운데 나서서 당연하게 내 편을 들어주어야 한다. 그래야 한 학교의 교감이라고 할 수 있을 것이고 빨간 셔츠를 입고 있는 그 나름대로의 뜻도 살리는 것이 아닌가. 그래서 나는 교감을 향해 "아직 아무에게도 이야기하진 않았지만 오늘 거센 바람, 아니 홋타 선생과는 담판을 지을 생각입니다" 했더니 빨간 셔츠는 표정이 싹 바뀌었다.

"아이고 그러면 못써요. 내가 홋타 선생이라고 꼭 집어서 얘기한 것도 아닌데……. 선생이 그 일로 소란을 일으키면 내 입장이 뭐가 되나. 이 학교에 소란 피우러 온 거 아니잖아요?"

빨간 셔츠는 어디 질문 같지도 않은 질문을 했다.

"당연하지요. 월급 받고 소란이나 피워서야 학교 입장에서도 곤란하겠지요."

그러자 빨간 셔츠는 땀까지 닦아가며 부탁했다.

"그럼요. 그러니 어제 일은 혼자서만 알고 입 밖으로 내진 말아줘요."

"좋습니다. 나도 곤란한 점은 있지만 교감 선생님이 그렇게 입장이 곤란해지신다니 그만두지요."

나는 약속했다.

"틀림없는 거지요?"

빨간 셔츠는 확인까지 했다. 어디까지 계집애처럼 굴 건지 모르겠다. 문학사라는 게 다 저렇다면 별 볼 일 없는 작자들이다. 앞뒤도 맞지 않는 부탁을 하면서 아무렇지도 않아 한다. 거기다 나를 의심하기까지 하고. 나는 사내대장부다. 한번 약속하면 뒤돌아서서 헌신짝처럼 내버리는 비열한 생각은 하지 않는단 말이다. 그러는 사이 옆자리 사람들도 다 오고 해서 빨간 셔츠는 자기 자리로 돌아갔다. 빨간 셔츠는 걸음걸이도 다르다. 교무실 안을 걸을 때도 소리가 나지 않게끔 구두 앞쪽으로 살짝살짝 걸었다. 소리 내지 않고 걷는 것이 교양 있는 모습이라는 걸 처음 알았다. 도둑놈 흉내 내는 것도 아니고, 자연러운게 좋지. 이윽고 시작종이 울렸다. 그런데도 거센 바람은 들어오지 않았다. 할 수 없이 1전 5리를 책상 위에 놓고 교실로 갔다.

첫 수업이 길어져서 약간 늦게 교무실로 돌아왔더니 선생들은 모두 자기 책상 앞에 앉아 있고 거센 바람도 어느 사이에 들어와 있었다. 오늘 결근인가 했더니 지각한 것이다.

거센 바람은 내 얼굴을 보자마자 "오늘은 자네 덕분에 지각했네. 벌금 좀 대신 내주게" 하는 것이었다. 나는 거센 바람 책상 위에 놓아두었던 1전 5리를 내밀면서 "이거 줄 테니 받으세요. 지난번 길 가다 먹은 빙수 값이에요" 했더니 "무슨 소리야?" 하면서 웃으려다가 내가 심각한 얼굴로 서 있으니까 "이거 왜 이래. 농담하나?" 하면서 내 책상에 다시 올려놓았다. 뭐야 이거, 끝까지 안 받으시겠다?

"농담 아닙니다. 선생님한테 빙수 얻어먹을 이유가 없으니 내가 먹은 값 내가 내겠다는 겁니다. 안 받을 이유도 없지 않습니까."

"1전 5리가 그렇게 맘에 걸린다면 받아두겠네만 갑자기 왜 이러는지 모르겠네."

"지금 갚건, 내일 갚건 빚진 것을 갚겠다는 겁니다. 거저 얻어먹는 게 싫으니까 돈 내겠다는 겁니다."

거센 바람은 무표정한 내 얼굴을 보고 "흠" 하고는 더는 아무 말도 하지 않았다. 빨간 셔츠가 부탁만 하지 않았어도 이 자리에서 거센 바람의 비겁함을 까발리고 한판 붙겠지만 입 밖에 내지 않겠다고 약속했으니 참을 수밖에. 사람이 이렇게 열받아 있는데 흠은 뭐야 흠은.

"그래 좋아. 빙수 값은 내 받아두는데 자네 지금 그 하숙집에서 나와야겠어."

"내가 빚진 1전 5리만 받으면 된 거지, 하숙비는 내가 내고 있는데 나가든 말든 그건 내 맘 아닙니까?"

"그렇게 자네 맘대로 할 수 있는 것이 아니야. 그 하숙집 주인이 날 찾아와서 자네가 나가주었으면 좋겠다고 하더라고. 그래서 이유를 물으니까 집주인 말도 일리가 있어. 뭐 그래도 확실히 확인할 필요가 있다 싶어서 내가 오늘 아침 그 집까지 가서 자세한 얘길 듣고 오느라고 늦은 걸세."

나는 이건 갑자기 또 무슨 소린가 싶었다.

"집주인이 선생님한테 뭐라고 얘기했는지 모르겠지만 갑자기 방을 빼라니 무슨 소립니까? 나가달라는 이유가 합당하면 그 이유를 먼저 말하는 것이 순서지, 집주인 얘기가 일리가 있다고 나가라니 무례한 말이군요."

"음, 그렇다면 말해주지. 자네 행동이 너무 난폭해서 도저히 못 봐주겠대. 아무리 하숙집 안주인이지만 하녀는 아니지 않은가. 다짜고짜 발을 내밀고 닦으라고 하다니 그건 너무하지 않나."

"아니, 내가 언제 하숙집 안주인한테 발을 닦으라고 했단 말입니까?"

"발을 닦았는지 안 닦았는지는 모르겠지만, 어쨌든 그 집주인 말이 더는 참을 수가 없으니 방을 빼라네. 자기는 뭐 하숙비 10엔이나 15엔 정도는 족자 하나 팔면 금세 생길 거니까 상관없다더군."

"함부로 지껄이는 사람이군. 그러면 왜 날 그 방에 들인 거랍니까?"

"그건 그 사람 맘이니 내가 알 바 아니고 자네 그만 방 빼 줘야겠네."

"빼고말고요. 무릎 꿇고 싹싹 빌면서 있으라고 해도 있고 싶지 않습니다. 선생님 얼굴 봐서 그동안 있어줬는데 괘씸한 놈."

"그 사람이 괘씸한 놈인 건지, 자네가 얌전히 행동하지 않은 건지 둘 중 하나겠지."

거센 바람도 나와 맞먹을 만큼 갑자기 울컥하는 놈이라 지지 않겠다는 듯 큰 소리로 말한다. 교무실에 앉아 있던 다른 사람들이 무슨 일인가 하고 모두 나와 거센 바람 쪽으로 목을 쭉 빼고 쳐다보았다. 나는 특별히 부끄러운 짓 한 것도 없으니까 볼 테면 보란 듯이 일어나서 교무실 안을 휘 둘러보았다. 모두들 멍하니 있는데 떠버리 자식만 뭐가 재미있는지 히죽거리고 있었다. 나는 눈을 부라리면서 '네놈도 한번 붙어볼 테냐?' 하는 표정으로 그놈을 쏘아보았더니 찔끔한다. 내 눈초리에 겁을 먹은 모양이다. 그러고 있는 동안 또 종이 울렸다. 거센 바람도 나도 싸움을 멈추고 교실로 가야 했다.

오후에는 지난번에 나한테 무례한 짓을 한 그 기숙사생들에 대한 처벌 문제로 회의가 열렸다. 회의라는 것은 난생 처음이기 때문에 어떤 건지 모르겠지만 직원들이 모여서 자기들 생각나는 대로 지껄이면 교장이 듣고 적당히 정리하는 거겠지. 정리한다는 건 옳고 그름을 가릴 수 없을 때 하는 것이다. 이번 일같이 누가 보더라도 분명한 괘씸한 일 때문에 회의를 한다니 낭비다. 누가 보든 다른 생각이 있을 리 없다. 이런 건 교장이 그 자리에서 처리하면 될 일인데 배짱이 없는 게다. 교장이라는 자가 이 모양이라니. 생각과는 달리 결단성 없는 굼벵이인 모양이다.

회의실은 교장실 옆에 있는 좁고 긴 방으로 평소에는 식당으로 쓴다. 검은 가죽으로 씌운 의자가 스무 개 정도 긴 테이블 주위에 놓여 있는 것이 간다에 있는 서양 요릿집 같은 분위기다. 그 테이블 맨 끝에 교장이 앉고 교장 옆에 빨간 셔츠가 자리를 잡는다. 그다음부터는 각자 알아서 의자에 앉는다고 들었는데 체육 선생은 언제나 겸손해서 말석에 앉는다고 한다. 나는 어떡해야 하는지 잘 몰라서 과학 선생과 한문 선생 사이에 끼여 앉았다. 테이블 건너편을 보니 거센 바람이 떠버리와 나란히 앉아 있다. 떠버리 얼굴은 아무리 보아도 밥맛이다. 싸우기는 했어도 거센 바람 쪽이 훨씬 낫다. 우리집 영감 장례식 때 고히나타小日向의 절 요겐지養源寺에 걸려 있던 족자 속 얼굴과 비슷하다. 스님에게 물었더니 위타천韋陀天(불법을 수호하는 신)이라는 괴물이라고 했다. 화가 나서 그런지 눈을 굴리다가 가끔씩 내 쪽을 노려본다. 나도 지지 않으려고 눈에 힘을 주고 거센 바람을 바라보았다. 멋진 눈은 아니지만 크기는 누구에게도 지지 않는다. 기요가 종종 "도련님은 눈이 크셔서 배우가 되면 잘 어울릴 거예요" 하고 말하곤 했다.

"이제 거의 다 모이셨죠."

교장이 말하자 서기인 가와무라가 "하나, 둘……" 소리를 내며 사람 머릿수를 세기 시작했다. 한 사람이 부족하다.

그건 당연하다. 끝물 호박이 빠졌으니까.

나와 끝물 호박은 전생에 무슨 인연이 있었는지 모르지만 이 사람 얼굴을 처음 본 후로는 그 얼굴을 잊을 수가 없다. 교무실에 오면 제일 먼저 끝물 호박이 눈에 띄고 길을 걷다가도 끝물 호박 얼굴이 떠오른다. 온천을 가도 끝물 호박이 탕 안에서 고개를 들고 떠오른다. 어쩌다 둘이 마주쳐서 내가 먼저 인사를 하면 "아이고, 예" 하고 미안하다는 듯이 고개를 숙여서 안돼 보인다. 이 학교에는 끝물 호박만큼 얌전하고 착한 사람이 없다. 좀처럼 큰 소리로 웃는 법도 없고 쓸데없는 소리를 늘어놓는 일도 없다.

나는 그전에 군자君子에 대한 이야기를 책에서 본 적이 있다. 그런 사람은 그저 지어낸 인물이겠지 생각했는데 끝물 호박을 보면 역시 그런 사람이 실제로 있기는 있구나 하는 생각이 들 정도이다. 이렇게 관심이 있으니 회의를 하러 들어오자마자 끝물 호박이 없다는 걸 금방 알 수 있었다. 사실 끝물 호박 옆에 앉을까 생각하고 있었던 것이다.

교장은 "이제 곧 오시겠죠" 하고 자기 앞에 있던 보라색 보자기 꾸러미를 풀고 무슨 종이 다발을 꺼내 읽었다. 빨간 셔츠는 호박 파이프를 비단 손수건으로 닦는다. 그것이 취미 생활인 모양이었다. 빨간 셔츠가 할 법한 일이다. 다른 선생들은 옆 사람과 소곤거리고 있었다. 연필 끝에 달린 지우개로 책상 위에 뭔가 쓰는 시늉을 하는 사람도 있었다. 떠버리는 거센 바람에게 자꾸 말을 붙였으나 거센 바람은 그다지 흥미가 없는 듯했다. 가끔씩 "예에"라든가 "아아" 하다가 성난 눈으로 나를 본다. 나도 지지 않고 눈을 똑바로 뜨고 바라봤다.

조금 있자 끝물 호박이 면목 없다는 듯이 고개를 숙이고 조용히 들어와서 "잠깐 일이 생겨서 지각했습니다" 하고 정중하게 너구리에게 인사를 했다. "그럼 회의를 시작하겠습니다" 하고 말한 너구리는 우선 서기에게 일러 그 종이 다발을 모인 사람들한테 돌리게 했다. 받고 보니 제일 첫머리에 '처벌 건', 그다음이 '학생 단속 건', 그리고 그 밑에 두세 개 조항이 더 있었다. 너구리는 언제나 그랬듯이 점잔을 빼며 자기가 무슨 교육의 화신이라도 되는 양 이런 말을 꺼냈다.

"학교의 교직원이나 학생에게 무슨 문제가 생기면 그것은 모두 제 부덕의 소치로, 사건이 하나 일어날 때마다 저는 부끄럽게 생각합니다. 그런데 불행히도 이번에 또 이런 소란이 생긴 점 여러분들에게 깊이 사죄드립니다. 그러나 일단 일어난 일은 돌이킬 수 없으니 어떻게든 처리를 해야 됩니다. 모두들 무슨 일인지는 알고 계실 테니 그 해결 방법에 대해 생각하신 것이 있으면 말씀해주시지요."

나는 이런 교장의 말을 듣고 '아 역시 교장이라 다르구먼. 훌륭한 말을 하는데' 하고 진심으로 감탄했다.

그런데 너구리가 지금 한 말대로 '부끄럽고', '부덕의 소치'라면 학생들 벌주는 것은 그만두고 자기가 먼저 교장직을 물러나면 그만이다. 그러면 이렇게 귀찮게 회의 따위를 할 필요도 없을 것 아닌가. 상식적으로 말해서 내가 얌전히 숙직을 하는데 학생들이 난폭한 행동을 했다면 나쁜 건 교장도, 나도 아니고 학생이다. 거센 바람이 꼬드겨서 그런 거라면 학생과 거센 바람을 함께 처벌하면 될 것이다. 이런 조리에 맞지 않는 소리를 하면서 너구리는 잘난 듯 사람들을 돌아봤다. 하지만 뭐라 말하는 사람은 없었다. 과학 선생은 아까부터 건물 지붕에 올라앉은 까마귀만 바라보고 있다. 한문 선생은 받은 종이를 접었다 폈다 하고 있다. 거센 바람은 아직도 내 얼굴을 바라보고 있다. 회의라는 것이 이렇게 싱거운 것이라면 차라리 이 자리에 참석하지 말고 낮잠이나 자는 편이 훨씬 낫다.

나는 지겨워져서 제일 먼저 한마디해야지 생각하고 의자

에서 엉덩이를 반쯤 들었는데 빨간 셔츠가 뭔가 말을 꺼내기에 도로 앉았다. 파이프는 집어넣고 줄무늬가 있는 비단 손수건으로 얼굴을 닦으며 뭐라고 얘기를 한다. 저 수건은 분명 마돈나에게서 받아낸 것이겠지. 보통 남자라면 흰 모시 수건을 가지고 다니니까.

"저도 기숙생 소동을 듣고 교감으로서 소임을 다하지 못한 것에 대해 깊이 반성하고 있습니다. 그리고 이런 일은 뭔가 문제가 있어서 일어나는 것으로 사건 그 자체만을 보면 학생들이 전적으로 잘못한 것 같지만 그 진상을 자세히 살펴보면 책임은 오히려 학교 측에 있는 것이 아닌가 생각됩니다. 따라서 표면상 드러난 것만 가지고 학생들을 엄하게 다루는 것은 앞날을 생각해서 좋지 않다고 생각합니다. 학생들은 지금 한창 혈기 왕성한 때이니 그 넘쳐나는 혈기를 주체 못 해서, 옳고 그름을 구분하지 못하고 무의식중에 이런 장난을 친 겁니다. 이번 일에 대한 처리는 교장 선생님께서 결정하시겠지만 제가 지금 말씀드린 것을 좀 참작하셔서 아무쪼록 관대하게 처리해주시길 부탁드립니다."

과연 너구리도 너구리지만 빨간 셔츠도 빨간 셔츠다. 학생이 난리 치는 것은 학생 잘못이 아니라 교사 잘못이다 이거지. 미치광이가 남의 머리를 때리는 것은 맞은 사람이 잘못했으니까 때리는 거라는 건가. 아니 그렇게 혈기가 넘치면 운동장에 나가 스모라도 한판 할 일이지, 무의식적으로 남 잠자리에 메뚜기를 집어넣는다니 그게 말이나 되나? 그런 식으로 해석하자면 자는 사람 목을 베어간다 해도 무의식적으로 그랬다고 봐줘야 한단 말인가.

나는 여기까지 생각이 미치자 무언가 말을 해야지 싶었는데 일단 한마디할 때 당당하게 일사천리로 말하지 않으면 시시하다. 내 버릇을 한 가지 밝히자면, 나는 화가 났을 때는 두세 마디만 하고도 곧 숨이 막혀버리곤 한다. 너구리나 빨간 셔츠는 사람 됨됨이가 나보다 훨씬 못하지만 말솜씨를 보자면 둘 다 청산유수라서 시답지 않게 한마디했다가 말꼬리라도 잡히면 재미없다. 좀더 머리를 짜내서 멋진 말을 생각해내야지.

그러고 있는데 앞에 있던 떠버리가 갑자기 일어나는 바람에 깜짝 놀랐다. 떠버리 놈 주제에 무슨 의견이 있다고, 건방지게. 떠버리는 언제나 그렇듯이 배슬거리며 비꼬는 투로 말했다.

"사실 이번 메뚜기 사건은 우리 학교를 사랑하는 교사들이 학교의 전도에 대해 불안감을 갖게 한 보기 드문 사건입니다. 우리 교직원들은 앞장서서 이번 사건의 진상을 규명하여 전교의 기강을 확립해야 합니다. 따라서 지금 교장선생님 및 교감 선생님께서 말씀하신 의견은 사실 정곡을 찌른 것으로 아주 적절한 지적이라 저는 시종일관하게 두 분 의견에 찬성합니다. 아무쪼록 관대한 처분을 부탁드립니다."

떠버리가 하는 말에는 도대체 의미가 없다. 한자어만 나열했지 내가 알아들은 것은 "시종일관하게 두 분 의견에 찬성합니다"밖에 없다.

나는 떠버리가 무슨 말을 했는지 의미는 파악하지 못했지만 갑자기 열이 확 뻗쳐서 아직 멋진 문장을 짜내지 못했는데도 자리에서 벌떡 일어섰다.

"저는 시종일관하게 반대합니다."

나는 목소리를 높여 말은 꺼냈는데 그 뒤에 딱히 할말이 생각나지 않았다.

"……어정쩡한 처분은 딱 질색입니다."

조금 생각하다가 덧붙여 말을 하니 앉아 있던 사람들이 모두 웃음을 터뜨렸다.

"무조건 학생들이 잘못한 겁니다. 확실히 사죄를 받아내지 않으면 언제 또 그럴지 모릅니다. 퇴학시켜도 됩니다. 뭡니까, 버르장머리 없이 새로 온 교사라고 얕잡아보고."

이렇게 말하고 앉았다. 그러자 오른쪽에 앉아 있던 과학이 "학생들이 잘못은 했지만 너무 엄한 벌을 내리면 오히려 반발이 일어날지도 모르니 안 되죠. 저도 교감 선생님 말씀대로 관대하게 처분하자는 데에 찬성합니다"라고 약한 소리를 한다.

왼편에 앉아 있던 한문도 부드럽게 해결하자는 데 찬성

한다고 한다. 역사 선생도 교감과 동감이라고 했다. 분통 터진다. 모두가 빨간 셔츠와 한통속이다. 이런 치들이 모여서 학교라고 세웠으니 꼴이 이렇지. 나는 학생들에게 사죄를 받아내든가, 학교를 그만두든가 둘 중에 하나를 하기로 마음먹었으니까 만약 빨간 셔츠가 여기서 이긴다면 곧바로 집에 가서 짐을 쌀 각오였다. 어차피 이런 치들을 말로 굴복시킬 재간은 나한테는 없고, 굴복시킨대도 저치들과 섞여 생활하는 것은 내 쪽에서 사절이다. 이 학교를 그만두고 떠나버리면 뭐가 어찌되든 무슨 상관인가. 여기서 또 내가 뭐라고 한마디하면 다들 웃을 것이 뻔하니 난 한마디도 하지 않을 것이다. 그러자 지금껏 입다물고 한마디도 하지 않던 거센 바람이 힘차게 자리에서 일어났다.

'오냐, 그래 어디 빨간 셔츠에게 찬성한다고 해보시지. 어차피 네놈하고는 한판 붙었겠다, 맘대로 해보셔' 하면서 보고 있으니까 거센 바람은 유리창이 흔들릴 정도로 우렁찬 목소리로 말했다.

"저는 교감 선생님과 다른 선생님들 의견에 절대 동의할 수 없습니다. 왜냐하면 이번 사건은 어느 모로 보나 50여 명이나 되는 기숙생들이 새로 부임해온 교사 모 씨를 우습게 보고 골탕 먹이기 위해 벌인 소동이라고밖에 달리 해석할 수 없습니다. 교감 선생님께서는 그 원인이 교사에게도 절반쯤 있다고 보시는 것 같은데, 죄송하지만 그것은 잘못

보신 것이라고 생각합니다. 모 씨가 숙직을 서게 된 날은 이곳에 부임하고 얼마 지나지 않은 때이고 또 학생을 대한 지 20일밖에 되지 않았을 때입니다. 그 짧은 20일 동안에 학생들은 교사에 대해서 완전히 파악하지 못합니다. 골탕 먹을 만한 적당한 이유가 있어서 그런 일이 있었다면 학생들이 저지른 일에 변명을 붙일 수도 있겠지만 특별한 이유도 없이 새로온 교사를 놀리는 경솔한 학생을 용서해서는 학교의 위신이 서지 않습니다. 교육 정신은 단지 학문을 가르치는 일만 말하는 것이 아니라 교양과 패기를 갖추게 함과 동시에 품위 없고 경망한 나쁜 버릇을 뿌리 뽑는 데 있다고 생각합니다. 만약 학생들의 반발을 두려워하거나 소란이 더 커지는 것을 우려해서 그대로 무마하고 만다면 이런 나쁜 풍습은 계속될지도 모릅니다. 나쁜 풍습을 완전히 없애기 위해서 우리는 이 학교에서 일하고 있는 것이므로, 이를 간과한다면 교사의 자격이 없다고 생각합니다. 저는 이상과 같은 이유로 기숙생들 일동을 엄벌에 처하고 그 일을 당한 교사 앞에 사죄시키는 것이 바른 처분이라고 생각합니다."

거센 바람이 말을 마치고 자리에 앉았다. 모두 아무 말도 하지 않았다.

빨간 셔츠는 또 파이프를 빽빽 빨기 시작했다. 나는 왠지 기분이 좋았다. 내가 말하려던 것을 내 대신 거센 바람이

전부 말해주었다. 나는 이렇게 단순해서 조금 전에 싸웠던 것은 말끔히 잊어버리고 거센 바람에게 매우 고맙다는 표정을 지어 보였는데 거센 바람은 아무것도 모른다는 표정이다.

잠시 침묵이 흐르고 거센 바람이 다시 자리에서 일어섰다.

"방금 전 말씀드리면서 한 가지 빠뜨린 것이 있어 말씀드리겠습니다. 그날 저녁 숙직을 하던 모 씨는 근무 시간에 외출을 해서 온천을 하고 온 모양인데 그것에 대해서는 또 다른 처분이 있어야 한다고 생각합니다. 내키지 않더라도, 자신에게 아무도 없는 학교의 안전을 지키는 의무가 있다면 지켜보는 사람이 없다고 해서 학교를 빠져나가 온천에 간다든가 하는 행동을 해서는 안 되는 것입니다. 학생 일은 학생의 일이고 이 점에 대해서는 교장 선생님께서 그 책임자에게 직접 주의를 주시기 바랍니다."

참으로 이상한 놈이다. 내 편이 되어주는가 했더니 곧바로 남의 잘못을 까발리고 있다. 나는 그렇게 심각하게 생각하지 않고 첫날 숙직자가 외출한 것을 알고 있었기 때문에 그것이 관행인 줄 알고 온천에 갔다 온 것인데 지금 거센 바람의 이야기를 듣고 보니 그것은 내가 잘못했다는 생각이 들었다. 공격받아도 할 수 없다. 그래서 그 자리에서 일어나 "저는 솔직히 숙직 중에 온천에 다녀왔습니다. 이는 제 잘못입니다. 죄송합니다" 하고 말하고 앉았더니 또 모두들 웃었다. 내가 무슨 말만 하면 웃는다. 재수 없는 놈들이다. 이놈들아, 니들이 나처럼 자신이 잘못한 일을 곧바로 잘못했다고 시인할 수 있어? 할 수 없으니까 괜히 웃는 거지.

그런 다음 교장은 "이제 대충 의견들을 다 말씀하신 것 같으니 잘 생각해서 결론을 내리겠습니다"라고 말했다. 어차피 지난 일이니 결론부터 말하자면 기숙생들은 1주일 외출 금지 처분을 받고 내 앞에 와서 사죄를 했다. 사죄를 받지 못하면 그 자리에서 학교를 관두고 돌아갈 참이었는데 얼떨결에 내 생각대로 되는 바람에 결국 나중에 문제는 더 커졌다. 그것에 대해서는 다음에 이야기하겠다.

교장은 그런 다음 두 번째 사항이라며 이런 말을 덧붙였다.

"교사의 덕으로 학생들을 감화시켜 바른 길로 이끌어야 합니다. 그런 의미에서 교사들은 우선 음식점 같은 곳에 드나들지 말아주시기 바랍니다. 어쩌다 송별회 같은 모임이 있으면 그것은 예외로 하더라도 혼자서 그렇게 고급스럽지도 않은 장소에 가는 것은 삼가주십시오. 예를 들자면 메밀국숫집이라든가, 당고집 같은."

교장의 마지막 말에 모두 또 웃었다. 떠버리가 거센 바람을 보고 "튀김"이라고 해서 내가 눈을 치켜떴는데 거센 바람과는 눈이 마주치지 않았다.

나는 머리가 나빠서 너구리가 한 말을 모두 이해하지는 못했지만 이것만은 똑똑히 알아들었다. 메밀국숫집이나 당고집에 선생이 드나들면 안 된다. 나 같은 메밀국수나 당고 귀신은? 그렇다면 처음부터 메밀국수와 당고를 싫어하는 사람을 뽑을 일이지 잠자코 있다가 임명장을 주고 나서 "메밀국수를 먹지 말라", "당고를 먹지 말라" 하고 죄목을 붙이면 나같이 별달리 낙도 없는 사람은 어쩌란 말인가.

빨간 셔츠가 또 한마디 거든다.

"원래 학교 선생이란 사회적 지위가 높은 신분으로 단순히 물질적인 쾌락만을 좇아서는 안 됩니다. 그렇게만 하면 품성을 해치기 쉽지요. 하지만 교사도 인간이므로 무엇인가 즐거움이 없으면 이런 시골에 와서 도저히 살아가기 어려운 법이지요. 그래서 낚시를 하든가 문학책을 읽든가 아니면 하이쿠(일본의 전통 시)를 읊조리거나 쓰면서 고상한 정신적 즐거움을 추구하는 것이 좋습니다."

듣고 있자니 제멋대로다. 입다물고 듣고 있자니 피가 거꾸로 치솟았다. 바다에 나가 비료를 낚든, 고르키가 러시아 문학가든, 단골 기생을 소나무 아래 세워두든, '오래된 연못에 개구리가 뛰어들든'(유명한 하이쿠의 한 구절이다. 시를 읊조린다는 의미로 쓰였다) 그런 것이 정신적인 즐거움이면 튀김국수나 당고를 먹는 것도 정신적인 즐거움이다. 그런 쓸데없는 즐거움을 가르치느니 빨간 셔츠는 자기 셔츠나 빠는 것이 좋을 것이다. 나는 너무 화가 나 참을 수가 없어서 큰 소리로 물었다.

"마돈나를 만나러 다니는 것도 정신적인 즐거움입니까?"

그러자 이번엔 아무도 웃지 않았다. 묘한 표정으로 서로 눈만 껌벅거리며 쳐다보고 있었다. 빨간 셔츠는 괴로운 듯 고개를 푹 숙이고 있다.

'그것 봐, 한 방 먹었지.'

그런데 이 자리에서 정작 불쌍해 보인 것은 끝물 호박으로, 내가 이렇게 말을 내뱉었더니 푸르뎅뎅한 얼굴이 더욱 새파래졌다.

7

나는 그날 저녁 하숙집 방을 뺐다. 하숙집으로 돌아와 짐을 싸고 있으니까 주인 여자가 와서 "저희가 무슨 잘못이라도 했나요? 마음에 안 드는 일이 있으면 말씀해주세요. 고치겠습니다" 한다. 놀랄 일이다. 어쩌면 이렇게 엉뚱한 사람들이 모여 사는지. 나가달라는 건지 있으라는 건지 알 수가 없다. 미친 게 아닐까? 상대를 해서 싸워봤자 도쿄 토박이의 수치라는 생각이 들어서 짐꾼을 불러 냉큼 나와버렸다. 나오기는 미련 없이 나왔는데 어디로 가야 할지 막막했다. 인력거꾼이 "어디로 가십니까" 해서 "잠자코 가자. 생각 좀 해봐야겠어" 하고 대답했다. 귀찮아서 야마시로야로 가 볼까 하고 생각했으나 곧 나와야 할 테니 더 귀찮아질 것 같았다. 가다 보면 하숙이라는 간판이 붙은 집이 있겠지. 그러면 하늘에서 정해준 집이라 생각하고 묵으리라 결심하고는 이리저리 조용하고 살기 좋아 보이는 동네를 다니다가 가지야초鍛冶屋町까지 나와버렸다. 이곳은 무사들이 사는 곳이라 하숙 같은 것은 없는 동네니 좀더 번화한 곳으로 가볼까 하다가 갑자기 좋은 생각이 떠올랐다. 이 동네에는 내가 좋아하는 끝물 호박이 산다.

아! 그렇다. 끝물 호박은 이 고장 사람으로 대대로 이 근처에 자리 잡고 살았다고 하니 이 주변 사정을 잘 알 것이다. 그 사람한테 물어보면 괜찮은 하숙을 잡을 수 있을지도 모른다. 다행히도 한번 인사하러 찾아간 적이 있기 때문에 어디인지는 대충 알고 있어서 헤매지는 않았다. 여기쯤이겠다 싶어서 "실례합니다" 하고 두어 번 불렀더니 안에서 쉰 정도 되어 보이는 아주머니가 고풍스러운 모양의 시소쿠(두꺼운 종이 심지를 기름에 담가서 불을 켜는 등)를 들고 나왔다. 젊은 여자도 싫지 않지만 나는 나이든 여인을 보면 어쩐지 더 친숙하게 느껴진다. 아마 기요를 좋아하는 마음 때문인가 보다. 이 아주머니는 끝물 호박의 어머니인 것 같았다. 무척 고상해 보였으며 끝물 호박하고 생김새가 비슷했다. "어서 오세요" 하는 것을 "잠깐만 뵙고 가려고……" 하며 끝물 호박을 현관으로 불러내서 이러저러하니 어디 떠오르는 곳 없냐고 물어보았다. 끝물 호박 선생은 "아유, 그거 곤란하게 되셨네요" 하며 잠시 생각하더니 "이 뒤쪽 마을에 하기노라고 하는 노부부 둘만 사는 집이 있는데 일전에 할아버지가 저한테 빈방이 하나 있는데 그냥 비워두자니 아까워서 그런다고 확실한 사람 있으면 소개하라고 부탁한 적이 있어요" 하고 말하며 친절하게도 나를 안내해주었다.

이렇게 해서 나는 그날 밤부터 하기노 집의 하숙생이 되었다. 그런데 그 후 나는 깜짝 놀랄 말을 들었다. 내가 이카긴인지 하는 사람의 집에서 나온 바로 그다음 날 떠버리가 내가 쓰던 그 방에 들어갔다는 것이다. 참, 이 세상은 정말 이상한 사람투성이다. 서로 속고 속이면서 그렇게 돌아가는 세상인가 보다. 신물이 난다.

세상이 이러니 지지 않겠다고 각오하고서 세상 돌아가는 데 맞추지 않으면 못 견뎌낼 모양이다. 소매치기까지 등쳐 먹고 하루를 살아갈 수밖에 없다면 사는 것도 다시 생각해 봐야겠다. 하지만 젊은 놈이 목이라도 맨다면 죽은 사람들에게 미안할 뿐이다. 게다가 세상에 창피스러운 일이다. 그러고 보니 물리 전문학교 같은 데 들어가서 수학 같은 쓸데없는 걸 배우느니 차라리 600엔으로 우유 장사라도 하는 것이 좋을 뻔했다. 그랬으면 기요하고 헤어질 필요도 없었을 것이고 이렇게 멀리서 기요 걱정을 할 필요도 없었겠지.

같이 살 때는 몰랐는데 이렇게 멀리 떨어져 있으니 기요는 역시 착한 사람이다. 그렇게 착한 사람은 온 나라를 뒤져도 찾기 어려울 것이다. 떠나올 때 감기 든 걸 보고 왔는데 지금은 다 나았을지. 지난번에 보낸 편지를 보고 꽤나 좋아했겠지. 그럼 지금쯤 답장이 올 만도 한데. 이런 생각으로 2, 3일을 그냥 보냈다. 자꾸 마음에 걸려서 하숙집 할머니에게 "도쿄에서 온 편지 없나요?" 하고 가끔씩 물어보았지만 그때마다 "안 왔당께" 하며 미안스러워한다. 이 집 부부는 이카긴과는 달리 본래 양반 가문의 자손인 만큼 무척 점잖다. 밤마다 할아버지가 이상한 소리로 우타이(일본의 대표적 가면 음악극에 맞춰 부르는 노래)를 하는 건 좀 괴롭지만 이카긴처럼 "차 한잔 하시죠" 하고 내 방에 넙죽 들어와 함부로 굴지 않으니 편하다.

하숙집 할머니는 가끔씩 내 방에 놀러와 이런저런 이야기를 한다. "왜 색시는 두고 혼자서 왔당가?" 하고 묻는다.

"제가 결혼한 것처럼 보여요? 큰일났네. 아직 스물넷밖에 안 됐는데."

"잉, 스물넷이면 색시가 있고말고라" 하고는 어디 사는 누구는 스무 살에 색시를 맞았다느니, 어디 사는 누구는 스물둘에 애를 가졌다느니, 뭐든 대여섯 가지 예를 들어가면 말하는 데는 좀 질려버렸다.

"그러면 저도 색시 좀 맞게 소개 좀 해줄랑가요이?" 하고 내가 시골 말씨를 흉내 내며 농담삼아 말했더니 할머니는 진심으로 "증말이당가?" 하고 다시 묻는다.

"정말이든 아니든 색시 맞고 싶어 죽겠어요."

"암만, 젊을 때는 다 그런 거랑께. 그래도 선상은 두고 온 색시는 있지라? 내 눈은 못 속인당께로. 만날 기다리고 있지 않남?"

"와, 보는 눈이 매서우시네. 아니, 뭘 보고 내가 기다린다고 그러는 거예요?"

"뭘 보고는 뭐. 도쿄에서 편지 오는 거 없나 만날 기다리지 않는감?"

"아, 그렇군요. 내가 그렇게 기다렸나?"

"저봐, 내말이 맞당께."

"글쎄, 맞는 건가?"

"한데 요즘 색시들은 옛날하고는 달러서 한눈팔았다간 큰일난당께로."

"왜요? 내 색시가 도쿄에서 샛서방이라도 맞았을까 봐요?"

"아니, 그 색시야 그럴라고라……."

"안심이네. 그럼 왜 한눈팔지 말라는 거예요?"

"도쿄 색시야 틀림없지, 도쿄 색시야 문제없겠지만……."

"왜요? 어디 그래서 바람난 색시가 있나 보죠?"

"여기도 꽤 있지라. 선상, 저그 도야마遠山에 있는 아씨 모르신당가?"

"네, 모르는데요."

"안즉 모르신당가. 여그서 질로 인물 좋은 색시랑께로. 어쯔나 인물이 좋은지 학교 선상들이 모두 마돈나, 마돈나 하고 부르는디 안즉 못 들어봤는가요이?"

"아, 마돈나요? 저는 기생 이름인가 했는데."

"아니지라. 인물이 좋은 여자를 딴 나라 말로 고로코름 부른당께로."

"그런가요. 몰랐네요."

"아마 미술 선상이 붙인 이름일 텐디."

"그 떠버리가 지은 이름이군요."

"아아니, 요시카와 선생이 지었지라."

"근데 왜요, 그 마돈나가 바람이라도 피우나요?"

"그렇제, 바람난 마돈나지라."

"저런저런, 옛날부터 그런 별명 붙은 여자가 제대로 된 걸 못 봤어요."

"그렇당께로."

"마돈나도 그런 여자인가요?"

"그 마돈나 아씨 말이요이, 그게 저그, 선상을 이곳에 소개한 고가 선상 있지라, 그분이랑 혼인 약조가 돼 있었당께로."

"에? 그건 처음 듣는 얘긴데…… 그렇게 예쁜 여자가 끝물 호박 선생을 좋아하는 줄은 몰랐네요. 사람 겉으로 봐선 모르는 거네. 다시 봐야겠는걸."

"근디 작년에 그 선상 댁 아버님이 돌아가셔서……. 그전까지는 그 집에 돈도 있고 은행 주식도 갖고 있어서리 아주

떵떵거리고 살았당께. 근디 그것이 그다음부터는 어찌된 영문인지 갑자기 가세가 기울었지라. 고가 선상이 너무 착해 빠져가지고선 아마 누구한테 사기라도 당한 것 같당께. 아 어쨌든 집이 그렇게 되니 잔칫날도 자꾸 미뤄져서리, 그 교감 선상님이 와서는 자기 신부로 데려가고 싶다고 말했당께."

"그 빨간 셔츠 말입니까? 아니 그 몹쓸 놈이네. 좌우간 그 셔츠는 보통 셔츠가 아니라니깐. 그래서요?"

"사람 시켜서 의향을 떠보니께 도야마 아씨 측에서도 고가 선상과 약조한 것이 있응께 그 자리에서 바루 대답은 못허구 그저 쬐께 생각 좀 해봐야 쓰것다고 뭐 그 정도로 인사치레만 해뒀다고 하더랑께. 그러니까 빨간 셔츠가 손을 써서 그 도야마 집에 드나들게 돼갖구서리, 결국 그 아씨를 구워삶아서 지편으로 맹글었당께로. 아이고 빨간 셔츠 선상도 선상이지만 사람들은 그 아씨를 더 안 좋게 본당께. 어떻든 일단 고가 선상하고 혼인허기루 약조해놓구 이제 와서 문학사 선상이 오라니께 그쪽으로 돌아서서……. 그래 갖고서리 어디 낯을 들고 다닐 수 있을랑가?"

"절대 못 들고 다니지요. 낯이 뭡니까? 낫을 들고서도 못 다니고말고요."

"아, 그래서 그 고가 선상 신세가 말이 아닌지라 그 친구라는 홋타 선상이 교감 선상 집에 그 야그를 좀 하러 갔더니만 빨간 셔츠가 '나는 이미 남의 사람이 되기로 약속한 사람을 가로챌 생각은 없다. 만일 파혼이라도 한다면 모를까. 게다가 지금은 도야마가家하고 교제하는 것뿐이다. 도오야마가와 교제 좀 한다고 해서 고가 선생에게 미안할 건 없지 않나?' 하고 말해서 홋타 선상도 어쩔 수 없어 그 길로 그냥 돌아왔다고 그러자녀. 그래가 그다음부터 빨간 셔츠하고 홋타 선상하고 사이가 좋지 않다는 소문이 있당께."

"아유, 여러 가지 잘도 알고 계시네요. 어떻게 그렇게 자세히 알고 계세요?"

"아, 다들 엎어지면 코 닿을 데 살고 있응께 뭐든 다 알지."

너무들 알아서 탈이다. 이 정도면 내 튀김국수나 당고 얘기도 알고 있을지 모른다. 정말이지 성가신 동네다. 하지만 덕분에 마돈나가 무슨 말인지도 알게 되었고 거센 바람이랑 빨간 셔츠와의 관계도 알게 됐으니 큰 도움이 됐다. 단지 곤란한 건 어느 쪽이 나쁜 놈인지 확실하지 않다는 점이다. 나같이 단순한 사람은 어느 것이 희고 어느 것이 검은지 꼭 집어주지 않으면 누구를 편들어야 하는지 모르는데.

"빨간 셔츠하고 거센 바람, 어느 쪽이 좋은 사람이에요?"

"거센 바람이 뭐당가?"

"아 그 홋타 선생 말이에요."

"그거야 세기로는 홋타 선상이 세지. 하지만 빨간 셔츠는 문학사 선상 아닌감. 학교에서는 그쪽이 더 세것지. 그리고 상냥한 것도 빨간 셔츠가 상냥하고. 학생들헌티는 홋타 선생 평판이 좋다던디.”

“아, 그러니까 어느 쪽이 좋냐고요?”

“그러니께 월급 많이 타는 쪽이 잘난 쪽 아니것는감?”

이래서야 물어봤댔자 별수 없을 것 같아 그만둬버렸다.

그 후 2, 3일 지나서 학교에서 돌아와보니 할머니가 웃으며 “아이고 선상, 이제 오시는감?” 하면서 편지 한 장을 내밀고는 “천천히 보시랑께” 하면서 나간다. 앞장을 보니 기요에게서 온 편지다. 우표가 두세 장 붙어 있기에 자세히 살펴봤더니 야마시로야 여관에서 이카긴인지 뭔지 하는 사람의 하숙집으로, 거기에서 다시 이곳으로 돌고 돌아서 온 것이다. 게다가 그 야마시로야에서는 1주일 정도 지체됐다. 아니 여관이면 사람이나 묵힐 일이지 편지까지 묵혀두나? 펴서 보니 무지하게 긴 편지다.

도련님의 편지를 받고 나서 곧장 답장을 쓰려고 했는데 어쩌다 감기에 걸려 1주일 정도 누워만 있었기 때문에 그만 답장이 늦어졌어요. 죄송합니다. 게다가 요즘 젊은 여자들처럼 능숙하게 쓸 수 있는 것도 아니고 이렇게 서툰 솜씨로 쓰려니 힘이 들어서 조카에게 대신 좀 받아 적으라고 하려다가 모처럼 도련님께 쓰는 편지인데 제 손으로 직접 쓰지 않으면 죄송스럽다고 생각해서 부끄럽지만 이렇게 적습니다. 먼저 대충 할말을 쓴 다음 다시 정리를 했는데, 정리하는 데 이틀이 걸렸고 처음 쓸 때 나흘이 걸렸으니 읽기 힘드시겠지만 정성을 봐서 끝까지 읽어주세요.

이런 인사말로 시작해서 넉 자(약 1미터 20센티미터)는 족히 넘을 두루마리 종이에 별별 이야기들이 다 쓰여 있다. 읽기가 힘들다. 글씨도 삐뚤삐뚤한 데다가 어디서 끊어지고 어디서 시작하는지 알 수가 없다. 나는 성질이 급해서 이런 읽기 힘든 편지는 5엔을 주고 읽으라고 해도 안 읽겠지만 기요의 편지만은 처음부터 꼼꼼하게 읽어나갔다. 읽기는 읽었는데 무슨 말인지 알 수가 없어서 처음부터 다시 읽었다. 방 안이 어둑어둑해져서 점점 잘 보이지 않았다. 나중에는 밖으로 나가 천천히 읽어보았다. 파초 잎을 흔들고 지나가던 초가을 바람이 옷 속을 헤집는다. 두루마리 종이가 바람에 펄럭여 다 읽을 무렵에는 넉 자나 되는 종이가 마당 쪽으로 날리는 모양이 손을 놓으면 울타리 저쪽까지 날아갈 것 같았다. 하지만 그러고 있을 틈은 없지. 기요의 편지를 요약하면 대충 이렇다.

도련님은 대쪽 같은 성품이신 데다 가끔 울컥할 때가 있어서 그것이 걱정이 된다. ……다른 사람에게 함부로 별명을 붙이면 사람들에게 미움을 살 수도 있으니 무턱대고 사용하면 안 된다. 정 그렇게 부르고 싶으면 기요에게 편지 쓰면서 불러라. ……시골 사람들은 성질이 괴팍하다고 하니 큰일당하지 않도록 조심히 행동해라. ……날씨가 도쿄에 비해 변덕이 심하다고 하니 옷을 잘 챙겨 입고 감기에 걸리지 않도록 주의해라. 도련님 편지는 너무 짧아서 상황을 잘 파악할 수 없으니 다음번에는 지금 이 편지의 절반 정도라도 되게 편지를 써라. ……여관에 덧돈으로 5엔을 준 것은 괜찮은데 나중에 혹시 돈이 모자라서 곤란하지는 않았는지, 혼자서 사는 데 의지할 것이라고는 돈뿐이니까 가능한 한 절약해서 만일의 경우에 대비해야 한다. ……용돈이 모자라 곤란할지도 모르니까 10엔을 부친다. 도련님이 도쿄에 돌아와서 집 살 때 보탤까 해서 도련님에게서 받은 50엔을 우체국에 저축해두었는데 10엔을 찾았어도 아직 40엔이 남았으니 문제없다.

과연 여자란 정말이지 꼼꼼하다.

마루턱에 앉아 기요의 편지를 펼쳐 보며 생각에 잠겨 있는데 곁에 친 발을 젖히며 할머니가 저녁상을 들고 들어왔다.

"안즉도 보고 계신당까? 하긴 편지가 길기도 길당께로."

"아니요. 소중한 편지라서 바람에 날리면서 보고 날리면서 보고 하는 겁니다."

내가 생각해도 이상한 대답이다. 밥상 위를 보니 오늘 저녁도 감자조림이다. 이 집은 이전 집보다 친절하고 방도 마음에 드는데 한 가지 아쉬운 것은 반찬이 영 맛이 없다는 것이다. 어제도 감자, 그제도 감자, 오늘도 감자다. "저 감자 정말 좋아해요" 하고 말한 것은 분명하지만 이렇게 매일매일 감자만 먹어서는 제명에 못 죽는다.

끝물 호박 선생을 보고 매일 호박만 먹어서 그렇다고 속으로 생각하며 웃었는데, 나도 머지않아 감자 선생이 되어 버리고 말 것 같다. 기요가 있었다면 내가 좋아하는 참치회라든가 어묵꼬치구이를 해왔을 텐데, 가난한 촌구석에 구두쇠이니 별수 없지.

아무리 생각해도 난 기요와 같이 살아야 한다. 만약 저 학교에서 좀더 오랫동안 일을 하게 될 것 같으면 도쿄에서 기요를 데려와야겠다. 튀김국수도 먹지 말라, 메밀국수도 먹지 말라, 당고도 먹지 말라고 하면서 이놈의 하숙집에서 감자만 먹고 누렇게 떠 있으라니 교육자란 참으로 힘든 노릇이다. 절간에 있는 중도 이보다는 호식하며 도를 닦을 텐데.

밥을 먹고 책상 서랍에서 달걀 두 개를 꺼내서, 찻잔 모서리에 두들겨 깨뜨려 먹었다. 날달걀으로라도 영양을 보충하지 않고서야 1주일에 스물한 시간의 수업을 할 수 있겠는가.

오늘은 기요의 편지를 읽느라고 온천에 가는 시간이 훨씬 늦어졌다. 그러나 매일 하던 것을 하루라도 빼먹으면 왠지 기분이 찜찜하다. '에이, 기차라도 타고 빨리 다녀와야지' 하는 생각으로 언제나처럼 빨간 수건을 매달고 역에 들어서니 바로 2, 3분 전에 기차가 떠나버려 잠깐 더 기다려야 했다. 의자에 앉아 담배를 한 대 피우고 있는데 저쪽에서 끝물 호박 선생이 걸어오는 것이 아닌가.

요전에 할머니에게 그런 이야기를 듣고 나서는 끝물 호박이 훨씬 더 측은했다. 평소에도 하늘과 땅 사이에 끼여 사는 양 쭈그러들어 있는 것이 안돼 보였는데 오늘은 다른 때와 비할 바가 아니다. 가능하다면 월급을 두 배쯤 올려서, 내일이라도 당장 그 마돈나하고 결혼식을 올리고 그 길로 도쿄에라도 신혼여행을 다녀오게끔 했으면 좋겠다.

"선생님 온천 가십니까? 이쪽으로 와서 앉으시지요."

나는 옆자리를 내주며 비켜 앉았다.

"아뇨, 신경쓰지 않으셔도 돼요."

사양하는 건지, 빼는 건지 그대로 서 있다.

"사람들 금방 몰려듭니다. 서 있는 것도 피곤하니 앉으세요."

나는 다시 한 번 권했다. 제발 옆에 앉았으면 하는 마음이 저절로 들 만큼 딱해 보였다.

"그러면 잠깐 실례하겠습니다."

그제야 말을 들었다. 세상에는 떠버리처럼 잘난 체하고 필요 없는데도 얼굴을 디미는 놈이 있는가 하면 거센 바람처럼 내가 없으면 이 나라가 안 돌아가지 하는 표정을 늘상 짓고 있는 녀석도 있다. 거기에 빨간 셔츠처럼 화장품과 잘난 얼굴 팔아요 하고 다니는 놈에, 교육이 살아서 예복을 입는다면 바로 나야 하는 너구리도 있다. 저마다 자기가 잘났다고 힘주고 있는데 끝물 선생만은 있는 듯 없는 듯 인질로 잡힌 인형 같은 게, 이런 사람은 본 적이 없다. 얼굴은 좀 부어 있지만 이런 사람을 버리고 빨간 셔츠에게 기울다니 마돈나도 알 수 없는 여자다. 빨간 셔츠가 몇 다스 모인다고 이 사람처럼 좋은 남편이 될 수 있을까.

"선생님, 어디 몸이 안 좋으세요? 몹시 피곤해 보이는데요."

"뭐 이렇다 할 병은 없습니다만."

"네, 그러면 됐지요. 병 있으면 그거 사람 못씁니다."

"선생님께서는 꽤 건강해 보이십니다."

"네, 제가 이렇게 몸은 호리호리해도 앓아누운 적은 한 번도 없지요. 몸 아픈 건 딱 질색이니까."

끝물 호박은 내 말을 듣고 히죽 웃었다. 바로 그때 역 입구 쪽에서 젊은 여자 목소리가 들려오기에 나도 모르게 그쪽으로 고개를 돌려보니 굉장히 멋진 사람들이 들어왔다.

얼굴색이 희고 멋쟁이 머리 모양을 한 키가 큰 젊은 여자와 마흔 중반쯤 되어 보이는 아주머니가 나란히 매표소 앞에 서 있다. 나는 미인이 어떻게 생겼네 하고 말할 수 있는 사람이 아니라서 뭐라 할 수 없었으나 정말 미인이었다. 뭐냐, 수정 구슬을 향수로 데워서 손에 쥐고 있는 것 같은 기분이다. 아주머니 쪽이 키가 더 작았는데 얼굴 생김새가 닮은 것으로 보아서 엄마와 딸인 것 같았다. 나는 보자마자 '와, 예쁘다'라는 생각을 하면서 끝물 호박 선생은 아예 잊어버리고 그 젊은 여자 쪽만 쳐다보고 있었다. 그런데 그 순간 갑자기 끝물 호박 선생이 내 옆자리에서 일어나더니 그 여자 쪽으로 걸어갔다. 나는 흠칫 놀랐다. '혹시 저 여자가 마돈나 아니야?' 하는 생각이 들었다.

세 사람은 매표소 앞에서 서로 가볍게 인사를 하고 있다. 내가 있는 자리와는 좀 멀어서 무슨 말들을 하는지는 들리지 않았다.

역 시계를 보니 5분만 있으면 발차였다. 나는 말 상대도 없어지고 해서 '에이, 기차라도 빨리 왔으면 좋겠다' 하고 생각하고 있는데 누가 허겁지겁 역 내로 뛰어들어왔다. 소리 나는 쪽을 보니 이번엔 빨간 셔츠다. 웬일인지 오늘은 하늘하늘한 기모노에 조글조글 주름이 잡힌 허리띠를 대강 두르고 그 위에 여전히 줄 달린 금시계를 늘어뜨리고 있다. 그 금시계는 진짜 금이 아니라 도금이다. 빨간 셔츠는 모두들 진짜 금시계로 보는 줄 알고 뻐기고 다니지만 나는 확실히 그것이 도금이란 것을 알아볼 수 있다.

뛰어들어온 빨간 셔츠는 주위를 두리번거리다가 매표소 앞에서 이야기하고 있는 세 사람에게 정중하게 인사를 하고 뭐라고 두세 마디 하는 것 같더니만 이내 내가 앉아 있는 쪽으로 발소리도 내지 않고 걸어온다.

"아유, 선생도 온천에 가요? 난 기차 놓치는 줄 알고 정신없이 뛰어왔더니만 아직도 3, 4분 남았네. 저 시계 제대로 가는 건지 모르겠어."

빨간 셔츠는 도금 시계를 꺼내서 "2분 틀리구먼" 하면서는 내 옆에 앉더니 조금도 옆을 돌아보지 않고 지팡이 위에 턱을 괴고 정면만 바라본다. 아주머니는 가끔씩 빨간 셔츠를 돌아보았지만 젊은 여자 쪽은 여전히 고개를 돌리지 않아 옆모습만 보였다.

아무래도 내 생각엔 이 젊은 여자가 마돈나인 것 같다.

드디어 "뿌" 하는 소리를 내면서 기차가 들어왔다. 기다리던 사람들은 기차에 오르기 시작했다. 빨간 셔츠는 제일 먼저 일등석에 올라탔다. 일등석에 탄다고 해서 뭐 그렇게 뻐길 것은 없다. 스미다까지 일등석이 5전이고 이등석이 3전이니까 겨우 2전밖에 차이가 나질 않는다. 그러니까 나 같은 사람도 일등석 차표를 쥐고 있지. 하지만 원래 촌사람들은 구두쇠라서 그 2전 아끼겠다고 대부분 이등석에 탄다.

빨간 셔츠의 뒤를 따라서 마돈나와 아주머니가 일등석에 오른다. 끝물 호박 선생은 언제나 이등석에 타는 사람이다. 그는 이등석 찻간 입구에 서서 뭔가 망설이는 듯하다가 뒤에 서 있는 내 얼굴을 보자마자 주저 없이 올라탔다. 나는 이런 끝물 호박 선생이 한없이 측은한 생각이 들어서 그 뒤를 따라 같은 찻간에 올라섰다. 일등석 차표를 가지고 이등석에 탔다고 해서 뭐 문제될 것은 없겠지.

온천에 도착해 3층에서 유카타를 빌려 입고는 그대로 욕탕으로 내려왔는데 여기서도 또 끝물 호박이랑 마주쳤다. 나는 회의석상이든 어디서든 뭔가 맘먹고 말을 할라치면 목구멍이 탁 막혀 말을 못하지만 평소에는 막힘 없이 얘기를 잘하는 편이라 탕 안에서 끝물 호박에게 이런저런 말을 걸었다. 뭔가 끝물 호박에게 얘기를 더 듣고 싶어서 견딜 수가 없었다.

그리고 이런 때에 한마디해서 상대 마음을 위로해주는 것이 도쿄 토박이의 의무라고 생각했다. 그런데 어째 끝물 호박은 이런 내 마음을 모르는지 분위기에 전혀 협조해주지 않는 것이었다. 내가 무얼 물어봐도 "네"라든지 "아니요"라고만 할 뿐 더 이상 다른 말은 하지 않았으며 그나마도 상당히 귀찮다는 듯이 들려서 결국 내 쪽에서 지쳐 떨어졌다.

빨간 셔츠는 마주치지 않았다. 원래 이 온천지에는 욕탕이 한두 개가 아니어서 같은 기차를 타고 왔다고 꼭 같은 탕에 들어가는 것은 아니었다. 못 만났다고 해서 이상할 게 없었다.

욕탕에서 나와보니 밖은 달무리에 잠겨 있다. 길 양쪽에는 버드나무들이 서 있고 그 가지 밑에 달이 동그랗게 그림자를 드리우고 있다. 산책 삼아 좀 걸어볼까 해서 북쪽으로 마을을 좀 벗어나 걸었더니 왼쪽으로 큰 대문이 있고 문 안쪽 막다른 곳에 절이 있는데 그 양쪽으로 연회 식당들이 죽 늘어서 있다. 절 안에 이런 것들이 있다니 믿지 못할 일이다. 잠깐 들어가볼까 싶었지만 또 회의 때 너구리에게 한소리 들을지 몰라 마음을 돌렸다. 그 식당들 중 현관에 검은 칸막이를 한 조그만 단층집이 바로 내가 한번 들어갔다가 아직까지 말을 듣는 그 당고집이다. 둥근 초롱에 검은 글씨로 '찹쌀떡, 단팥죽'이라고 써 있는데 초롱 불빛이 처마끝까지 비집고 들어선 버드나무 가지를 비추고 있다.

나는 들어가 한 그릇 먹고 싶었지만 꾹 참고 지나쳤다. 먹고 싶은 당고를 먹지 못하는 것은 참으로 처량한 일이다. 하지만 자신의 연인이 다른 사람에게 맘을 빼앗기는 일을 지켜보는 것은 더더욱 처량하다.

끝물 호박 선생 일을 생각하면 당고는 무슨 당고, 사흘 밤낮을 쫄쫄 굶었다고 해도 불평 한마디 못 한다. 정말이지, 사람만큼 속을 모를 것도 없다. 그 얼굴만 보면 절대 몰인정한 일을 할 것 같지 않은데 아름다운 사람이 몰인정하고, 물에 불은 호박 같은 고가 선생은 법 없이도 살 군자 같은 사람인지 알 수 없다. 뒤끝 없고 남자답다고 생각했던 거센 바람이 학생들을 꼬드기질 않나, 학생들을 꼬드겨서 그런 일을 했나 했더니 나중엔 학생들을 처벌해야 한다고 교장 앞에서 이야기를 하고, 미운털이 잔뜩 박힌 빨간 셔츠는 끝까지 사람에게 친절하게 굴고 충고를 해주는가 했더니 다른 사람과 약조가 되어 있는 마돈나를 가로채질 않나, 가로챘나 싶더니 이번엔 고가 선생이 파혼하지 않으면 결혼은 생각하지 않겠다고 하고. 이카긴은 무슨 구실을 붙여서 나를 내쫓더니 금세 떠버리를 방에 들이고.

아무리 생각해도 난 그 속들을 모르겠다. 이런 이야기들을 기요한테 쓰면 분명히 놀라 자빠질 것이다. "하코네보다 먼 곳이어서 이상한 사람들이 많은 거예요"라고 할지도 모른다.

내가 원래 이랬다 저랬다는 못 하는 성미라서 무슨 일이건 깊이 고민해본 적은 없지만 이곳에 온 지 아직 한 달도 채 못 되어서 세상살이가 그렇게 만만치만은 않다고 자주 생각하게 되었다. 뭐 이렇다 할 큰 사건은 없었지만 벌써 5, 6년은 훅 지난 것 같은 느낌이다. 빨리 일을 끝마치고 도쿄로 돌아가는 것이 최상책일 것이다.

이런저런 생각을 하는 틈에 돌다리를 건너서 노제리가와野芹川 강둑까지 나와버렸다. 물이 졸졸 흐르는 대단하지 않은 강이다. 강둑을 따라 내려가면 아이오이무라相生村 마을이 나오고 그곳에는 관음상이 있다. 뒤를 돌아 온천지를 내려다보니 빨간 전등이 달빛 아래 동동 떠 있다. 북소리가 나는 쪽이 유흥가일 것이다. 냇물은 깊지 않지만 물살이 빨라서 제법 성난 물결처럼 달빛에 빛나고 있다. 한가하게 강둑 위를 좀 걸었다 싶었는데 저쪽에서 사람 그림자가 보였다. 늘어선 그림자를 보니 두 명이다. 온천에 왔다가 마을로 돌아가는 젊은이들인지도 모른다. 노랫가락 한 소절 부르지 않는다. 무척이나 조용한 분위기다. 내 걸음이 빨라서 그런지 그 두 사람의 그림자가 점점 더 커졌다. 이제 보니 한 사람은 여자 같다. 내 발소리를 듣고 한 10간(약 18미터) 쯤 앞쪽에서 남자가 갑자기 뒤를 돌아다보았다. 달은 내 등 뒤에서 비추고 있었다. 남자의 얼굴을 보자 '아이고, 이런' 하는 생각이 들었다. 남자와 여자는 다시 원래 속도대로 걷기 시작했다. 나는 갑자기 무슨 생각이 들어서 속력을 내 걷기 시작했다. 앞선 두 사람은 아무 눈치를 못 채고 그대로 천천히 발걸음을 옮겼다. 이젠 그 두 사람이 나누는 대화가 손에 잡힐 듯 들린다. 둑 넓이는 세 사람이 겨우 지날 정도다. 나는 머뭇거리지도 않고 그 남자의 소매를 스치고 지나가서 두 발자국쯤 앞에서 그 남자의 얼굴을 돌아보았다.

달빛은 정면에서 내 이마부터 턱까지 훤히 비추었다. 남자는 "억" 하는 작은 소리를 지르더니 얼른 고개를 돌리고 "이제 돌아갑시다" 하면서 여자를 재촉해 온천장 쪽으로 발걸음을 돌렸다.

빨간 셔츠가 낯짝이 두꺼워서 사람을 속일 생각이었는지 배짱이 없어서 알은체를 못 한 건지는 모르겠다. 아무튼 동네가 좁아터져서 곤란한 건 나뿐만이 아니다.

8

빨간 셔츠와 낚시를 다녀온 다음부터 난 거센 바람을 의심하기 시작했다. 엉뚱한 구실을 붙여서 하숙집을 나오라고 했을 때는 괘씸한 놈이라고 생각했다가 회의 시간에 내 예상과는 달리 학생들을 처벌해야 된다고 주장했을 때는 '아이고, 이놈 봐라, 이상한데?' 싶었다. 그리고 하숙집 할머니로부터 거센 바람이 끝물 호박 선생을 위해 빨간 셔츠에게 이야기를 하러 갔다는 말을 듣고는 그건 참 장한 일이라고 생각했다. 이런 것을 보면 나쁜 놈은 거센 바람이 아니다. 빨간 셔츠가 좀 꼬인 인간이라 천연덕스럽게 빙빙 돌려가며 내 머릿속을 어지럽게 만들었나 생각하고 있던 참에 노제리가와 강둑에서 마돈나를 데리고 산책하는 것을 보니 '확실히 빨간 셔츠가 수상한 놈이다'라고 결정하게 됐다.

이상한 놈인지 수상한 놈인지는 모르겠지만 어쨌든 좋은 놈은 아니다. 분명 겉과 속이 다른 놈이다. 인간은 대나무처럼 한결같이 올곧지 않으면 믿을 수가 없다. 올곧은 놈과는 한판 붙더라도 기분이 괜찮다. 빨간 셔츠처럼 언제나 상냥하게 군다거나, 친절하게 군다거나, 파이프를 입에 물고 고상을 떤다거나 하는 놈한테는 속을 터놓을 수가 없다. 그런 놈과는 함부로 한판 붙을 수도 없다. 싸움을 해봤자 모래판 위의 스모 같은 화끈한 싸움은 할 수 없다. 1전 5리를 주고받으면서 교무실을 떠들썩하게 했던 거센 바람이 훨씬 인간답다. 회의할 때 눈을 부라리며 나를 노려보기에 마음에 안 든다고 생각했지만 그래도 빨간 셔츠의 어울리지 않게 상냥한 목소리를 듣는 것보다는 낫다.

사실 거센 바람하고는 회의가 끝나고 웬만하면 화해를 할까 해서 한두 마디 말을 붙여보았는데 대꾸도 안 하고 눈도 마주치지 않기에 그다음엔 나도 화가 나서 될 대로 되라고 내버려두었다. 그 이후 거센 바람과는 한마디도 하지 않았다. 책상 위에 놓아두었던 1전 5리는 아직까지 책상 위에 그대로 있다. 지폐 위에는 먼지까지 앉아 있다. 거센 바람은 절대 그 돈을 집어서 가져가지 않을 것 같았지만 그렇다고 내가 손을 댈 수도 없는 노릇 아닌가. 이 몇 푼이 거센 바람과 나 사이에 벽처럼 놓여 있어 나는 이야기하고 싶은 것이 있어도 말을 못 걸었다. 거센 바람은 눈썹하나 꿈쩍 않고 한마디도 하지 않았다. 저놈의 1전 5리가 장벽이다. 결국 나는 학교에 와서 그 돈을 보는 것이 괴로워졌다.

거센 바람과 내가 남모르는 사이처럼 된 것과는 반대로 빨간 셔츠와는 여전히 잘 지내고 있다. 온천 가는 길에 만난 그다음 날 학교에 가자 제일 먼저 나한테 다가와서 "선생, 이번에 옮긴 하숙은 괜찮은가요?"라는 둥 "이다음에 또 러시아 작가나 낚으러 갑시다"라는 둥 말을 걸어왔다. 나는 밉살스러워서 "어젯밤엔 두 번이나 뵈었죠" 했더니 "글쎄요…… 역에서……. 그런데 선생은 항상 그 시간에 온천에 가십니까? 너무 늦지 않아요?" 하고 말한다. "노제리가와 강둑에서도 뵈었지요, 왜" 하고 끝까지 물어봤더니 "아니요. 나는 그쪽에는 안 갔는데요. 온천만 하고 금세 돌아왔어요"라고 잡아뗀다.

눈까지 마주쳐놓고 그렇게 숨길 것까지 없지 않나. 거짓말쟁이 같으니. 내 참, 저런 놈이 중학교 교감이면 나는 대학 총장이다. 나는 그 뒤부터 확실히 빨간 셔츠를 믿지 않기로 했다. 믿을 수 없는 빨간 셔츠하고는 말을 하고, 듬직한 거센 바람하고는 눈도 마주치지 않다니 세상 돌아가는 일은 참 이상도 하다.

그러던 어느 날 빨간 셔츠가 "선생하고 할 얘기가 있으니 학교 끝나고 우리집에 좀 들러주세요" 하는 것이었다. 이상하다고 생각했지만 온천은 하루 쉬기로 하고 4시쯤 그 집으로 향했다. 빨간 셔츠는 결혼은 안 했지만 교감이니만큼 하숙집이 아니라 그럴듯하게 지은 집에 살고 있었다. 집세는 9엔 50전이라는데 시골에서 그 정도라면 큰맘 먹고 기요를 불러와 기쁘게 해주고 싶다는 생각이 들 만큼 멋진 집이다. 문 앞에서 "계십니까" 하고 불렀더니 빨간 셔츠의 남동생이 뛰어나왔다. 이 남동생은 나한테 대수와 산술을 배우는데 영 성적이 좋지 못한 녀석이다. 게다가 도시물을 먹은 놈이라 시골서만 살던 녀석들보다 더 고약하다.

빨간 셔츠를 만나 나를 부른 용건을 물어보니 파이프를 입에 물고 고약한 담배 냄새를 풍기면서 이런 얘기를 했다.

"선생이 우리 학교에 온 이후로 전임자가 있을 때보다 아이들 성적이 많이 좋아져서 교장 선생님께서도 좋은 사람이 왔다고 상당히 기뻐하시고……. 어쨌든 학교로서는 믿고 있으니 계속해서 우리 학교를 위해 좀더 노력해주셨으면 좋겠어요."

"네? 노력이라니요? 더 이상은 못 하겠는데요."

"아하, 노력은 지금 정도로도 충분합니다. 단지 지난번에 말씀드린 거요, 그것만 잊지 말아주세요."

"하숙을 주선해주는 사람은 위험하다는 말씀 말인가요?"

"네, 뭐 딱 잘라서 이야기하면 뭐…… 좋습니다. 선생도 다 이해하실 것이고 하니. 선생이 지금처럼 열심히 해주시면 학교에서도 지켜보고 있으니 선생에 대한 대우도 좋아질 거라고 생각합니다."

"봉급을 올려주겠다는 말입니까? 뭐 봉급이야 그다지 큰 상관은 없지만 더 받을 수 있다면 더 받는 것이 좋겠지요."

"아이고, 다행입니다. 이번에 전근 가는 사람이 있어서……. 교장 선생님께서 먼저 승낙을 하셔야 되겠지만, 그 봉급부터 어떻게 좀 조금은 올려줄지도 모르겠어서 제가 선생 의향부터 물어보고 교장 선생님께 이야기하려고 이렇게……."

"고맙습니다. 그런데 누가 전근을 가나요?"

"곧 발표할 것이니 이야기해도 뭐 큰 지장은 없겠지요. 사실 고가 선생입니다."

"고가 선생은 이곳 사람 아닙니까?"

"네, 이 고장 사람이기는 한데 뭐 사정이 좀 있어서……. 반은 본인이 희망한 겁니다."

"어디로 가십니까?"

"휴가日向의 노베오카延岡인데, 장소가 장소이니만큼 봉급은 좀더 받고 가게 됐죠."

"그럼 다른 사람이 그 자리에 후임으로 옵니까?"

"네, 뭐 대충 누가 올지도 정해졌습니다. 새로 오는 사람이 어느 정도 받는지 고려해서 선생의 처우도 다시 조정될 겁니다."

"아, 뭐 괜찮습니다. 너무 무리하게 올리려고 하지 않으셔도 됩니다."

"아무튼 저는 교장 선생님께 그렇게 말씀드릴 생각입니

다. 교장 선생님도 찬성하실 것 같은 눈치고 우선 선생이 좀더 길게 우리 학교에서 근무하셔야 될 테니 아무쪼록 지금부터 그런 줄 아시고 계세요."

"지금보다 가르치는 시간이 늘어납니까?"

"아니요. 시간은 지금보다 줄어들지도 모릅니다."

"수업 시간은 줄어드는데 더 일한다는 겁니까? 그거 이상하네요."

"아, 뭐 잠깐 들어서는 그렇게 생각할 수도 있지만……. 자세한 사항은 지금 말하기 곤란하고, 뭐 선생님 책임이 더 막중해질지도 모른다는 의미입니다."

나는 도무지 무슨 말인지 알아들을 수가 없었다. 지금보다 막중한 책임이라면 수학 주임을 말하는 것일 텐데, 주임은 거센 바람이 맡고 있지 않나. 그놈은 전혀 학교를 그만둘 것 같지 않은데. 게다가 학생들한테 인기도 있으니 전근이나 면직은 학교 측에도 득이 될 리 없고……. 빨간 셔츠의 얘기는 언제나 제대로 알아듣기 어렵다.

완전히 알아듣진 못했지만 용건은 이렇게 끝났다. 그러고 나서 빨간 셔츠는 잡담을 시작했다. 끝물 호박 선생의 송별회 계획부터 시작해서 나보고 술은 얼마나 마시냐는 둥 끝물 호박은 군자 같은 사람으로 존경할 만하다는 둥 끊임없이 떠들어댔다. 한참 딴소리를 하더니 이번엔 "하이쿠 좀 읊으십니까?" 하고 묻기에 속으로 이놈은 정말이지 어쩔 수가 없다고 생각하며 얼른 "하이쿠는 전혀 읊지 않습니다. 그럼 이만" 하고 돌아 나와버렸다. 하이쿠는 바쇼(하이쿠의 명인이라 불리는 마쓰오 바쇼를 가리킨다)나 이발소 주인이 읊는 것이지. 수학 선생이 나팔꽃 따위에 두레박을 빼앗겨서야 되겠는가("나팔꽃이 두레박에 엉켜 있어 이웃집에서 물을 길어왔네" 하는 유명한 하이쿠의 한 구절을 빗댄 것으로 하이쿠에 마음을 빼앗길 수는 없다는 의미).

세상에는 정말이지 그 속을 도무지 알 수 없는 사람들이 있다. 집이면 집, 직장이면 직장, 모든 것에 부족함 없는 고향을 두고 아는 사람 하나 없는 다른 지방으로 고생을 자처해서 간다니. 그것도 화려하고 전차라도 다니는 고장이라면 모르지만 휴가의 노베오카라니. 나는 뱃길이 좋은 이 동네에 와서도 채 한 달이 되기 전부터 돌아가고 싶었다. 그런데 노베오카라면 첩첩산중 아닌가. 빨간 셔츠 말로는 배를 타고 가다가 내려서 마차를 타고 하루 종일 가면 미야자키宮崎라는 곳이 나온다고 한다. 거기서도 또 하루 차를 타고 가야 닿을 수 있다는 것이다. 이름만 들어도 시골구석이 분명하다. 원숭이와 사람이 절반씩 살고 있는 게 아닌가 싶다. 아무리 군자인 끝물 호박이라도 원숭이 상대가 되는 걸 좋아하지는 않을 텐데 도대체 무슨 일인지.

오늘도 변함없이 할머니가 저녁상을 들고 들어온다.

"오늘도 감자예요?"

"아녀, 오늘은 두부랑께로."

감자나 두부나 거기서 거기다.

"할머니, 고가 선생님이 휴가에 간대지요."

"참말로, 그거 참 안됐당께."

"본인이 원해서 가는 건데 별수 없지요 뭐."

"본인이 원하다니 누가 본인이당가?"

"누군 누구예요, 당사자인 고가 선생이지요. 고가 선생이 가고 싶다고 해서 가는 것 아닙니까."

"아이고, 그건 당최 얼토당토않은 소리제."

"얼토당토않다니요. 빨간 셔츠가 그렇게 말했는데요. 그게 얼토당토않은 소리면 빨간 셔츠가 나한테 새빨간 거짓말을 한 거란 말이에요?"

"아니, 내 말은 빨간 셔츠가 그리 말혔다문 그것두 일리는 있것제, 하나 고가 선상이 가고 잡지 않은 것도 사실이랑께로."

"그것도 맞는 말이네요. 할머니가 양쪽 이야기를 다 아는 것 같으니 어찌된 일인지 저한테 말 좀 해주세요."

"오늘 아침에 말이지라, 나가 고가 선상 댁 어머니를 길거리서 만나지 않았서라, 그려서 조목조목 야그를 들었당께로."

"뭐라고 그러시던가요?"

"아, 그 댁 아버님이 돌아가신 뒤로 우리가 생각하는 것

보다 사정이 훨씬 더 안 좋아졌는가벼. 그려서 그 어머니가 교장 선상을 찾아가 부탁허기를 아 고가 선상이 벌써 그 학교에서 일한 지도 4년이 넘었응께 인제는 봉급을 좀 올려주면 안 되는가 하고……."

"아, 그랬군요."

"그것이 저그 교장 선상이 생각해보것다구 말했응께 그 어머니는 일단 안심하구 이제나저제나 그 봉급 오를 때만 목 빠지게 기다리고 있었는디, 어느 날 교장 선상이 고가 선상을 불러서 가보니께 안됐지만은 학교 측에선 돈이 모자라서 봉급을 올려줄 수가 없다, 허지만 노베오카에 있는 학교에는 자리가 있는디 그곳에 가면 매달 5엔 정도는 더 받으니 가라고 그랬대제."

"아니 그러면 그건 쌍방이 이야기한 것이 아니라 가라고 명령한 거 아닙니까?"

"그렇당께로. 그랴 갖고서리 고가 선상이 봉급은 이대루라도 좋으니 여그 있는 게 좋다고, 어머니도 있고 집도 있응께 그냥 여그 있게 해돌라고 부탁했는디 벌써 그럭허기루 학교끼리 야그가 됐응께 어쩔 수 없다고 교장 선상이 그랬당께."

"아니 사람을 그렇게 만들다니, 말도 안 돼. 그럼 고가 선생은 갈 마음이 없는 거네요. 내가 어쩐지 이상하다 그랬어. 5엔 더 받고 그런 산중에 가서 원숭이하고 떠들 멍청이가 있겠습니까?"

"멍청이라니 선상 말이당가?"

"아이, 그게 중요한 것이 아니고……. 아무튼 이건 순전히 그 빨간 셔츠의 술책이야. 이런 고약한 처사가 어디 있어? 속임수를 썼군. 아니 그러면서 내 봉급을 올려준다니 그런 못된 일이 다 있나. 봉급을 올려주긴 누굴 올려준다는 말이야?"

"선상은 봉급이 오른다고 했서라?"

"올려준다고 했는데 거절할 겁니다."

"워째서 거절한다요?"

"어째서 거절하다니. 할머니, 그 빨간 셔츠는 치사한 놈이에요. 비겁하고요."

"비겁하지만 선상, 봉급을 올려준다고 허믄 얌전히 주는 대로 받아두는 것이랑께로. 안즉 선상이 젊어서 그러는디 나이 먹어서 생각허믄 잠깐 참는 건디 울컥하는 마음에 괜히 안 받겠다고 그랬다고 후회한당께로. 이 할멈 허는 말 잘 듣고 교감 선상이 봉급 올려주겠다고 허믄 감사합니다 하고 받으랑께."

"노인네는 그런 참견할 필요 없어요. 내 봉급이 올라가든 내려가든 그건 내 봉급이니까 여러 소리 마세요."

할머니는 입을 다물고 그대로 나가버렸다.

할아버지는 태평한 소리로 밖에서 우타이를 부르고 있

다. 가만히 읽으면 되는 것을 저렇게 별난 가락을 붙여 못 알아듣게 만드는 것이 우타인가 보다. 저런 걸 저녁마다 지치지도 않고 불러대는 할아버지가 참 용하다. 어쨌든 그 소리에는 신경쓸 겨를이 없었다. 봉급을 올려주겠다고 해서 특별히 그런 것 바라지도 않았지만 뭐 돈이 남나 보지, 남는 돈 묵혀두는 것도 아까운 일이라고 생각해서 좋다고 했는데 다른 곳으로 가고 싶지도 않은 사람을 억지로 전근 보내고 그 사람의 봉급 중 일부를 잘라주겠다니 그런 매정한 일이 어디 있단 말인가. 월급은 그대로 줘도 좋다는데 노베오카 산골까지 쫓아내다니 어쩌려는 건지. 아무튼 당장 빨간 셔츠네 집에 가서 안 받겠다고 말하지 않으면 기분이 찜찜하다.

두꺼운 옷을 주워 입고 집을 나섰다. 커다란 대문 앞에 서서 사람을 부르자 이번에도 그 남동생이 뛰어나왔다. 내 얼굴을 보더니 또 왔나 하는 눈치였다. 필요하다면 두 번을 오든 세 번을 오든 와야지. 한밤중이라도 두들겨 깨울 일이다. 빨간 셔츠한테 문안 인사라도 하러 온 줄 알았다는 건가. 난 필요 없는 월급을 돌려주러 온 것이다. "지금 손님이랑 같이 계세요" 하기에 "현관에서 잠깐 뵙고 이야기하면 되니 좀 불러주렴" 했더니 다시 집으로 뛰어들어간다. 그 뒷모습을 좇아 집 안을 둘러보았더니 현관 앞에 색이 현란하고 뒤축이 높은 게다가 있었다. 안에서 "아이고, 이제 다

잘됐습니다" 하는 소리가 들렸다.

'손님이란 건 떠버리 놈이었구먼.'

떠버리 놈이 아니면 저런 재수 없는 목소리에 저런 무희들이나 신는 신발 따위를 신을 사람이 없다.

잠시 기다리니 빨간 셔츠가 램프를 들고 현관으로 나와서 "아이고 선생님, 좀 들어오세요. 다른 사람이 아니라 요시카와 선생이 와 있습니다" 하기에 "아니요, 여기서도 충분합니다. 잠깐 할말만 하고 가면 되니까요" 하고 말했다. 빨간 셔츠의 얼굴이 불그스레한 것이 떠버리 놈과 한잔 걸치고 있는 중이었나 보다.

"좀 전에 내 봉급을 올려주겠다고 말씀하셨는데 생각이 바뀌어서 그걸 거절하러 온 겁니다."

빨간 셔츠는 램프를 쭉 내밀고 내 얼굴을 쳐다보더니 뭐라 말해야 좋을지 모르겠다는 듯 멍한 표정을 지었다. 올려준다는 봉급을 안 받겠다고 그러는 놈을 처음 봐서 그런지, 아니면 거절할 때 하더라도 꼭 이 밤에 달려와서 그러지 않아도 되는데 왜 이러나 싶어서인지, 아니면 둘 다인지 빨간 셔츠는 벌건 얼굴에 입을 삐죽거리며 아무 말 없이 서 있었다.

"아까 내가 알겠다고 한 것은 고가 선생 본인이 원해서 전근 가는 것이라고 했기 때문에……."

"고가 선생 본인이 원해서 전근 가는 것 맞습니다."

"그렇지 않습니다. 여기 남고 싶어 합니다. 봉급 안 올려

줘도 되니까 고향에 있고 싶은 겁니다."

"고가 선생이 그럽디까?"

"직접 들은 것은 아닙니다."

"그럼, 누가 그러던가요?"

"우리 하숙집 할머니가 그랬습니다. 할머니가 고가 선생의 어머니한테 들은 이야기를 나한테 전해준 겁니다."

"실례지만 그렇다면 이야기가 조금 달라지지요. 지금 선생 말씀대로라면 하숙집 할머니 말은 믿을 수 있고 교감인 내가 한 말은 못 믿겠다, 그렇게 들리는데, 그런 뜻으로 해석해도 되겠습니까?"

이 대목에서는 약간 곤란했다. 문학사니 뭐니 하는 것들은 역시 말발 하나는 끝내준다. 이상한 것을 붙잡고 늘어지면서 말꼬리를 돌린다. 나는 옛날에도 우리집 영감한테 "너는 경솔해서 탈이다"라는 잔소리를 자주 들었는데 확실히 그렇긴 그런가 보다. 할머니의 말을 듣고 '아니, 이럴 수가 있나' 싶어서 그대로 뛰쳐나왔지 끝물 호박 선생도, 그 어머니도 만나서 자세하게 물어보지는 않았던 것이다. 그래서 이렇게 문학사가 말꼬리를 잡고 늘어지면 되받아치기가 어렵다.

지금 당장 대꾸할 말은 생각나지 않지만 나는 어차피 빨간 셔츠는 믿을 수 없다고 진심으로 생각하고 있었다. 하긴 하숙집 할머니도 구두쇠에 돈 욕심 많은 사람이긴 하지만 거짓말은 안 하는 사람이다. 또한 빨간 셔츠같이 겉과 속이 다르지도 않다. 별다른 말이 생각나지 않아서 이렇게 대답해주었다.

"선생님이 말씀하신 것도 맞는 말인지 모르겠습니다만…… 어쨌든 봉급은 올려 받지 않겠습니다."

"그건 더 이상하잖아요? 봉급을 더 받지 못할 이유를 발견해서 일부러 온 줄 알았는데 제 설명을 들었잖아요? 그런데도 싫다는 건 이해할 수 없네요."

"이해 못 하셔도 할 수 없습니다. 어쨌거나 거절하겠습니다."

"뭐 정 그렇게 싫으시다면 억지로 권하진 않겠지만 불과 두세 시간 만에 특별한 이유도 없이 갑자기 마음을 바꾸면 앞으로 어떻게 선생을 신용하겠습니까?"

"신용할 수 없어도 상관없습니다."

"그렇지 않지요. 인간에게 신용이란 것이 얼마나 중요한데요. 내 한 발 양보해서 하숙집 주인이……."

"주인이 아니라 할머닙니다."

"아, 그건 중요한 게 아닙니다. 하숙집 할머니가 선생에게 한 이야기가 사실이라고 해도 고가 선생의 봉급을 빼앗아서 선생의 봉급을 올려주겠다는 것이 아닙니다. 고가 선생은 노베오카로 가시고 그 후임으로 새로 오는 사람이 고가 선생보다 좀더 낮은 봉급을 받게 됩니다. 그래서 그 나머지 부분으로 선생 봉급을 올려주려고 한 거니까 선생이 누구한테 미안해할 필요는 없습니다. 고가 선생은 노베오카에서 지금보다 월급을 올려 받고 새로 오는 선생은 적게 받고 그 덕에 선생도 월급이 오르고 하면 좋은 게 아닌가요? 굳이 싫다면 할 수 없지만 집에 가서 다시 한 번 잘 생각해보시지요."

나는 그다지 머리가 좋지 않기 때문에 언제나 이렇게 상대방이 조목조목 따지고 들면 그 자리에서 '아, 그런가. 그럼 내가 잘못했네' 하고 물러서게 되는데 오늘밤만은 그럴 수가 없다. 이곳에 온 첫날부터 빨간 셔츠는 왠지 꺼림칙했다. 중간중간 친절하게 대해주기에 친절한 남자라고 생각한 적도 있었지만 사실은 친절도 뭐도 아니라는 걸 알았기 때문에 오히려 싫어졌다. 그래서 이놈이 아무리 논리적으로 이야기를 한다 해도, 교감이랍시고 나를 아무 말도 못하게 만든다 해도 더 이상은 안 통한다.

토론을 잘한다고 모두 좋은 사람은 아니다. 그 자리에서 아무 말 못 한다고 해서 다 나쁜 사람이란 법도 없다. 겉으로 보면 빨간 셔츠가 훌륭한 사람 같지만 겉모양이 아무리 잘났다고 해도 사람의 마음까지 움직일 수는 없는 것이다. 돈이나 권력이나 언변으로 사람의 마음을 살 수 있다면 고리대금업자든지 순사든지 대학교수가 사람들에게 인기를 끌어야 한다. 하지만 겨우 중학교 교감 정도의 언변으로 내 마음을 돌려놓으려고 하다니, 인간이란 자기가 좋고 싫은 대로 움직이는 것이지 남의 언변 따위를 듣고 행동하지 않는다.

"선생님 말씀도 일리는 있지만 하여튼 저는 봉급 오르는 것 싫으니까 거절합니다. 집에 가서 생각해봤자 마찬가지입니다. 그럼 이만" 하고 나와버렸다. 머리 위에 은하수가 훌쩍 걸려 있다.

9

끝물 호박의 송별회가 있는 날 아침, 학교에 갔더니 그전까지 나와 눈도 안 마주치던 거센 바람이 말을 걸어왔다.

"이봐, 일전에 그 하숙집 주인이 나한테 와서 자네가 영 난폭해서 안 되겠다고 말 좀 해달라고 부탁하기에 내 곧이듣고 자네한테 방을 빼라고 했네만은 나중에 들어보니 그 자가 아주 몹쓸 사람일세. 가짜 서화나 골동품을 만들어 파는 사람이라지 뭔가. 분명히 자네 얘기도 그 사람이 꾸며낸 이야기일 걸세. 자네한테 물건들을 좀 팔아볼까 했는데 끝까지 말이 먹히지 않아서 내쫓으려고 그런 얘기를 지어내서 사람을 속인 거야. 내가 그 사람을 잘 몰라서 자네한테 아주 몹쓸 짓을 했네. 미안허이."

장황하게 사죄를 하는 것이다.

나는 아무 말도 하지 않고 거센 바람의 책상 위에 있던 1전 5리를 집어서 내 호주머니에 집어넣었다. 그랬더니 거센 바람이 물었다.

"자네 그것 도로 가져가는 거야?"

"네, 선생님한테 거저 얻어먹기 싫어서 갚았던 건데 곰곰이 생각해보니 얻어먹는 게 좋을 것 같아서 도로 가져갑니다."

거센 바람은 큰 소리로 웃으면서 다시 물었다.

"그럼 왜 진작 가져가지 않았나?"

"사실 가져가야지, 가져가야지 생각했는데 뭐 그러자니 왠지 기분도 이상하고 해서 그대로 있었지요. 요즘은 학교에 와서 이 돈을 보면 기분이 영 안 좋았다니까요."

"자네 그거 아나? 자네 정말 아집 센 놈인 거."

"선생님은 그거 아세요? 정말 고집불통인 거."

나도 지지 않고 말했다.

그다음 우리 둘 사이에는 이런 대화가 이어졌다.

"자네 도대체 어디 출신인가?"

"도쿄 토박이입니다."

"오라, 도쿄 토박이, 그래서 그렇게 아집이 세셨군."

"선생님은 어디에요?"

"나는 아이즈会津(후쿠시마 福島 현) 출신이네."

"아, 아이즈에서 오셨구나. 고집이 괜히 센 게 아니네. 오늘 송별회에 가세요?"

"당연하지, 자넨?"

"저도 물론 가지요. 고가 선생이 떠나는 날엔 항구까지 배웅 나갈 생각입니다."

"송별회, 그거 재밌을 거야. 꼭 나오라고. 실컷 마셔야지."

"양껏 마시세요. 난 생선 요리나 나오면 먹고 집에 갈 겁니다. 술이나 퍼마시는 사람들은 바보 같아."

"자네는 금세 싸움을 벌일 놈이야. 누가 도쿄 토박이 아니랄까 봐 그렇게 경망스럽게 굴기는."

"뭐래도 상관없어요. 그런데 참, 송별회에 가기 전에 제 방에 좀 들러주세요. 할 얘기가 있으니까."

거센 바람은 약속대로 내 하숙방에 들렀다. 나는 이전부터 끝물 호박의 얼굴을 볼 때마다 안돼 보여서 가슴이 아팠는데 이렇게 송별회 날이 닥치고 보니 너무 처량하고 불쌍해서 웬만하면 내가 대신 전근을 가주고 싶을 정도였다. 그래서 송별회 자리에서 용기를 북돋워주고 싶은데 또 두세 마디 하고 더듬거리면 영 꼴이 말씀이 아닐 테니 기차 화통 삶아 먹은 것 같은 거센 바람의 목소리를 좀 빌려 이번 참에 빨간 셔츠의 간담을 서늘하게 해주어야지 생각했기 때문에 겸사겸사해서 거센 바람을 부른 것이다.

나는 거센 바람을 보자마자 우선 마돈나 사건부터 이야기를 꺼냈다. 물론 거센 바람은 마돈나 사건에 대해 나보다 더 상세하게 알고 있었다. 내가 노제리가와 강둑에서 본 것을 이야기하면서 "그놈은 바본가 봐요" 했더니 거센 바람은 "자네는 누구든 바보라고 하는군, 안 그런가? 오늘도 나를 보고 바보라고 했잖아. 내가 바보면 빨간 셔츠는 바보가 아니지. 나는 빨간 셔츠와는 다르니까" 하고 잘라 말했다.

"그럼 빨간 셔츠는 얼빠진 놈이에요" 했더니 "그럴지도 모르지" 하고 맞장구를 쳤다. 거센 바람은 힘은 세지만 이렇게 말 만드는 데는 영 나를 따라오지 못한다. 아이즈 촌놈은 모두 이런 모양이다.

그런 다음 내 봉급을 올려주겠다는 얘기와 앞으로 책임이 막중해질 것이라고 빨간 셔츠가 한 얘기를 모두 들려주었더니 거센 바람은 "흠" 하고 콧방귀를 뀌었다.

"그럼 나를 내쫓겠다는 생각이로군."

"내쫓다니, 그럼 그런다고 그만둘 거예요?"

나는 눈을 동그랗게 뜨고 물었다.

"누가 그만둔대? 내가 잘리면 빨간 셔츠도 온전치는 못할걸" 하고 거센 바람이 큰소리를 쳤다.

"어떻게 하려고요?"

내가 다시 물어보았더니 "거기까진 아직 생각 안 해봤네" 하고 대답했다.

그렇다. 거센 바람이 뚝심 있는 사람이기는 하지만 지혜는 약간 모자라다.

내가 봉급 올려주겠다는 것을 거절했다는 얘기를 하자 무척이나 좋아하면서 나를 칭찬했다.

"과연 도쿄 토박이야. 잘했어."

"끝물 호박이 그렇게 여기 남기를 원하는데 왜 유임 운동이라도 하지 않았어요?"

"끝물 호박한테 내가 얘기를 들었을 때는 벌써 모든 것이 정해진 상태라서 교장한테 두 번, 빨간 셔츠한테 한 번 찾아가 얘기를 해보았는데 안 됐어. 어쨌든 고가 선생이 너무 사람이 좋아 탈이야. 빨간 셔츠가 그 이야기를 할 때 그 자리에서 거절하든지 일단 생각해보겠다고 하고 시간을 벌 것이지 그 말발에 속아넘어가서 그 자리에서 알았다고 했다지 뭐야. 그러니 나중에 어머니가 울며 매달려도, 내가 찾아가서 부탁해도 그땐 뭐 별수 없는 노릇이지."

거센 바람은 속상해했다.

"이번 사건은 완전히 빨간 셔츠가 끝물 호박을 멀리 쫓아내 버리고 마돈나를 혼자 차지하려는 술책이에요" 하고 말하니 거센 바람은 "맞아, 그럴 거야. 그놈은 얌전한 색시 얼굴을 하고 있지만 계략을 꾸며대면서 누가 뭐라 하면 때맞춰 빠져나갈 구멍을 파놓고 있는 교활한 놈이야. 그런 놈은 주먹맛을 보여주는 수밖에 없어" 하며 울퉁불퉁한 팔뚝을 들어 보였다. 나는 그것을 보고 놀라서 물었다.

"와, 선생님 무지 힘세 보여요. 유도라도 하세요?"

그러자 팔뚝에 힘을 주면서 "한번 만져봐" 한다. 손가락 끝으로 찔러보았더니 도대체 꿈쩍도 하지 않는 것이 꼭 온천탕에 세워놓은 돌기둥 같다. 나는 하도 신기해서 "선생님, 이 정도 팔뚝이면 빨간 셔츠 같은 놈들 대여섯 명쯤 한 방에 날리는 것은 문제도 아니겠네요" 했더니 "당연하지" 하면서 팔을 구부렸다 폈다 하는데 근육이 불끈불끈했다.

보고 있자니 아주 기분이 좋았다. 거센 바람의 말에 따르면 꼰 줄 두 가닥을 팔뚝에 묶고 힘을 주면 툭 끊어진다고 한다. "꼰 줄이라면 나도 할 수 있어요" 했더니 "할 수 있다고? 그럼 한번 해봐" 하기에 안 되면 동네에 소문이 날까 싶어 나중에 하기로 했다.

"선생님, 그럼 오늘밤 송별회에 가서 있는 대로 퍼마시고 빨간 셔츠하고 그 떠버리 놈 힘껏 패주지 않을래요?"

나는 내친 김에 농담반 진담반으로 떠보았다.

"그럴까" 하더니 거센 바람은 잠시 생각하다가 "오늘은 관두지" 하고 말했다.

"왜요?"

"오늘밤은 고가 선생 보내는 자리잖아. 게다가 마음먹고 패줄려면 그놈들이 나쁜 짓 하는 걸 목격한 바로 그 자리에서 패야지, 그렇지 않으면 오히려 우리가 뒤집어쓰게 돼."

거센 바람이 분별력 있는 말을 한다. 거센 바람도 나보다는 생각이 있는 모양이다.

"그럼 회식장에서 큰 소리로 끝물 호박을 칭찬해줘요. 내가 하면 도쿄 토박이의 경박스런 말투가 되어서 영 무게가 없어지고 또 그런 데서는 잘나가다가 속에서 울컥 치밀어 가지고 목에 뭐가 걸린 것 같이 그다음 말이 안 나와서 선생님한테 부탁하는 거예요."

"참 이상한 병이네그려. 사람들 모인 데선 말이 안 나오니 참 곤란하겠어" 하기에 "뭐 그렇게 곤란할 것까진 없어요" 하면서 얼버무렸다. 그런저런 이야기를 하는 동안 시간이 다 되어서 거센 바람과 함께 송별회장으로 갔다. 회장은 이 근방에서 제일가는 요릿집이었는데, 나는 한 번도 와본 적이 없다. 원래 대단한 양반의 저택을 사들여서 요릿집을 열었다는데 겉모양부터 으리으리하다. 이런 대저택이 요릿집이 되다니 진바오리〔옛날 갑옷 위에 입었던 소매 없는 웃옷〕를 고쳐 도우기〔방한용 속옷〕를 만든 거다.

요릿집에는 벌써 사람들이 모여서 다다미 50장짜리 큰 방에 두셋씩 무리지어 앉아 있었다. 워낙 넓으니 도코노마도 굉장하다. 내가 야마시로야에서 묵었던 다다미 열다섯 장짜리 방의 도코노마와는 비교가 안 된다. 재보니 2간〔약 3.6미터〕이나 된다. 오른쪽에 빨간 무늬가 있는 세토모노〔세토 지방에서 나는 도자기〕 항아리에는 커다란 소나무 가지가 꽂혀 있었다. 소나무 가지를 뭐 하는 데 쓸지 몰라도 몇 달이 지나든 시들 염려는 없으니 돈은 안 들어서 좋겠다.

"저 세토모노는 어디서 나는 겁니까" 하고 과학 선생에게 물었더니 "저건 세토모노가 아닙니다. 이마리伊万里입니다"

한다.

"이마리는 세토모노가 아닌가요?" 물었더니 과학 선생은 그저 "헤헤헤" 하고 웃는다. 나중에 물어보았더니 "세토瀨戶에서 나는 도자기라서 세토모노라고 하는 겁니다" 하고 설명해주었다. 나는 도쿄 토박이인지라 세토모노라는 말이 도자기라는 뜻이라고 생각하고 있었다. 도코노마 가운데에는 큰 족자가 걸려 있는데 내 얼굴만큼이나 커다랗게 스물여덟 글자가 쓰여 있었다. 서투르기도 하다. 너무 못난 글씨기에 한문 선생에게 "저 못난 글씨를 누구 보여주려고 걸어둔 걸까요?" 하고 물었다. 한문 선생은 "저건 가이오쿠라는 유명한 서도가의 글씨랍니다" 하고 알려주었다. 가이오쿠건 뭐건 난 아직도 그 글씨를 참 못났다고 생각한다.

서기 가와무라가 "어서들 앉으세요" 하기에 기둥에 기대어 앉았다. 가이오쿠의 족자 앞에 하오리와 하카마(겉에 입는 주름진 하의. 하오리와 함께 입으면 정장)를 갖춰 입은 너구리가 자리를 잡으니 왼쪽에 역시 하오리와 하카마를 갖춰 입은 빨간 셔츠가 앉았다. 오른쪽에는 오늘의 주인공이라고 끝물 호박도 옷을 갖춰 입고 앉았다. 나는 양복을 입고 있어서 꿇어앉으니 불편했다. 곧 양반다리로 고쳐 앉고 보니 옆에 앉은 체육 선생은 검은 양복 바지를 입었는데도 단정하게 꿇어앉아 있다. 대단히 훈련을 한 모양이다. 드디어 저녁상이 들어오고 술병이 늘어선다. 가와무라가 먼저 개회사를 하고 그다음 너구리가 일어서고 빨간 셔츠가 일어섰다. 모두 한마디씩 송별사를 읊는데 하나같이 짠 것처럼 끝물 호박이 좋은 선생이라는 것과 인간성 좋다는 이야기를 떠벌리다가 대충 '이번에 이렇게 선생을 보내는 것을 참으로 애석하게 생각한다. 학교뿐만 아니라 개인적으로도 무척이나 안타깝지만 본인이 일신상의 이유로 전근을 희망하니 유감이지만 더는 붙잡을 수 없다'는 내용으로 끝냈다.

이런 거짓말을 해서 송별회를 열고는 조금도 부끄럽게 여기지 않는다. 특히나 빨간 셔츠는 유별나게 더 끝물 호박을 칭찬했다.

"이렇게 좋은 친구를 잃게 되니 저로서는 정말이지 큰 불행입니다"라고까지 말한다.

더군다나 그 말투가 얼마나 그럴싸한지 평소보다 더 상냥하게 말하는지라 처음 듣는 사람은 그 말이 정말이라고 믿을 것이다. 저런 수작으로 마돈나도 구워삶은 거겠지.

빨간 셔츠가 송별사를 읊어대고 있는데 건너편에 앉아 있던 거센 바람이 나에게 눈짓을 보냈다. 나는 그 답례로 집게손가락으로 아래 눈두덩을 까 보이며 빨간 셔츠를 경멸한다는 표시를 했다. 빨간 셔츠가 채 자리에 앉기도 전에 거센 바람이 벌떡 일어나서 나는 기쁜 나머지 엉겁결에 박수를 쳤다. 그러자 너구리를 비롯한 모든 사람들이 나를 쳐다보았다. 약간 머쓱했다.

"지금 교장 선생님을 비롯해 교감 선생님까지 고가 선생의 전근을 상당히 유감으로 생각하고 계신 것 같은데 나는 생각이 다릅니다. 나는 하루라도 빨리 고가 선생이 이곳을 떠나기를 희망합니다. 노베오카는 이곳에서 아주 멀리 떨어진 산골이니 이곳보다 물질적으로는 불편할지 몰라도 내가 듣기로 그곳은 인심이 후하고 살기 좋은 동네라 들었습니다. 선생과 학생이 서로 꾸밈없이 언제나 솔직하게 지낸다고 합니다. 마음에도 없는 말을 떠벌린다거나 어진 얼굴을 하고 군자를 곤경에 빠뜨리는, 겉멋 들어 돌아다니는 사람은 한 명도 없다고 합니다. 그러니 고가 선생처럼 온화하고 품행 바른 분은 반드시 그곳 사람들에게 두 손 벌려 환영받으실 겁니다. 우리들은 고가 선생이 그런 좋은 곳으로 전근 가게 된 것을 크게 축하해야 합니다. 마지막으로 고가 선생에게 한말씀드리자면 그곳에 가셔서 훌륭한 남성에게 걸맞은 참하고 아름다운 그 고장 여성분을 만나 하루 빨리 화목한 가정을 일구시라는 겁니다. 그래서 지조 없는 말괄량이가 자신이 한 일이 부끄러워 얼굴을 못 들도록 해주시기를 바랍니다. 에헴, 에헴."

거센 바람이 이렇게 말하고 두 번 헛기침을 한 다음 자리에 앉았다. 나는 이번에도 박수를 칠까 생각했지만 또 모두 내 얼굴을 쳐다보는 것이 싫어서 참았다.

거센 바람이 자리에 앉자 이번에는 끝물 호박이 일어났

다. 선생은 조용하게 자기 자리에서 말석까지 내려가 모인 사람들을 향해 고개 숙여 인사를 하였다.

"이번에 제가 개인적인 이유로 전근을 가게 되었습니다. 이를 아쉬워해주시는 모든 선생님들께서 저를 위해 이런 성대한 송별회를 열어주신 것에 대해서 가슴 깊이 감사의 말씀을 드리겠습니다. 특히 지금 이 자리에서 교장 선생님을 비롯한 여러 선생님들께서 해주신 말씀은 제가 평생 잊지 못할 것입니다. 저는 이제 먼 곳으로 떠나지만 아무쪼록 여러 선생님들께서는 지금과 마찬가지로 화목하게 지내시길 기원합니다."

그러고 나서 끝물 호박은 자리에 가 앉았다.

끝물 호박은 좋은 사람이기는 하지만 끝까지 그 속내를 보이지 않는다. 자신을 이렇게 골탕 먹인 교장과 교감에게 끝까지 예의를 갖춰 인사를 한다. 말뿐인 인사라면 그럴 수도 있다고 하지만 저 말하는 자세나 말투나 표정을 봐서는 마음속 깊이 우러나서 하는 말이 분명하다. 이런 성인 군자에게 진실된 인사말을 들으면 미안해서 얼굴이라도 붉혀야 마땅한데 너구리랑 빨간 셔츠는 뻔뻔스럽게 인사말을 듣고 있다.

인사말이 끝나자 이쪽에서 츠읍, 저쪽에서 츠읍 소리가 나길래 나도 흉내나 한번 내볼까 해서 국을 마셔보았더니 역시나 맛이 없다. 지진 생선 요리나 생선묵도 있지만 거무

스름한 게 비위에 거슬렸다. 회도 두꺼워서 다랑어를 잘라 그대로 먹는 거나 마찬가지다. 그런데도 주위에 앉은 사람들은 맛있다고 우적우적 먹어댄다. 도쿄 요리를 못 먹어본 모양이다. 그러는 동안 술잔이 돌고 돌아 분위기는 한층 흥겨워졌다. 떠버리 놈은 공손하게 교장 앞에서 술을 받아 마시고 있다. 재수 없는 놈이다. 끝물 호박은 한 사람씩 앞으로 가 술잔을 받고 답잔을 붓는다. 참으로 피곤한 일이 아닐 수 없다.

끝물 호박이 내 앞에 와서 "저한테 한잔 주시지요" 하면서 옷매무새까지 고치며 청하기에 나는 양복바지 바람으로 꿇어앉아 한 잔 따랐다.

"이렇게 빨리 헤어지게 돼서 유감입니다. 떠나시는 날은 언제지요? 꼭 항구까지 배웅 나가겠습니다" 했더니 끝물 호박은 "아유, 아닙니다. 바쁘신데 그러지 마세요" 하고 대답한다. 끝물 호박이 뭐라고 해도 나는 학교를 쉬고라도 나갈 참이다.

한 시간 정도 지나자 이젠 모두 거나하게 취해서 시끌벅적해졌다. "자, 한잔 받지, 아니 내 잔부터……" 하고 혀 꼬부라진 소리로 떠들어대는 사람이 생기기 시작했다. 그만 싫증이 나서 볼일 보러 나간 김에 옛날 정원처럼 꾸며놓은 마당을 거닐면서 별 구경을 하고 있는데 거센 바람이 다가와 말을 걸었다.

"어때, 아까 한 연설 잘했지?" 하고 꽤나 의기양양해하기에 "대찬성이지만 딱 한 군데가 좀 걸리던데요" 하고 이의를 제기했다. "어디가 걸렸는데?" 하고 묻는다.

"어진 얼굴을 하고 사람을 골탕 먹이는, 겉멋만 든 놈은 노베오카에 한 명도 없기 때문에, 라고 했지요?"

"응, 그랬지."

"겉멋 들어 돌아다니는 놈이라고만 하면 한참 모자라지요."

"그럼 뭐라고 하나?"

"겉멋 들린 놈에, 사기꾼에, 야바위꾼에, 양의 탈을 쓴 놈에, 싸구려 장사치에, 앞잡이에, 개보다 잘 짖어대는 놈까지 말을 했어야지요."

"나는 그렇게까지는 말주변이 없어서. 자네 이제 보니 아주 달변이네. 그렇게 말들을 많이 아는데 연설을 못 한다니 이상해."

"치, 이건 여차해서 한판 뜨면 해주려고 미리부터 생각해 둔 말들이에요. 연설을 할라치면 안 나오지요."

"그래도 거침없이 나오잖아. 다시 한마디해봐."

"열 마디라도 하지요. 겉멋 들린 놈에, 사기꾼에……."

내가 큰 소리로 떠벌리려는데 툇마루가 시끌벅적해지면서 두 사람 정도가 비틀거리면서 나왔다.

"아이고 이 사람들아, 그러면 못쓰지. 어디 지금 도망가려고? 내가 여기 있는 한은 그냥 가게 내버려두지 않는다고. 꺼억, 자 마셔, 마시라고. 사기꾼? 꺼억, 사기꾼 재밌어, 꺼억, 마셔 마셔" 하면서 나와 거센 바람을 방으로 잡아끈다. 내가 보기엔 이 사람들도 볼일 보려고 나왔다가 너무 취해서 오줌 누는 것도 까먹고 지금 우릴 잡고 실랑이하는 것 같다. 술 취한 놈들은 눈에 보이는 대로 일을 만들고 원래 하려던 일은 까맣게 잊는 모양이다.

"꺼억, 야 이것 봐. 내가 이 사기꾼들을 잡아왔다. 꺼억, 부어줘라. 사기꾼이 암말도 못 하도록 한번 먹여봐. 꺼억, 너 오늘 도망 못 간다. 이놈."

도망갈 생각도 안 하고 있는 날 붙잡고 벽에 밀어붙였다. 이쪽저쪽 훑어보아도 상 위에는 먹을 만한 생선 요리는 하나도 남아 있지 않았다. 자기 것 싹싹 긁어먹고 옆 상까지 기웃거리는 놈만 눈에 띈다. 교장은 언제 돌아갔는지 보이지 않는다.

"이 방인가요?" 하는 소리와 함께 기생이 서너 명 들어왔다. 좀 놀랐지만 벽에 떠밀려 있는지라 그냥 보고만 있었다. 이때까지 기둥에 기대서서 잘난 척 호박 파이프를 물고 있던 빨간 셔츠가 갑자기 일어나서 나가려고 했다. 그러자 기생 중 하나가 웃으며 인사를 한다. 제일 젊고 예쁜 여자다. 잘 들리지 않지만 "어머, 안녕하셨어요"쯤 되는 모양이다. 빨간 셔츠는 모르는 척하고 나가버리더니 다시는 나타나지 않았다.

기생이 들어오자 갑자기 활기가 넘쳤다. 모두가 환성이라도 지르는 듯싶게 시끄럽다. 난코(숫자 맞히기 놀이)를 하는 사람도 있는데 얼마나 소리가 큰지 이아이누키(앉아 있다가 재빨리 칼을 뽑는 검술을 보여주는 곡예)를 배우는 것 같다. 한쪽에서는 가위바위보를 한다. 에잇, 얏, 하며 손을 휘두르는 모양이 다크 극단(1881년부터 1920년까지 도쿄의 아사쿠사에서 인형극을 공연한 영국 극단)의 인형보다 능숙하다. 한쪽 구석에서는 "이봐, 술 따라" 하며 술병을 흔들다가 "술이다, 술" 하고 소리를 지르기도 한다. 얼마나 시끄러운지 견딜 수가 없다. 생각에 잠겨서 조용히 앉아 있는 것은 끝물 호박뿐이다. 이렇게 송별회를 열어주었다고 끝물 호박이 떠나는 걸 아쉬워하는 것은 아니다. 그저 술 마시고 놀려는 거다. 그러니 끝물 호박 혼자 어쩔 줄 몰라 가만있지 않는가. 이러려면 송별회는 왜 열었는지.

시간이 더 흐르니 다들 음도 맞지 않는 노래를 하나씩 불렀다. 기생 하나가 내 앞에 오더니 "손님, 한 곡 부르세요" 하며 샤미센(일본 전통 현악기)을 타려 해서 "난 안 해. 네가 불러봐" 했다. 한숨에 노래를 죽 뽑아내더니 "아이고, 힘들다" 한다. 그럴 거면 쉬운 걸로 하지 않고.

어느새 옆에 와 있던 떠버리가 "스즈, 만나고 싶은 사람 만났나 싶더니 금방 가버리셨지" 하고 친한 척 군다. 기생이 새초롬하게 대꾸를 않자 떠버리는 "우연히 만나긴 했는데……" 하며 듣기 싫은 목소리로 노래를 흥얼거린다. 기생이 "이러지 마요" 하고 떠버리의 넓적다리를 철썩 치는데도 좋아라 웃는다. 아까 이 기생이 빨간 셔츠에게 알은척을 하고 인사를 했다. 떠버리도 속없는 녀석이다. 기생에게 얻어맞고 실실거리다니. "스즈, 춤출 테니 샤미센 타봐" 하는 꼴이 춤까지 출 모양이다. 맞은편에 앉은 영감은 이도 없는 입을 오물거리면서 한문을 가르치고 있다. "안 들려요. 텐베 님, 우리 사이는……"까지 하고는 "다음은 뭐지?" 하고 되묻는다. 기억력도 늙은 모양이군. 어떤 기생은 과학 선생을 붙들고 "이런 노래 들어보셨어요?" 하면서 "I am glad to see you" 어쩌고 하면서 영어까지 섞어 노래를 한다. 과학 선생은 "영어가 들어 있네, 재밌다" 하며 감탄한다. 거센 바람은 깜짝 놀랄 만큼 큰 소리로 "이봐, 이봐" 하고 기생을 부르더니 "검무를 출 테니 샤미센을 타줘" 하고 호령한다. 하도 괄괄하게 소리치니 기생은 어이없다는 듯 대답도 안 한다. 거센 바람은 그러든 말든 지팡이 하나를 들고 재주를 보인답시고 한가운데로 나섰다. 떠버리는 연달아 몇 번이나 춤을 추고는 훈도시 바람에 반벌거숭이가 되어서, "청일회담은 깨지고……" 하면서 온 방을 휩쓸고 다닌다. 이건 완전히 미치광이다. 끝물 호박은 거북한 듯한 자세로 앉아 있다. 아무리 자기 송별회라고 해도 저런 벌거숭이 춤까지 하오리에 하카마를 갖춰 입고 앉아서 볼 필요는 없다는 생각이 들어서 "고가 선생님, 이제 돌아갑시다" 하고 피곤해 보이는 끝물 호박한테 권했다.

"오늘은 저 때문에 마련해주신 송별회인데 제가 먼저 자리를 뜨면 도리가 아니지요. 더 즐기세요" 하며 끝물 호박은 움직이지 않는다.

"뭐 상관없잖아요. 송별회면 송별회답게 적당한 선에서 끝내는 게 좋아요. 저 꼴들을 좀 보세요. 이건 송별회가 아니라 무슨 미치광이회 같잖아요. 자, 가요."

내가 내키지 않아 하는 사람을 억지로 끌고 나가려는데 떠버리 놈이 어디서 빗자루를 주워와서는 "야, 이거 주인공이 먼저 자리를 뜨다니 그건 말이 안 되지. 이건 청일조약(청나라와 일본이 전후 맺은 조약)이다. 돌아갈 수 없음" 하고 빗자루를 옆에 들고 길을 막아선다.

나는 아까부터 그놈이 눈에 거슬렸기 때문에 "네가 하는 말이 청일조약이면 너는 만만디다, 만만디(중국 사람을 경멸해서 일컫는 말)" 하고 주먹으로 그놈의 머리통을 한 방 날렸다. 떠버리 놈은 한 2, 3초 앞뒤로 휘청거리더니 멍해져서는 "어라, 이건 말이 안 되지. 이렇게 내가 나가떨어지면 말이 안 되지. 이 요시카와를 때리다니 어처구니없군. 다시 한번 청일조약이다" 하고 혼자 궁시렁궁시렁 얼빠진 소리를 하고 있는데 뒤에서 거센 바람이 무슨 일이 났구나 싶어 검무를 관두고 뛰어왔다가 그놈의 목을 잡아끌었다. "청일…… 아파, 아프다고. 이건 폭력이야" 하고 비명을 지르는 걸 옆으로 잡아채 비틀었더니 나가자빠졌다. 그 뒤는 어떻게 됐는지 모르겠다. 끝물 호박하고 헤어져서 집에 도착해보니 벌써 11시가 넘었다.

10

오늘은 승전기념일로 학교 수업이 없는 날이다. 연병장에서 기념식이 열려 너구리가 학생들을 데리고 참석하기로 되어 있었다. 나도 교직원의 한 사람으로 함께 가야 한다. 시내로 나오자 동네가 온통 히노마루(일장기) 물결로 눈이 부셨다. 학생들은 모두 800명이나 되기 때문에 체육 선생이 조를 짜서 한 반씩 세운 다음 그 사이사이에 교사를 한 명씩 배치해 학생들을 감독하도록 했다. 줄을 세운 모양을 보면 상당히 머리를 쓴 것인데 사실은 무지 정신이 없다. 왜냐하면 학생 놈들이란 어린애인 데다가 규칙을 깨지 않으면 자기들 체면이 서지 않는다고 생각하기 때문에 선생이 아무리 지켜보고 있어도 그 소란은 말릴 수가 없다. 부르라고 말한 적도 없는데 자기들 마음대로 군가를 부르고 군가가 끝나면 "와아" 하고 괜히 소리를 지르는 것이 이건 무슨 정신병자들이 마을을 배회하는 것 같았다. 군가를 부르지 않는 동안에는 시끌벅적 떠들어댄다. 말을 안 해도 걸을 수 있을 텐데 일본인들은 태어날 때 입부터 나온다더니 아무리 야단을 쳐도 쇠귀에 경 읽기다. 떠드는 것도 그냥 떠드는 것이 아니다. 뒤에서 선생들 험담을 하기 때문에 더 비열하다는 것이다. 나는 기숙사 사건으로 학생들의 사죄를 받았으니까 이제는 됐다고 생각하고 있었다. 하지만 그것은 나만의 커다란 착각이었다. 하숙집 할머니의 표현을 빌려 말하면 그건 얼토당토않은 착각이다. 학생들이 그때 나한테 와서 사과한 것은 자기들이 스스로 뉘우쳐서 한 것이 아니다. 교장이 하라고 하니까 형식적으로 겨우 머리만 조아린 것뿐이다. 장사치들이 사람들 앞에서는 절을 하면서 뒤로는 속여먹는 것과 똑같이 이것들이 사죄하기는 했지만 장난치는 것을 멈출 놈들이 아니었다.

생각해보니 세상일들은 모두 이런 학생 놈들 짓거리에서부터 자라난 것이 아닌가 싶다. 사람이 잘못을 뉘우치고 사죄하는 것을 곧이듣고 용서하는 것은 물정 모르는 바보들이나 하는 짓인 거다. 좋다, 거짓으로 사과하는 것이면 거짓으로 용서하면 된다. 정말로 끝까지 사죄를 받아내야 될 일이라면 말 대신에 두 눈에서 눈물이 쏙 빠지도록 흠씬 두들겨 패주어야 된다.

내가 녀석들 사이에 들어가 서자 '튀김', '당고'라는 말이 뒤에서 들려왔다. 그런데 아이들이 워낙 많아서 어떤 놈 입에서 나온 것인지 알 수가 없다. 만약 어떤 놈인지 알았더라도 그놈은 분명 "지는 새임 보구 튀김이라고 부르지 않았서라. 당고라고 부른 적도 없어라. 그건 새임이 괜시리 그 말에 신경쓰고 있응께 고렇게 들리는 것이제"라고 둘러댈 게 뻔하다. 이런 비열한 근성은 막부 시대부터 이어 내려오는 뿌리 깊은 것으로 아무리 말로 타이르고 가르쳐도 그런 흉내라도 내지 않고는 못 배긴다.

이런 곳에서 1년이나 있다가는 추잡한 꼴 못 보는 나도 꼭 저렇게 닮아갈지도 모르겠다. 상대방이 능숙하게 빠져나갈 수 있는 수단으로 자기 머리를 어지럽히는데 그냥 놔둘 멍청이 바보는 없다. 하지만 저런 놈들이 사람이면 나도 사람이다. 학생이라고는 해도 덩치는 나보다 큰 놈들이다. 하니 선생의 권위로 붙잡고 합당한 복수를 하지 않으면 체면이 서질 않는다. 하지만 내가 복수를 하려고 평소 내 성질대로 했다가는 놈들에게 역습을 당하기 십상이다. "네놈들이 잘못해서 그러는 것이다"라고 말을 해도 어차피 처음부터 도망갈 구멍을 파놓고 있기 때문에 마침내는 오히려 더 큰 소리를 치게 될 것이다. 큰 소리를 치며 멀끔한 얼굴로 내 약점을 잡아 공격한다. 원래 복수를 하려고 한 일이니 상대방의 잘못을 드러내지 않으면 이쪽의 주장은 쓸데없는 변명이 된다. 결국 상대는 겉으로만 손을 내밀어 다른 사람들에게는 내가 먼저 시작한 싸움처럼 생각하게 만들 것이다. 승산 없는 짓이다. 그렇다고 녀석들이 하는 대로, 흐리멍텅한 녀석들로 내버려두면 점점 잘난 줄 알게 되어 세상에 좋지 않다. 그러니 나도 녀석들과 같은 방법을 써서 꼬리가 잡히지 않는 교묘한 복수를 해야 한다. 이렇게 되면 뭐 도쿄 토박이도 다를 바가 없다. 1년이나 이렇게 당한다면 나쁘고 나쁘지 않고를 떠나, 나도 녀석들처럼 하지 않으면 결판을 낼 수 없다. 아무래도 빨리 도쿄로 돌아가서 기요랑 사는 게 좋겠다. 이런 동네에서 사는 것은 타락을 재촉하는 짓이다. 신문 배달을 하는 것이 타락하는 것보다 낫다.

이렇게 생각하고 마지못해 따라가는데 갑자기 앞쪽에서 시끌벅적한 소리가 들린다. 그러자 갑자기 줄이 멈춘다. 무슨 일인가 해서 줄에서 오른쪽으로 빠져나와 앞을 보니 오테마치大手町를 건너편에 두고 야쿠시마치薬師町로 들어가는 모퉁이 지점에서 앞으로 밀쳤다가 뒤로 밀렸다가 하면서 학생들이 옥신각신하고 있다. 앞에서 "조용히, 조용히 해" 하고 소리치는 체육 선생에게 뭐냐고 물어보았더니 저쪽 길모퉁이에서 중학교와 사범학교가 충돌했다고 한다. 중학교와 사범학교는 예부터 어느 동네나 개와 원숭이처럼 사이가 안 좋아서 서로 만나기만 하면 싸움질을 한다. 왜 그러는지 모르겠지만 기질이 맞지 않아서 무슨 일만 있으면 싸움을 한다. 좁은 동네에서 지루하니까 시간 좀 죽이자는 거겠지. 나도 싸움이라면 열 일 제쳐놓는 사람이라 충돌했다는 얘기를 듣자마자 장난 반으로 그곳으로 뛰어갔다. 앞에 있는 녀석들은 "쳇, 세금으로 학교 다니는 녀석들이! 물러서!" 하고 계속 소리를 치고 있다. 앞에서 걸리적거리는 학생들을 헤치고 모퉁이까지 거의 다 갔는데 "앞으로" 하는 높고 날카로운 호령 소리가 들려왔다. 그러더니 사범학교 쪽 학생들이 앞으로 쭉쭉 걸어나가기 시작했다. 좀 전에 일어난 충돌은 타협이 된 것 같은데 결국 중학교가 한 발 양보하기로 했나 보다. 서열로 보아도 사범학교 쪽이 한 단계 위라고 한다.

기념식은 무척이나 간단했다. 여단장이 축사를 읽는다. 현의 지사가 축사를 읽는다. 그러고 나면 참석자들이 모두 만세 삼창을 한다. 그러고는 끝이다. 뒤풀이는 오후에 한다고 해서 나는 일단 집으로 돌아와서 며칠 전부터 마음먹고 있던 일을 하기로 했다. 기요에게 편지를 쓰는 것이었다. '다음번에는 좀더 자세히 써달라'고 부탁했으니 최대한 공들여서 써야 한다. 마음먹고 편지지를 꺼냈더니 쓸 말은 많은데 뭐부터 쓰면 좋을지 모르겠다. 이 말을 쓸까? 아니, 이 말은 다 쓰려면 귀찮아. 저 말을 쓸까? 아니, 시시한 일이야. 무슨 말이든 술술 나와서 애쓸 필요가 없고 기요가 재미있어할 만한 사건은 없을까 생각해보니 그럴만한 사건은 하나도 없는 것 같다. 나는 그저 먹을 갈고, 편지지를 만져보고, 또 먹을 갈고 편지지를 만져보고 같은 동작을 몇 번씩 반복하다가 '나한테 편지 쓰는 일 따위는 불가능하다'는 생각에 벼루 뚜껑을 덮어버렸다. 편지 따위 줄줄이 쓰는 것은 정말 귀찮은 일이다. 그냥 곧바로 도쿄로 달려가 얼굴 마주 보고 이야기하는 것이 속 편하고 간단하다. 기요가 걱정하는 바를 모르는 건 아니지만 기요의 주문대로 편지를 쓰는 것은 삼칠일(21일) 단식보다 더 괴롭다.

나는 붓과 편지지를 옆으로 치워버리고 아무렇게나 누워 팔베개를 하고 마당 쪽을 쳐다보았다. 또다시 기요의 얼굴이 떠올랐다. 그때 난 이렇게 생각했다.

'이렇게 멀리서도 내가 기요를 떠올리면서 염려하면 이런 내 마음이 기요한테도 전달될 거야. 기요가 이런 내 심정을 알면 굳이 편지 같은 것은 안 써도 되잖아. 무소식이 희소식이지. 편지란 사람이 죽었을 때나 아플 때, 무슨 일이 생겼을 때 알리려고 쓰는 것이지.'

하숙집 정원은 열 평 정도 되는 넓이에 바닥이 평평하고 뭐 이렇다 할 나무는 심어져 있지 않았지만 한쪽에 귤나무 한 그루가 서 있었다. 담 너머에서도 표가 날 만큼 크다. 나는 집에 돌아오면 언제나 이 귤을 바라본다. 도쿄를 떠나본 적이 없는 사람에게 귤이 나무에 열려 있는 것을 본다는 것은 정말이지 신기한 일이다. 저 퍼런 열매가 점점 숙성해서 노란 빛깔이 되겠지. 참으로 아름다울 것이다. 벌써 어떤 놈은 절반쯤 노릇노릇 물이 들어 있다. 할머니한테 물어보니 물이 많아서 아주 맛이 좋다고 한다. "쪼까 있다 저놈들 익으면 잔뜩 따서 줄 텡께" 했으니 매일 조금씩은 맛볼 수 있겠지. 한 3주 더 있으면 충분히 먹을 수 있을 것이다. 설마 3주 안에 이곳을 떠날 일은 없겠지.

내가 이렇게 귤 먹을 생각을 하고 있는데 어쩐 일인지 거센 바람이 이야기를 하러 왔다. "승전기념일인데 자네랑 같이 요리 좀 먹어볼까 해서 쇠고기를 사왔네" 하고 대나무 잎으로 싼 꾸러미를 소맷자락에서 꺼내더니 방석 위에 휙 던졌다. 나는 이놈의 하숙집 구석에서 감자때기랑 두부때기만 먹고 누렇게 떠 있으면서도 메밀국숫집이나 당고집 앞에는 얼씬도 못 했으므로 "그거 좋지요" 하며 할머니에게 냄비와 설탕을 빌려 끓이기 시작했다. 거센 바람은 입에 고기를 꾸역꾸역 집어넣으면서 말했다.

"자네 빨간 셔츠가 기생이랑 내연의 관계인 것 아나?"

"알고말고요. 요전에 끝물 호박 송별회에 온 기생들 중 하나 아니에요?" 했더니 "맞아, 난 얼마 전에 겨우 눈치챘는데 자넨 역시 눈치가 빠르군" 하며 칭찬을 한다.

"그놈 버릇처럼 입만 떼면 품성이 어때야 된다는 둥, 정신적 즐거움을 쌓아야 된다는 둥 하면서 뒤돌아서는 기생이나 데리고 그러고 있다니까. 괘씸한 놈이야. 그것도 다른 사람한테 이래라저래라 말이나 안 하면서 그러면 또 내가 말도 안 해. 자네가 메밀국숫집에 가고 당고 먹으러 가는 것만 보고도 품위가 깎인다고 교장 입을 통해서 주의를 주었잖아."

"맞아요. 그놈 눈에는 기생 데리고 노는 것은 정신적인 즐거움이고 튀김이랑 당고는 물질적 즐거움으로 보이겠지요. 아니, 정신적인 즐거움이라면 정정당당히 사람들 앞에 내놓고 할 일이지 그 뭡니까. 단골 기생이 들어오니 자기는 도망치듯 나가고. 끝까지 사람을 속일 셈인 거지. 재수 없어 정말. 그러고는 남이 공격하면 모르겠다느니, 러시아 문학이라느니, 하이쿠와 신체시가 동류라느니 하면서 정신을 쏙 빼놓는다니까요. 그런 겁쟁이는 사내가 아니죠. 궁중 나인의 환생이라구요. 녀석 아비는 유시마의 가게마(에도 시대에 아직 무대에 서보지 않은 소년을 일컫는 말이다. 여기선 남색을 업으로 하는 소년을 의미한다)일 거예요."

"유시마의 가게마라니 그건 뭔가?"

"사내답지 못하다 이거죠. 그쪽은 아직 덜 익었잖아요. 그런 것 먹으면 속에 기생충 생긴다니까요."

"그래? 괜찮아 뭐. 그런데 빨간 셔츠는 사람들 몰래 온천장 근처 가도야에 가서 기생과 만난다지?"

"가도야라고요? 그 여관 말인가요?"

"여관 겸 요릿집 있잖아. 그러니까 그놈을 꼼짝 못 하게 하는 길은 그놈이 기생을 데리고 온천장에 들어가는 것을 끝까지 봐두었다가 덮쳐서 그 자리에서 아주 단단히 망신을 주는 것밖엔 없어."

"끝까지 봐두다니, 그곳에서 밤 근무라도 서겠단 말인가요?"

"못 할 것도 없지. 가도야 앞에 마스야라는 여관이 있어. 그 집 2층에 방을 빌려서 창호지에 구멍을 뚫고 보고 있으면 된다고."

"보고 있는 동안에 올까요?"

"오겠지. 하지만 하룻밤만으로는 어려울 거야. 한두 주 정도 그렇게 해야 된다고 봐."

"꽤나 피곤하겠군요. 우리 아버지 돌아가실 때 1주일 정도 밤을 꼬박 새면서 간병한 적이 있는데 나중에 완전히 기진맥진해가지고 뻗어버린 적이 있거든요."

"몸 좀 피곤한 것쯤 아무것도 아니야. 저런 비열한 놈을 그대로 두었다간 나라를 위해서도 안 될 일이니까 내가 하늘을 대신해서라도 끝까지 처단할 거야."

"신나는데요? 일이 결정되면 나도 협력할게요. 오늘부터 시작할 건가요?"

"마스야에 아직 얘기를 안 했으니 오늘은 곤란해."

"그럼 언제부터 하려고요?"

"곧 시작할 거야. 자네한테 알려줄 테니 그때 힘 좀 빌리고."

"좋아요, 불러만 줘요. 언제라도 합세하죠. 계략엔 약해도 싸움 하나는 자신 있다고요."

나와 거센 바람이 방 안에서 빨간 셔츠 타도 계획을 세우고 있는데 할머니가 들어왔다.

"학상 하나가 홋타 선상 뵙것다고 와 있는디, 선상네 집에 갔는데 없어라 물어물어 여그꺼정 왔당께로 나와보소" 하고 문지방에 무릎을 대고 거센 바람의 대답을 기다린다.

거센 바람은 "아 그래요?" 하면서 현관까지 나갔다가 잠시 후 들어오더니 "학생 하나가 승전축제 뒤풀이 보러 가자고 왔는데 같이 안 갈 텐가? 오늘 고치高知에서 여기까지 여러 명이 춤추는 것 보여주러 왔다니까 볼 만할 거야. 그런 건 날마다 볼 수 있는 구경이 아니라네. 같이 가지" 하고 부추긴다. 춤이라면 도쿄에서도 많이 보았다. 해마다 하치만신 제사 때는 동네에 임시 무대가 세워지므로 전통 연극이니 하는 것도 잘 알고 있다. 엉터리 춤 같은 건 보고 싶지 않았지만 모처럼 거센 바람이 같이 가자니까 "그럼 같이 가봅시다" 하고 따라나섰다. 밖에 나가서 누가 거센 바람을 부르러 왔나 했더니 내 참, 빨간 셔츠의 동생 놈이다. 이건 또 무슨 일인가 싶다.

기념식장에 들어가자 기다란 깃발을 여기저기 꽂아놓은 데다가 세계 각국의 국기를 빌려왔는지 파랗기만 했던 하늘이 화려하게 뒤덮여 있다. 동쪽 구석에 무대를 마련하고 그 위에서 고치의 뭔가 하는 춤을 춘다고 한다. 무대 오른쪽으로 가니 갈대발로 울타리를 세우고 꽃꽂이를 전시해둔 곳이 있다. 사람들은 굉장하다는 듯 쳐다보고 있으나 내가 보기에는 시시하다. 풀이니 대나무니 하는 것들을 멋대로 구부려놓고 흥겨워하느니 곱사등 샛서방이나 절름발이 남편 자랑을 하는 게 낫다.

무대의 반대쪽에서는 불꽃을 쏘아 올리고 있다. 불꽃 속에서 풍선도 올라간다. 풍선 겉에 '제국 만세'라고 쓰여 있다. 풍선은 성곽 위를 살포시 엿보고 다시 병영 안으로 내려앉는다. 다음엔 '펑' 하는 소리가 나더니 검은색 박이 가을 하늘을 꿰뚫듯이 올라가더니 내 머리 위에서 둘로 갈라져서는 그 안에서 파란 연기가 우산살처럼 퍼져 나와 공중에서 흩어졌다. 풍선이 또 올라간다. 이번엔 '육해군 만세'라고 쓰여 있다. 빨강 바탕에 흰 글씨로 물들인 것들이 바람에 온천 마을부터 아이오이무라로 날려간다. 아마 관음사찰 경내에 떨어지겠지. 기념식은 별 볼 일 없었는데 이번엔 굉장한 인파다. 이 좁은 동네에 이렇게 많은 사람이 살고 있었나 놀라울 정도로 바글바글하다. 똑똑해 보이는 사람은 없어도 그 수를 생각하면 함부로 볼 수 없다.

그러는 동안 모두 기대하는 그 고치의 뭔가 하는 춤이 시작됐다. 춤을 춘다고 해서 나는 후지마(대표적인 가부키 유파)인가 뭔가 하는 사람처럼 추는 것이겠지 짐작했는데 전혀 딴판이다. 엄숙하게 머리끈을 뒤로 동이고 무릎을 묶은 여행용 하카마를 입은 남자들이 들어온다. 무대 위에 열 명씩 세 줄로 늘어섰는데 이 서른 명이나 되는 사람들이 모두 시퍼런 칼날이 번쩍이는 칼을 허리춤에 늘어뜨리고 있어서 깜짝 놀랐다. 앞줄과 뒷줄 사이는 불과 한 자 다섯 치(45센티미터) 정도밖에는 안 된다. 양옆의 간격은 그보다 좁으면 좁았지 넓지 않다. 딱 한 사람이 그 열을 벗어나서 무대 끝에 섰을 뿐이다. 그 무대 끝에 선 남자는 하카마만 입고 칼 대신 가슴팍에 큰 북을 매고 있다. 큰 북은 다이가쿠라(궁중무악 또는 에도 시대 잡예의 한 가지)에 나오는 북이랑 같은 것이다. 이 남자가 마침내 "이야아, 하아아" 하고 큰 소리를 지르며 이상한 노래를 부르면서 "봉보로 봉 봉보로 봉" 북을 쳤다.

노래는 상당히 느린 가락으로 복날의 엿가락처럼 늘어져 정돈된 소리는 아니었지만 마디마디 끊어서 봉보로 봉 북소리를 내니까 그런대로 박자가 맞았다. 이 박자에 맞춰 서른 명이 칼을 번쩍거리면서 휘두르는데 그 손놀림이 어찌나 빠른지 보고만 있어도 마음이 조마조마하다. 옆 사람이나 뒤에 있는 사람과는 얼마 떨어져 있지도 않으면서 서로 시퍼렇게 날이 선 칼을 자기 몸 놀리듯 휘두르고 있으니 누구 하나라도 실수했다간 상처를 입게 된다.

게다가 아무도 안 움직이면서 칼만 전후좌우로 휘두르면 그래도 덜 위험할 텐데 서른 명이 한꺼번에 발을 구르면서 옆을 돌아보곤 한다. 칼을 쳐든 팔꿈치를 구부리기도 한다.

옆 사람이 1초라도 빠르거나 느리게 움직이면 코가 날아갈 판이다. 코는 물론이고 머리통이 날아갈지도 모른다. 긴 칼을 자유자재로 움직이면서 동작도 한 사람이 하는 것처럼 전후좌우로 박자에 맞춘다. 놀라운 일이다. 나중에 들어보니 이것은 상당히 오랜 기간 숙련된 사람들이 하는 것으로 하루이틀 가지고는 흉내조차 내서는 안 된다고 한다. 그런데 여기서 정작 힘든 것은 그 북치기 봉보로 봉 선생이라는 것이다. 그 서른 명의 발동작과 손동작, 그리고 허리 돌리기까지 모두 이 봉보로 봉 선생의 박자에 맞추기 때문이다. 언뜻 보기에는 앞에서 북만 치는 것이 가장 편해 보였는데 "이야아, 하아아" 하고 소리만 지르는 게 아니라 사실은 그렇게 막중한 책임을 지고 고생을 하고 있다니 참으로 신기한 일이다.

거센 바람과 내가 감탄하면서 춤 구경을 하고 있는데 한 50미터쯤 떨어진 건너편에서 갑자기 "와아" 하는 함성이 들렸다. 지금까지 조용히 구경하던 사람들이 일사불란하게 양옆으로 움직이기 시작했다. 누군가 "싸움 났다, 싸움 났어" 하고 소리치는가 싶더니 사람들 속을 헤치고 나온 빨간 셔츠의 남동생이 "선생님, 또 싸움이 일어났어요. 우리 학교 쪽이 오늘 아침 일에 대해서 복수를 하겠다고 사범학교 놈들하고 결전을 시작했어요. 빨리 좀 와주세요" 하면서 자기는 또 사람들을 헤치고 어디론가 사라졌다. 거센 바람은 "귀찮은 놈들이야. 또 시작이군. 그냥 대강 좀 넘어가지" 하면서 사람들을 뚫고 싸움이 벌어진 쪽으로 잽싸게 달려나갔다. 보고 있을 수만은 없으니까 말려보겠다는 심산이겠지. 나도 물론 도망갈 생각은 없다. 거센 바람 뒤를 따라갔다.

우리가 도착했을 때는 싸움이 한창이었다. 사범학교 쪽은 한 50, 60명쯤 되어 보였고, 우리 학교 학생들은 그보다 훨씬 수가 많았다. 그쪽 학생들은 모두 교복을 입고 있었고, 우리 학교 학생들은 기념식이 끝나고 집으로 돌아가 평상복으로 갈아입고 나왔기 때문에 적군과 아군을 구별하기는 쉬웠다. 문제는 무조건 서로 뒤엉켜서 치고 박는 싸움이라 어디부터 손을 대서 갈라놓을지 모르겠다는 거였다.

거센 바람은 곤란하다는 표정으로 잠시 난투극을 보고 있다가 나를 돌아보며 말했다.

"이거 이대로는 안 되겠는걸, 이러다가 경찰이라도 오면 더 복잡해지니까 무조건 뛰어들어서 뜯어말리자."

나는 알았다는 대답도 안 하고 그대로 가장 치열하게 싸우고 있는 무리 속으로 뛰어들었다.

"그만들 해! 그렇게 행동하면 학교 체면 구겨진다. 그만 둬!"

있는 힘껏 소리치면서 적군과 아군의 경계선을 갈라놓으려고 애썼지만 좀처럼 생각대로 되지 않았다. 1, 2간(3, 4미터)쯤 밀고 들어갔더니 이젠 빼도 박도 못하게 생겼다. 눈앞에서 비교적 덩치가 큰 한 사범학교 학생이 열대여섯 명 되는 우리 학교 학생들과 들러붙어 싸우고 있다.

"그만두라고 했잖아."

내가 그 사범학교 학생의 어깨를 잡고 억지로 잡아떼려고 하는데 누군지 모르겠지만 밑에서 내 발을 확 들어 올렸다. 나는 예상치 못한 기습 공격을 받은 데다가 잡을 만한 것도 변변히 없고 해서 옆으로 나뒹굴었다. 내가 바닥에 쓰러지자마자 딱딱한 구두를 신고 내 등 위에 올라타는 놈이 있다. 양손을 짚고 무릎을 이용해서 벌떡 일어났더니 등에 올라탔던 녀석이 오른쪽으로 나가떨어졌다. 일어나 보니 10미터 전방에 거센 바람의 커다란 덩치가 학생들 사이에 휩싸여 있는 것이 보였다.

"그만둬, 이젠 싸움은 그만들 해두라고."

"어이, 선생님 도저히 안 되겠어요" 하고 소리쳐보았지만 내 말소리가 안 들리는지 대답도 없다. 그때 슉 하고 바람을 가르며 날아온 돌이 내 광대뼈를 맞히고 그와 거의 동시에 누가 각목으로 내 등을 내리쳤다.

"선생이란 작자가 싸움에 끼어들었어. 때려눕혀라."

"선생은 두 명이다. 덩치 큰 놈과 작은 놈. 돌을 던져" 하는 소리도 들린다. 나는 '뭐야 이거, 어디다 대고 건방지게. 촌닭 놈들 주제에' 하고 생각하면서 화가 나서 옆에 있던 사범학교 학생 놈의 머리통을 휘어잡았다. 또 한 번 돌이 날아온다. 이번 돌은 내 이마를 스치고 뒤로 떨어졌다. 거센 바람은 어떻게 됐는지 보이지 않았다.

'뭐 이 지경이 됐으니 이젠 어쩔 수 없다. 내 처음엔 싸움을 뜯어말리려고 달려왔는데 얻어맞고, 돌 세례를 받고, 이런 꼴을 당하고 물러설 바보가 어딨어? 날 뭘로 보는 거야? 내가 덩치는 작아도 싸움 바닥에서 정식 코스 밟은 고수다, 고수.'

나는 물불 안 가리고 달려들어 엎어 치고 메치고 한참을 후려갈기고 있는데 한쪽에서 "순사다. 순사, 튀어라" 하는 소리가 났다.

지금까지 물엿 속에 들어서 있는 것처럼 꼼짝도 할 수 없었는데 이제 좀 움직일 만하다 싶더니 적군도 아군도 한꺼번에 흩어져버렸다. 촌닭 놈들이 달아나는 것 하나는 기술적이다.

'거센 바람은 어떻게 된 거야 도대체' 하고 돌아보았더니 건너편에서 몬츠키(가문의 무늬를 넣은 예복)의 홑겹 하오리가 너덜너덜 뜯어진 채 코를 닦고 있다. 콧등을 맞았는지 피가 콸콸 쏟아진다. 코가 부어올라서 시뻘겋게 된 꼴이 보기에도 말이 아니다. 내 옷도 먼지투성이가 되었지만 거센 바람만큼 손해는 아니다. 하지만 빰이 얼얼하다. 거센 바람이 "자네도 피 많이 나" 하고 가르쳐주었다. 순사들 열대여섯 명이 왔는데 학생들은 반대 방향으로 흩어졌기 때문에 그들 손에 잡힌 것은 거센 바람과 나, 둘뿐이다. 우리는 각자 이름을 대고 어떻게 된 사정인지 대강 설명했더니 "좌우간 서까지 오시오" 해서 경찰서에 가 서장 앞에서 경위를 진술하고 하숙집으로 돌아왔다.

11

다음 날 눈을 뜨자 온몸이 무지하게 쑤셨다. '한동안 싸움을 안 하다가 해서 이런 거겠지. 이래 갖고는 싸움 잘한다는 말도 못 하겠네' 하고 생각하며 잠자리에 그대로 누워 있는데 할머니가 시코쿠 신문을 가지고 들어와서 베개 옆에 놓고 나갔다. 사실 신문을 들추기도 힘들었지만 누운 채 억지로 두 장째를 넘기다가 기겁을 했다. 어제 일이 대문짝만 하게 신문에 난 것이다. 큰 싸움이었으니 신문에 난 것이 놀랄 일은 아니지만.

중학교 교사 홋타 모 씨와 근래 도쿄에서 새로 부임해온 물정 모르는 모 씨가 순진한 학생들을 부추겨 이런 소동을 일으켰을 뿐만 아니라 두 사람 모두 현장에서 학생들을 지휘하고 나아가 사범학교 학생에게 직접 폭행을 가하기도 했다.

그리고 그 뒤에는 사건에 대한 사설이 나와 있었다.

본고장의 중학교는 예부터 선량하고 온순한 마을의 정서를 그대로 이어받아 전국에서도 부러움을 사고 있는데 몰상식한 두 사람이 이런 소동을 일으켜서 우리 학교의 명예를 더럽히고 시市 전체에 오점을 남긴 이상 우리는 모두가 한마음으로 그 책임을 묻지 않을 수 없다. 우리가 나서서 무슨 수를 쓰기 전에 학교 당국자는 적당한 판결을 내려 이 상식 이하의 행동을 한 두 사람이 두 번 다시 교육계에 발도 들여놓지 못하도록 조처를 취하여야 한다.

그러고는 한 자, 한 자씩 글자 위에 점을 찍어 특별히 강조를 해놓았다. 나는 이불을 깔고 앉아 "똥이나 처먹어라" 하고 한마디해주고 일어났다. 참으로 이상하게도 좀 전까지 쑤시고 천근만근이던 몸이 일어남과 동시에 날아갈 듯이 가벼워졌다.

나는 신문을 둘둘 말아서 마당에 힘껏 내팽개쳤다가 그래도 성이 풀리지 않아서 다시 그것을 주워 들고 변소로 가 똥통에다 처넣어버렸다. 신문이란 것이 어디서 말도 안 되는 거짓말을 지어내서는 싣고 있다. 이 세상에 무엇이 가장 허풍을 떠내 해도 신문처럼 허풍을 떨어대는 것은 없다. 내가 할 말을 저쪽에서 떠들어대니 기분이 나쁘다.

게다가 최근에 도쿄에서 새로 부임해온 물정 모르는 모 씨라는 것은 또 뭔가. 아니 이 세상에 모 씨라는 성을 가진 사람이 다 있나? 나도 그럴듯한 성이 있고 이름도 있다. 족보를 펼쳐보면 다다노 만주 이후의 선조를 한 사람도 빠짐없이 댈 수 있단 말이다.

얼굴을 씻었더니 뺨이 욱신거렸다. 할머니에게 "거울 좀 빌려주세요" 했더니 "오늘 아침 신문은 봤어라?" 묻는다. "읽긴 읽었는데 똥통에 처넣었으니 읽으시려면 건지세요" 하고 대답해주니 놀란 얼굴로 돌아섰다. 거울에 비추어보니 어제 맞아서 난 상처가 그대로 남아 있다. 그래도 나한테는 소중한 얼굴이다. 내 얼굴에 상처를 내놓고 그것도 모자라서 '물정 모르는 모 씨'라는 따위 말을 쓰다니.

신문 기사 한 줄 때문에 방구석에 꽁꽁 숨었다고 사람들이 착각하면 평생 얼굴에 똥칠이 되므로 허겁지겁 아침밥을 먹고 일착으로 학교에 도착했다. 교무실 문을 열고 들어서는 사람들마다 내 얼굴을 보고 웃는다.

'뭐가 웃기다는 거야 너희들 구경거리 삼으라는 얼굴도 아닌데?' 하고 생각하고 있는데 떠버리 놈이 다가와서 "어이구, 어제 한 건 올리고 얻은 명예훈장입니까, 이거?" 하고 송별회 때 얻어맞은 복수를 하겠다고 마음먹고 있었는지 내 얼굴에 난 상처를 가리키며 재수 없이 비꼰다.

"쓸데없는 소리 말고 저리 가서 붓이나 빨고 계시지."

"아이고 황송합니다. 한데 어쩌나, 꽤나 아프시겠어요."

떠버리는 딱 붙어 서서 여전히 떠벌렸다.

"아프든 말든 내 얼굴이니까 당신이 상관할 바가 아니야."

나는 얼굴을 찡그렸다.

떠버리는 자기 자리로 돌아가서 역사 선생과 뭔가 뒷이야기를 하며 키득댄다. 그러고 나서 거센 바람이 들어왔다. 거센 바람의 코에 대해서 한마디하자면 보라색 떡 덩어리 같아서 "흥" 하고 코를 풀면 고름이라도 쏟아질 것처럼 부풀어 있다. 자신감이 넘쳐서 그랬는지 거센 바람은 내 얼굴보다 훨씬 더 망가져 있다. 나와 거센 바람의 책상은 나란히 붙어 있는 데다가 교무실 입구 맞은편이라 운이 나쁘다. 들어오는 사람마다 일단은 우리의 일그러진 얼굴을 쳐다보고 지나가야 하기 때문이다. 모두들 입으로는 "저런, 어째 이런 일이……" 했지만 속으로는 '이런 바보 같은 것들' 하고 생각하겠지. 그렇지 않고서야 저렇게 귓속말로 수군거리고 키득거릴 게 없지 않나.

교실에 들어서자 학생들은 박수를 치며 환영이다. 두세 명이 "선생님 만세!" 하고 외친다. 분위기가 좋은 건지, 바보 취급을 당하는 건지 모르겠다.

나와 거센 바람이 모든 이들의 관심의 초점이 되어 있던 차에 빨간 셔츠는 평소처럼 나에게 다가와서 사과 투로 말했다.

"참으로 안된 일이에요. 선생에 대해서 정말이지 미안하게 생각합니다. 신문에 난 것은 교장 선생님과 상의해서 시정하도록 조처를 취해두었으니 걱정하지 마세요. 내 동생이 혹타 선생을 불러 같이 가자고 해서 이런 일이 일어난 것이라 더 미안하게 생각합니다. 그러니 이번 일에 대해서는 어떻게 하든 힘을 써 해결할 작정이니까 너무 나쁘게 생각하지 마세요."

교장은 셋째 시간이 지나고서야 교장실에서 나왔는데 다소 걱정하는 듯했다.

"신문에서 안 좋게 기사를 써서…… 더는 크게 번지지 않았으면 좋겠는데……."

그러나 난 걱정 같은 것은 조금도 하지 않는다. 만일 여기서 나를 면직시키겠다면 그전에 사표 쓰고 나오면 그만이다. 하지만 나는 아무 잘못도 하지 않았는데 먼저 허리를 굽히는 것은 허풍쟁이 신문사를 뒤받쳐주는 꼴이 되니 신문사로 하여금 정정 기사를 내보내게 하고 굳건히 학교에 남는 것이 올바른 처사라고 생각했다. 돌아가는 길에 신문사에 들러 담판을 지을까 했는데 학교에서 조처를 취했다고 하니 그만두었다.

수업이 끝난 후 나와 거센 바람은 교장과 교감에게 일어난 일을 사실 그대로 차근차근 설명했다. 너구리와 빨간 셔츠는 "그렇지요. 신문사에 우리 학교가 뭘 잘못 보였나 봅니다. 그러니 그런 일을 가지고 이렇게까지 떠드는 거지요" 하고 우리의 뜻을 알아주었다. 빨간 셔츠는 교무실 안의 선생들 한 사람 한 사람을 붙잡고 우리를 변호하면서 돌아다녔다. 특히나 자기 동생이 거센 바람을 불러냈다고 그게 자기 탓인 양 주절거렸다. 그렇게 되자 모두 "신문사 그거 못 쓰겠군요. 괘씸하네요. 두 분이 정말 운이 없었던 겁니다" 하고 맞장구를 쳤다.

돌아오는 길에 거센 바람이 나에게 주의를 주었다.

"자네, 빨간 셔츠는 비열한 놈이니까 조심하지 않으면 당할 수 있네."

"원래 비열한 놈이잖아요. 오늘부터 새삼스럽게 비열해진 건 아니지요" 하고 말했더니 "자네 아직도 눈치 못 챘나? 어제 일부러 우릴 불러내서 그런 싸움에 휘말리게 한 것이 계략이잖아" 한다.

그렇다. 거기까지는 생각 못 했는데……. 거센 바람이 울컥하는 면은 있어도 역시 나보다 머리는 좀 있는 사람이다.

"그렇게 싸움을 시켜두고 곧바로 신문사에 손을 써서 저런 기사를 쓰게 한 거야. 정말이지 비열한 놈이야."

"신문사까지! 와, 못 말리는 놈이네. 그런데 신문이 빨간 셔츠가 하는 말을 그렇게 곧이곧대로 들을까요?"

"안 들을 리가 있나. 게다가 신문사에 아는 사람이라도 있으면 두말하면 잔소리지."

"아는 사람이 있대요?"

"있든 없든 번드르르하게 말을 지어내 가지고 사실 이러저러하다하고 이야기해주면 그대로 쓰는 거지 뭐."

"말도 안 돼, 정말로 이번 일이 빨간 셔츠의 술책이라면 우리는 이번 사건으로 면직될지도 모르겠네요."

"잘못하면 그렇게 될지도 모르지."

"그렇다면 나는 내일 당장 사표를 써서 던지고 바로 도쿄로 돌아가겠어요. 이런 엉터리 같은 곳에 부탁씩이나 해가면서 눌러앉아 있을 필요 없잖아요?"

"자네가 사표 쓴다고 해봤자 빨간 셔츠는 곤란할 게 없어."

"그것도 그렇네요. 어떻게 해야 곤란해질까요?"

"저 교활한 놈은 아무 증거도 안 남기고 일을 처리하기 때문에 꼬투리를 잡기 어렵지."

"비겁한 놈, 그러면 억울하게 뒤집어쓰게 생겼네요. 이것 참, 하늘은 착한 사람을 돕는다더니."

"뭐 이렇게 됐으니 한 2, 3일 조용히 동태를 살피면서 이번 일이 좀 잠잠해지면 온천장에서 그놈을 덮치는 수밖에 없겠어."

"이번 건은 이번 건대로 두고 보자는 말이죠?"

"그래. 그러면서 우린 우리대로 그놈의 급소를 노리는 거야."

"그거 좋은 생각이에요. 나는 계획 세우는 데는 영 꽝이니까 선생님이 잘 좀 해보세요. 나한테 맡기는 일은 뭐든지 할 테니까요."

나와 거센 바람은 이렇게 이야기를 하고 헤어졌다. 빨간 셔츠가 거센 바람의 추리대로 뒤에서 모든 것을 조종한 것이라고 하면 정말이지 나쁜 놈이다. 도저히 내 머리로는 당할 수가 없는 놈이다. 아무래도 힘으로 밀어붙이지 않고서는 해결할 수가 없다. 그렇다. 어차피 이 세상은 전쟁이 끊이지 않는 곳이다. 개인적인 일을 해결할 때도 결국은 주먹이 필요하다.

다음 날 신문이 오기를 기다렸다가 펼쳐 보았더니 정정 기사는커녕 취소 기사 한 줄 없다. 학교에 가서 너구리에게 다짜고짜 어찌된 일이냐고 따져 물었더니 "내일 정도에는 나겠지요" 했다.

다음 날 신문을 보니 6호 활자(가장 작은 글씨)로 취소 기사가 났다. 다시 교장한테 달려가 물었더니 "그 이상 더 어쩌지는 못 하겠더군요"라고 했다. 교장이랍시고 너구리 낯짝으로 잘난 체하고 있지만 별 힘이 없나 보다. 허풍쟁이 시골 신문의 사과 하나 받아내지 못한다. 열이 뻗쳐서 "그렇다면 내가 혼자라도 달려가서 신문사 주필을 붙잡고 담판을 짓겠습니다"라고 했더니 너구리 얼굴이 시퍼래졌다.

"아이고, 그러면 안 돼요. 선생이 또 그렇게 가서 소동을 피우면 그쪽에서는 더 안 좋은 말을 쓸 겁니다. 결국 한번 기사화된 건 그것이 참이든 거짓이든 되돌리기가 어려워요. 그냥 포기하는 수밖에 없어요."

너구리는 무슨 절간 중의 설법 같은 말을 둘러댔다. 신문이란 것이 그런 거라면 하루빨리 폐간시키는 것이 이익이겠다. 신문에 나는 게 자라한테 물리는 거나 마찬가지라는 사실을 너구리의 설명으로 알게 되었다고 해야 하나.

그러고는 사흘 정도 지난 날 오후에 거센 바람이 옆으로 다가와서 말했다.

"드디어 때가 왔어. 그때 세웠던 그 계획을 실행해야겠네."

"그래요? 그렇다면 나도 같이 해야지요" 하고 그 자리에서 합세했다.

그런데 거센 바람은 고개를 저었다.

"아니. 자넨 그만두는 것이 좋겠어."

"왜요?"

"교장이 자네한테 사표 내라고 하던가?"

"아니요, 그럼 선생님한테……."

낌새가 이상해서 묻자 오늘 교장실에서 "자네 사정은 딱하게 됐지만 상황이 안 좋으니 자네가 이곳을 떠나는 것이 좋겠다"는 말을 들었다고 한다.

"아니, 그런 말이 어딨어요! 너구리 녀석 배를 두드리다가 밥통이 뒤집혔나. 선생님과 내가 같이 기념식 행사에 나가서 같이 춤 구경하고 같이 싸움 말리러 간 것 아닙니까. 사표를 내라고 할 거면 두 사람에게 똑같이 사표를 내라고 할 일이지 나한테는 그런 말도 없이 왜 선생님한테만 그러는 겁니까? 도대체 시골 학교는 왜 이따위 이치에 맞지 않는 짓을 하는 거지? 말도 안 되는 이놈의 학교 짓거리에는 정말 신물이 난다니까."

"그것이 바로 빨간 셔츠의 술책이란 거야. 그놈에겐 지금까지 내가 눈엣가시였겠지. 도저히 무슨 말을 해도 넘어가지도 않고 아무리 잘 지내려고 머리를 짜내봤자 잘 지낼 수 없는 사람이라고 생각한 게야. 하지만 자네는 그냥 놔두어도 그다지 해가 될 건 없다고 생각했겠지."

"나도 그런 놈하고는 절대 잘 지낼 수 없는 사람이라고요. 그다지 해가 될 건 없다니 그건 또 무슨 시건방진 소리야, 나를 뭘로 보고."

"자네는 너무 단순해서 언제든지 자기 맘대로 속여먹을 수 있다 이거지."

"나 참, 더 시건방진 소리로군. 누가 잘 지내준대나?"

"그리고 학교 수업으로 봐도 그래. 고가 선생 후임으로 온다던 사람이 사고로 아직도 도착하지 못하고 있는데 거기다 자네와 나를 한꺼번에 내쫓으면 학생 관리에 틈이 생기잖아. 수업에도 지장이 오고."

"뭐야 그럼, 누구를 지금 땜빵으로 부려먹겠다 이건가? 고약한 놈, 어디 자기 맘대로 되나 보자고."

다음 날 나는 학교에 도착하자마자 교장실로 달려가 교장과 이야기했다.

"어째서 저에겐 사표를 내라고 하지 않으시는 겁니까?"

"네에?"

내 말에 너구리는 어처구니가 없다는 표정을 지었다.

"홋타 선생한테는 그만두라 하고 나한테는 안 그러는 게 말이 되는 겁니까?"

"그건 학교 사정도 있고……."

"그 학교 사정이란 것이 잘못됐다는 소립니다. 내가 그만두지 않아도 된다면 홋타 선생도 그만둘 필요가 없어야 합니다."

"아 그건 좀 설명하기 어렵지만……. 홋타 선생이 사표를 내면 뭐 그건 할 수 없는 일입니다만 선생까지 사표를 내야 한다고 보지는 않기 때문에……."

과연 알아 모셔야 할 너구리다. 앞뒤도 맞지 않는 말을 궁시렁대면서도 침착하다. 어쩔 수가 없어서 "그렇다면 저도 사표를 내겠습니다. 홋타 선생 혼자 그만두게 하고 나 혼자 편히 학교에 남아 있을 수 있다고 생각하시는가 본데 나는 그렇게 매정한 인간은 못 됩니다" 고 했다.

"그것은 곤란합니다. 홋타 선생도 가고, 선생도 가버리면 학교의 수학 수업은 누가 맡아서 진행합니까, 그러니까……."

"학교 수업이 어찌되든 저는 알 바 아닙니다."

"아이고 선생님, 그렇게 자기 생각만 하면 못써요. 조금은 학교 입장도 생각해줘야지. 게다가 새로 교편 잡은 지 이제 얼마 되지도 않았는데 그렇게 사표를 쓰면 앞으로 선생 경력에도 관계되는 일이니 그런 점도 좀 생각해보는 게 어떻겠어요?"

"나는 이력서에 끄적이는 글자 몇 자보다 의리를 더 중요하게 생각하는 사람입니다."

"네, 의리도 중요하지요. 그것도 일리 있는 말씀입니다만 내가 지금 한 말도 좀 생각해보세요. 그리고 선생이 정 그렇게 사표를 내겠다면 내 더 이상은 할말이 없지만 후임이 올 때까지만이라도 수업을 해주었으면 합니다. 아무쪼록 집에 가서 다시 잘 좀 생각해보세요."

집에 가서 잘 생각해보라? 다시 생각할 것도 없이 명명백백한 일이지만 너구리 얼굴이 울그락불그락해서 저러는데, 조금 가여워 보여 일단 생각해보겠다고 하고 그 자리에서 나왔다. 빨간 셔츠한테는 아무 말도 하지 않았다. 어차피 한 방 날릴 것이라면 조용히 있다가 날리는 것이 효과가 클 것이다.

거센 바람에게 너구리와 이런 이야기를 했다고 말했더니 "대충 그럴 것이라고 생각했지. 사표 쓰는 것은 언제라도 할 수 있는 일이니 일단은 접어두게"라고 해서 그러기로 했다. 아무리 봐도 거센 바람이 나보다는 머리가 있는 사람이기 때문에 거센 바람의 충고를 따르기로 한 것이다.

거센 바람은 결국에는 사표를 내고 직원 모두에게 작별 인사를 한 다음 항구의 미나토야까지 내려갔다가 아무도 모르게 다시 올라와 온천장 마스야 여관 2층에 방을 잡았다. 그리고 그날부터 창호지에 구멍을 뚫고 밖을 내다보기 시작했다. 이런 사실을 알고 있는 사람은 나뿐이다.

빨간 셔츠가 남몰래 이곳을 찾는 것은 늦은 밤이다. 학생들이나 다른 사람들의 이목을 피해 적어도 9시가 넘어서 어두컴컴해지면 온다. 처음 이틀 밤은 나도 함께 밤 11시까지 보초를 섰는데 빨간 셔츠의 그림자도 안 보인다. 사흘째에는 9시부터 10시 반까지 밖을 바라보고 있었는데 역시나 허탕이었다. 허탕을 치고 한밤중에 하숙집으로 돌아오는 것처럼 허탈한 일도 없다.

그렇게 나흘, 닷새가 지나자 하숙집 할머니가 약간 걱정이 됐는지 한마디한다.

"두고 온 색시도 있음시롱 밤마실은 이자 쪼까 그만두는 것이 좋지 않겠서라?"

지금 내가 다니는 밤마실은 보통 사람들이 말하는 밤마

실과는 차원이 다르다. 이것은 하늘에 이름을 걸고 비열한 놈의 죄를 묻는 밤마실이란 말이다. 그렇기는 하지만 1주일이나 밤마실을 다녀도 아무런 성과가 없으니 이것도 정말 못 할 짓이다. 나는 성질이 급해서 쇠뿔도 단김에 빼야지 이렇게 세월아 네월아 시간을 끄는 일에는 오래 버티질 못한다. 엿새가 지나니 점점 싫증이 났고 이레째는 하루 좀 쉬어볼까 하는 꾀가 났다.

그런 생각을 하며 여관으로 가니 거센 바람은 꼼짝하지 않고 있다. 초저녁부터 자정까지는 창호지에 뚫어놓은 구멍으로 여관집 가스등 밑을 누가 지나가는지 숨죽이고 지켜본다. 거센 바람은 나를 보고도 반가운 기색도 하지 않고 상황 보고만 한다. 오늘은 몇 명의 손님이 들었는데 그중 지금까지 안 나오는 놈들이 몇 명, 그중 여자는 몇 명이라고. 자못 심각한 얼굴로 자세하게 통계를 보고하는데, 정말 놀랍다.

"아무래도 이거 발길을 끊은 거 아닐까요?"

내가 걱정스레 물으면 "음, 오긴 틀림없이 올 텐데……" 하면서 팔짱을 끼고 가끔 한숨을 쉰다. 처량하게시리. 만일 빨간 셔츠가 한 번도 여기 들르지 않으면 거센 바람은 천벌을 내릴 수가 없는 것이다.

여드레째 되는 날, 7시부터 하숙집을 나와 우선 여유 있게 온천을 하고 그 뒤 시내에 가서 계란을 여덟 개 샀다. 이것은 하숙집 할머니의 감자 공세에 대항하기 위한 대비책이었다. 이 계란을 네 개씩 양쪽 소맷부리에 넣고, 어깨에 빨간 수건을 걸치고, 품속에 손을 찔러 넣고는 마스야 여관의 계단을 걸어 올라갔다. 거센 바람을 쳐다보니 얼굴에 화색이 돈다.

"희망적이야."

어젯밤까지 영 아무 소득이 없어 옆에서 보는 나까지 씁쓸한 심정이었는데 오늘 밤 얼굴을 보니 기분이 좋아져서 무슨 말을 듣기도 전부터 "좋았어"라고 했다.

"7시쯤에 그 고스즈라는 기생이 가도야로 들어갔네."

"빨간 셔츠도 같이요?"

"아니, 그 기생만"

"그럼 안 되는데."

"기생은 두 명이었는데, 왠지 오늘은 올 것 같은 느낌이 들어."

"어째서요?"

"어째서라니, 그놈은 교활한 놈이니까 기생 먼저 보내놓고 나중에 몰래 올 생각인지도 모르지."

"그럴지도 몰라요. 이제 9시쯤 되었으니까."

"9시 12분이야." 거센 바람은 허리춤에서 니켈 시계를 꺼내면서 말하더니 "여봐, 램프를 꺼. 창호지에 대가리 두 개가 비치면 수상하게 생각할지도 몰라. 쥐새끼는 눈치가 빠른 법이거든" 하고 덧붙였다.

나는 옻칠한 책상 위에 있던 램프를 훅 불어서 껐다. 별빛이 있어서 창문 앞은 그래도 약간 밝았다. 달은 아직 나오지 않았다. 나와 거센 바람은 꼼짝 않고 창호지에 얼굴을 들이댄 채 숨까지 죽여가며 밖을 바라보았다.

9시 반을 알리는 종이 울렸다.

"선생님, 오늘 정말 올까요? 오늘도 안 오면 전 더 참기 힘든데……."

"난 주머니에 돈이 남아 있는 한 계속할 거야."

"돈? 얼마나 남았는데요?"

"오늘까지 여드레 치 5엔 60전 지불했어. 언제 이곳을 뛰쳐나가도 지장 없도록 그날그날 계산하고 있네."

"아, 그거 잘하셨네요. 하지만 여관 사람들이 이상하다고 생각할 거예요."

"여관 사람들이야 어떻게 생각하든 돈만 주면 되는 건데 계속 여기에 처박혀 있자니 좀 답답하네."

"낮잠 좀 자두지 그러셨어요."

"낮잠을 자긴 하는데 외출을 할 수가 없으니 좀이 쑤셔서……."

"천벌 내리기도 쉽지 않네요. 하늘에서 그물을 치면 아무리 성긴 그물이라도 나쁜 놈들이 빠져나가지 못하고 다 걸려든다는데……."

"오늘밤에는 꼭 올 거야. 어, 이봐. 이리 와봐."

갑자기 거센 바람이 목소리를 낮추어 부르는 바람에 나는 가슴이 철렁했다. 검은 모자를 눌러쓴 남자가 가도야의 가스등을 밑에서 올려다보고 그대로 어둠 속으로 사라졌다. 빨간 셔츠는 아니었다. '오늘도 글렀나' 하고 생각하며 시계를 보니 10시가 지나고 있다. 주위는 이제 한층 조용해졌다. 유흥가에서 울려대는 북소리가 손에 잡힐 정도로 가깝게 들려온다. 그제야 달이 산 너머에서 고개를 빼꼼히 내민다. 길거리는 밝다. 저편에서 웬 사람 소리가 들려온다. 창문 밖으로 고개를 내밀면 안 되니까 누구인지 그 모습을 똑바로 볼 수 없었지만 이쪽으로 점점 다가오고 있다는 것은 알 수 있었다. 또각또각 게다짝 끄는 소리가 난다. 눈을 바짝 대고 보니 사람 그림자 두 개가 걸어오고 있다.

"뭐 이젠 문제없겠네요. 방해꾼도 쫓아버렸으니까."

틀림없이 떠버리 놈의 목소리다.

"뚝심만 세가지고 요령이라곤 도통 없으니 어쩔 수 없지."

이 목소리는 빨간 셔츠다.

"그놈도 멍청이를 닮았어요. 그 멍청이는 큰소리나 뻥뻥치는 도련님이니 귀엽긴 하죠."

"봉급을 올려준다는데도 싫다, 죽어도 사표를 내고 싶다, 이거야 원, 아무리 생각해도 머리에 뭔가 문제가 좀 있는 것 같아."

여기까지 이야기를 들은 나는 창문을 열어젖히고 2층에서 뛰어내려 이놈들을 완전히 패주고 싶었지만 이 순간을 위해 1주일을 기다렸으니 꾹 참았다.

두 사람은 "아하하하하" 하고 웃으면서 가스등 밑을 지나 가도야 여관 안으로 들어갔다.

"이봐, 정말 왔지?"

"드디어 왔네요."

"이젠 안심이야."

"떠버리 자식, 나를 보고 뭐? 큰소리 뻥뻥 치는 도련님? 어디 너, 두고 봐라."

"방해꾼이란 날 두고 한 소리겠지. 때려죽일 놈."

나와 거센 바람은 두 사람이 돌아가는 길에 잠복해 기다렸다가 일시에 덮치기로 했다. 그런데 이 두 놈이 언제 저 집에서 나올지는 알 수가 없다. 거센 바람은 아래층으로 내려가 오늘밤에 볼일이 있어 한밤중에 외출을 할지도 모르니 문을 좀 열어두라고 부탁을 하고 왔다. 여관집 사정을 잘 알고 있는 사람이었다. 잘못했다가는 여관집에서 괜히 도둑놈으로 오해를 받을 수도 있으니까.

빨간 셔츠가 이곳까지 오는 것을 기다리는 것도 힘든 일이었지만 여관집에 들어가 언제 나올지 모르는 놈을 하염없이 기다리는 것은 더욱 힘든 일이다. 잠을 잘 수도 없는 노릇이고 꼼짝 않고 앉아서 창틈으로 내다보고 있어야 하는 것도 곤욕스럽긴 하지만 도무지 조바심이 나서 참을 수가 없다. 지금까지 이렇게 힘든 일은 생각해본 적도 없다.

"아예 가도야로 쳐들어가서 현장을 덮쳐버립시다" 하고 제안했더니 거센 바람은 "우리가 지금 쳐들어가서 난동을 부리면 사람들에게 붙잡히고 말 거야. 여관 사람들에게 자초지종을 설명하고 그놈을 만나겠다고 하면 그런 사람 없다고 잡아떼든지 별실로 데려가든지 할 거라고. 치밀한 준비 없이 무작정 쳐들어갔다간 낭패 보기 십상이고 또 몇십 개나 되는 술판 어디에 그놈들이 앉아 있는지도 모르잖아. 좀 갑갑하더라도 참고 나올 때까지 기다리는 수밖에 없어" 하면서 내 의견을 묵살해버렸다.

그래서 나는 새벽 5시까지 참고 기다렸다.

가도야에서 나오는 두 사람의 모습이 보이자마자 나와 거센 바람은 곧장 아래로 내려가 뒤를 밟았다. 첫 기차가 오려면 아직 멀었기 때문에 두 사람 다 성안까지 걸어가야 한다. 온천장을 벗어나면 1정〔약 100미터〕 정도 가로수들이 쭉 늘어서 있고 그 양옆으로 밭두렁이 펼쳐져 있다. 여기저기 초가지붕들이 있고 밭을 가로질러 쭉 가면 성안으로 넘어가는 언덕이 나온다. 여기부터는 어디서 그들을 덮쳐도 상관없지만 가능하면 인가가 없고 가로수들이 늘어선 이곳에서 그들을 때려눕힐 생각이었다.

시내를 약간 벗어나자 우리는 좀더 속도를 내서 빠른 걸음으로 그들한테 따라붙었다. 우리가 가까이 가자 그제야 무슨 인기척을 느꼈는지 놀라서 뒤돌아보는 녀석들한테 "거기 서랏!" 하고 소리를 지르면서 어깨를 짚었다. 떠버리 놈이 기겁을 해 도망치려는 눈치가 보여서 나는 앞으로 돌아가서 길을 막아섰다.

"한 학교의 교감씩이나 되는 자가 뭣 때문에 가도야에서 밤을 지새나?"

거센 바람이 나무라듯이 호통쳤다.

"교감은 가도야에 가면 안 된다는 규칙이라도 있습니까?"

빨간 셔츠가 언제나 그랬듯이 깍듯이 예의를 차려가며 대꾸를 했다. 하지만 얼굴색은 약간 퍼레졌다.

"교사의 체면을 생각해서 메밀국숫집이나 당고집 출입도 자제해달라고 할 정도로 신중하기 그지없는 인간이 어떻게 기생과 함께 여관에서 밤을 지새울 수가 있지?"

거센 바람이 빨간 셔츠를 보고 소리치고 있는 틈을 타서 떠버리 놈이 도망치려고 꿈틀댔기에 나는 그놈을 잡고 따져 물었다.

"큰소리 뻥뻥 치는 도련님이 도대체 무슨 뜻이야?"

"아니요. 그건 선생 이야기가 아니에요. 정말 아니라니까요."

떠버리는 뻔뻔스럽게 잡아뗐다.

이제와 생각해보니 나는 양손으로 내 소맷자락을 꼭 쥐고 있었다. 놈들 뒤를 따라서 뛸 때 소매 안에 넣어둔 계란들이 부딪쳐 깨질까 봐 양손으로 꼭 붙잡고 쫓아온 것이다. 나는 계란이 있다는 것에 생각이 미치자마자 손을 집어넣어 계란을 두 개 꺼내 떠버리 얼굴에 던졌다.

"에라, 이거나 받아라."

계란이 폭삭 깨지면서 얼굴을 주르르 타고 내려와 코끝에 노른자가 대롱대롱 매달렸다. 떠버리 놈이 놀랐는지 "으아악" 소리를 지르며 엉덩방아를 찧더니 떨리는 목소리로 "사, 살려줘" 한다.

나는 먹으려고 계란을 샀지 깨부수려고 소맷자락에 담아온 것은 아니었다. 단지 너무 화가 나서 그럴 생각은 아니었는데 얼떨결에 깨버린 것이다. 하지만 떠버리 놈이 엉덩방아까지 찧어가며 벌벌 떠는 것을 보니 잘했다는 생각이 들어서 "이런 나쁜 놈, 에라 이 썩을 놈아!" 하며 나머지 계란 여섯 개를 잡히는 대로 다 던져버렸더니 떠버리 놈 얼굴이 빛나는 노란색이 되어버렸다. 내가 계란으로 떠버리 놈을 벌하고 있는 동안에 거센 바람은 빨간 셔츠에게 한창 죗값을 묻고 있었다.

"내가 기생을 데리고 여관집에서 밤을 지냈다는 증거라도 있습니까?"

빨간 셔츠는 그 순간에도 또박또박 말했다.

"초저녁에 네 단골 기생이 가도야에 들어가는 것을 봤어. 속일 생각 마라!"

"속이다니요. 나는 요시카와 선생하고 묵은 거예요. 기생이 초저녁에 들어갔는지 그런 건 모릅니다."

"입다물어!"

큰 소리를 치며 거센 바람은 드디어 한 방 날렸다. 빨간 셔츠는 비틀거리면서 말했다.

"이런 무례한 짓을, 난폭하기가 그지없네. 무엇이 도리에 맞고 무엇이 맞지 않는지 말로 할 일이지 이렇게 폭력을 휘두르는 것은 옳지 않아요."

"옳지 않아?"

거센 바람은 또 한 방 날린다.

"너처럼 비열한 놈은 맞지 않으면 제 잘못도 모르지."

거센 바람은 퍽퍽 연거푸 주먹을 날렸다. 그래서 나도 옆에서 떠버리 놈을 마음껏 패주었다. 결국 그 두 놈은 가로수 밑동치에 뻗어 움직이지도 못하겠는지 도망치려고도 하지 않는다.

"이제 충분한가? 모자라면 더 패주마" 하며 두 사람을 흠씬 패주었더니 "제발 그만해요" 한다. 떠버리 놈에게 "이 자식아, 너도 그만하면 충분하냐?" 물으니 "물론 충분합니다" 하고 그래도 입은 살았다고 대답까지 한다.

"네놈들은 비열한 놈들이라 이렇게 천벌을 내리는 거다. 이것을 교훈 삼아 앞으로는 조심하는 것이 좋을 거야. 아무리 네놈들이 번드르르하게 입에 발린 소리를 해도 정의는 항상 승리하는 법이다."

거센 바람이 연설을 하자 두 놈은 아무 말 없이 듣고만 있다.

"나는 도망친다거나 숨는 치사한 짓은 할 줄 모르는 사람이다. 오늘 밤 5시까지는 항구의 미나토야에 있을 것이다. 할 말이 있거든 경찰을 보내든지 마음대로 해라."

거센 바람이 말하기에 나도 한마디했다.

"나도 도망치거나 숨지는 않을 것이다. 홋타 선생과 같은 장소에 있을 테니 경찰에게 고발하려거든 마음대로 해라."

이렇게 말하고 우린 가벼운 발걸음으로 그 자리를 떠났다.

내가 하숙집에 돌아온 것은 7시가 조금 안 된 시간이었다. 방에 들어가자마자 바로 짐을 꾸리기 시작했더니 할머니가 놀라 물었다.

"어디루 뜨시는 가비여."

"할머니, 도쿄에 가서 우리 색시를 데려오려고요."

방값을 치르고 곧 기차에 올라 항구에 있는 여관으로 가서 거센 바람과 함께 잤다. 나는 서둘러 사표를 쓰려고 생각했지만 뭐라고 써야 할지 몰라서 미뤄두었다가 그냥 교장 앞으로 '개인 사정으로 사직하고 도쿄로 돌아가게 되었으니 이를 받아주시기 바랍니다. 이상'이라고 써서 우편으로 보냈다.

여객선은 저녁 6시에 출항한다. 거센 바람과 나는 둘 다 꽤 피곤했기 때문에 별말 없이 그대로 곯아떨어졌다가 눈을 떠보니 오후 2시가 넘었다. 나는 여관 종업원에게 물었다.

"혹시 경찰이 오지는 않았나?"

"안 왔는데요."

"빨간 셔츠도 떠버리 놈도 신고하진 않았구먼" 하고 우린 큰 소리로 웃었다.

그날 밤 나와 거센 바람은 이 더러운 동네를 떠났다. 배가 뭍에서 멀어지면 멀어질수록 기분은 좋아졌다. 고베神戶에서 도쿄까지는 직행으로 와서, 신바시에 도착했을 때는 드디어 속세에 나왔다는 느낌이 들었다. 거센 바람과는 그 길로 헤어져서 지금껏 얼굴 볼 기회가 없었다.

기요 이야기를 잊고 있었다. 나는 도쿄에 도착하자마자 짐을 든 채로 기요가 있는 집으로 향했다.

"기요, 나 돌아왔어" 하고 뛰어들어갔더니 "아이고 도련님, 우리 도련님, 일찍 돌아오시네요" 하고 눈물을 뚝뚝 떨어뜨렸다. 나도 너무 기뻐서 "이젠 시골에 안 갈 거야. 도쿄에서 기요하고 같이 살 거야" 하고 말했다.

그 후 어떤 사람의 소개로 철도회사의 기수(기사技師 밑에서 일하는 자)로 취직했다. 월급은 25엔이고 다달이 내는 방값은

6엔이었다. 기요는 으리으리한 대궐 같은 집은 아니지만 나와 같이 지내면서 항상 "좋아요, 기뻐요" 하다가 올 2월 폐렴으로 죽었다.

죽기 전날, 나를 불러서 "도련님, 부탁이 있는데요, 내가 죽으면 도련님 다니시는 절에다 묻어주세요. 무덤 속에서 도련님 오시길 기다리면 좋겠어요" 했다. 그래서 기요의 묘는 고히나타에 있는 요겐지에 있다.

깊은 밤
고토 소리 들리는구나

고토는 13줄짜리
일본 현악기이다.

"아이고, 이거 웬일이야, 정말 오랜만이네."

쓰다가 삐죽이 튀어나온 램프의 심지를 안으로 쑤셔 넣으며 말했다. 쓰다가 이렇게 말할 때 난 너무 꽉 끼어 무릎이 나온 바지 위에 소마相馬시에서 구워낸 도자기 잔을 올려놓고 가운뎃손가락으로 찻잔 밑바닥을 문지르면서 생각했다.

웬일이냐고 물을 만도 하지. 올 정월에 얼굴 한번 보고 꽃놀이가 한창인 지금까지 한 번도 쓰다네 하숙집을 찾은 적이 없으니까.

"들러야지 들러야지 하면서도 어찌나 바쁜지, 시간을 낼 수가 있어야지."

"그래, 바쁘겠지. 아무래도 학교 다닐 때하고는 다를 테니까. 요즘도 꼬박 6시까지 일하나?"

"응, 대충 그 정도지. 집에 돌아와서 밥 한술 뜨면 그대로 이부자리 위에 뻗기 일쑤라니까. 공부는커녕 씻을 시간도 없다고."

난 찻잔을 방바닥에 내려놓고 졸업한 게 후회스럽다는 표정을 지었다.

쓰다는 어느 정도 내 말을 이해한다는 얼굴로 "그러고 보니 좀 야윈 것 같아. 꽤나 힘든가 보군" 하고 말한다. 성격 탓인지 그는 대학생이 되고 나서 항상 통통하게 살이 오른 몸집을 그대로 유지해 빼빼 마른 나로서는 은근히 약이 올랐다. 책상 위에는 뭔가 재밌어 보이는 책 한 권을 펼쳐두고 오른쪽 페이지에 넘어가지 않도록 연필까지 얹어두었다. 이렇게 책 읽을 여유도 있구나 싶은 게 한편으로는 부럽고 한편으로는 질투가 나더니 끝내는 내 신세가 처량하게 느껴졌다.

"자넨 언제나 그렇게 열심히 공부를 하니 정말 대단해. 책상 위에 있는 책은 뭔가? 쓰기까지 하면서 아주 정독을 하는 모양인데."

"아, 이거? 뭐 특별한 건 아니고, 유령에 관한 책이야."

쓰다는 별것 아니라는 듯 대답한다. 이렇게 바쁜 세상에 유행하고 있지도 않은 유령 이야기를 펼쳐놓고 이렇게 푹 빠져 읽고 있다니 이건 감탄을 넘어 배부른 자의 작태라는 생각이 든다.

"나도 편안히 앉아 유령에 대해서 연구라도 해보고 싶지만, 이건 뭐 매일 지바千葉에서 고이시카와小石川 구석까지 왔다 갔다 하려니 연구가 다 뭐야. 내가 유령이 될 판이네."

"그야 그럴 테지. 그래, 요즘 생활은 좀 어떤가? 새로 집장만도 했겠다, 이제 어엿한 주인이란 기분이 들 텐데."

쓰다는 유령을 연구한답시고 사람 속을 떠볼 셈인지 이런 질문을 한다.

"아니, 뭐 별로 주인이란 기분도 안 들어. 차라리 하숙집에서 생활하던 게 더 편한 거 같아. 뭐든지 다 척척 준비되어 있고 술술 풀리면 또 모르지, 내가 주인이란 기분이 들지도. 그런데 이거야 목마르면 내가 주전자에 찻물 끓여야지, 아침마다 놋쇠 대야에 세수해야지, 지금은 뭐 별로……."

나는 있는 그대로의 내 생활을 이야기해주었다.

"그래도 주인은 주인이지. 이게 내 집이다, 하고 생각하면 그래도 왠지 뿌듯하잖아. 소유라는 것과 애착이라는 것은 대개 같이 움직이게 마련이지."

쓰다는 심리학적으로 사람의 마음을 설명한다. 학자라는 작자들은 묻지도 않은 말에 대해 하나하나 설명을 한다.

"내 집이라고 생각하면 그럴지도 모르지만 도무지 그렇게 생각하고 싶지가 않으니……. 문패에는 틀림없이 내 이름이 새겨져 있지만 7엔 50전짜리 집을 가지고 뭐 그렇게 으스댈 것도 없고, 천황이 임명한 주인이거나 성주의 인가를 받은 주인이 아니면 뭐 유쾌할 것도 없어. 오히려 하숙집에 있을 때보다 신경쓸 일만 더 많아졌을 뿐이야."

난 길게 생각하지도 않고 튀어나오는 대로 불평을 털어놓으며 쓰다의 안색을 살폈다. 쓰다가 조금이라도 내 말에 동의한다 싶으면 곧바로 후속타를 날릴 셈이었다.

"과연 진리는 바로 거기 있을지도 모르지. 오랫동안 하숙생활을 해온 나와 새로 자기집을 장만한 자네는 애당초 그 입장이 다르니까."

말은 뭔가 상당히 어렵게 하고 있지만 어쨌든 내 말에 찬성하는 입장인 것 같아 이 정도라면 조금 더 불평을 털어놓아도 되겠다 싶었다.

"우선 말이지, 내가 퇴근해서 집에 돌아오면 집안일 도와주는 할멈이 기다렸다는 듯이 가계부를 들고 와선, 오늘은 된장을 세 봉지에 3전, 파를 두 단에 1전, 콩자반을 1전 5리어치 샀다고 빠짐없이 보고를 한다니까. 아주 성가신 일이야."

"그렇게 성가시면 하지 말라고 하면 되잖나."

쓰다는 고참 하숙생인 만큼 내 말에 건성으로 대답한다.

"나는 그런 거 몰라도 상관없는데 할멈이 막무가내니까 골치 아프지. 그런 일은 하나하나 보고 안 해도 되니까 적당히 해두라고 하면 '안 될 말씀을요, 안주인이 안 계신 댁에서 부엌살림을 맡고 있는 이상 한 푼도 빠짐없이 챙겨서 말씀드려야죠' 하면서 자기 나름대로 너무나 철저해서 도무지 주인 말은 듣지 않는다니까."

"그러면 그냥 알았다고 듣는 시늉만 하면 되겠네."

쓰다는 자기 마음만 확고하면 다른 사람이 무슨 얘길 해도 한 귀로 듣고 한 귀로 흘릴 수 있다고 생각하는 모양이다. 심리학자로서는 어울리지 않는 행동거지다.

"그뿐만이 아니라고. 빈틈없는 가계부 보고가 끝나면 이번엔 내일 어떤 반찬을 하면 좋을지 말해달라고 턱을 치받치고 앉아 있으니 원……."

"대충 준비해서 적당히 아무거나 만들라고 하면 되잖아."

"그게, 그 할멈은 대충이란 게 안 통하는 사람인 데다 반찬에 대해선 그렇게 확실한 생각이 없으니 문제지."

"그럼 자네가 자네 입맛에 맞는 걸로 식단을 짜주면 되겠네."

"그것이 말처럼 그렇게 쉽게 되는 일이면 고민도 안 하지. 나도 반찬거리에 대해선 영 젬병이니 말이야. '내일 국은 뭘로 끓일까요' 하고 물으면 즉석에서 떠오르는 게 없는 남자니. 그러다가 그냥 '된장국으로 하지' 그러면 이번엔 '그럼 건더기는 뭐로 할까요' 하는 거야. 그러면 이것 봐, 건더기 종류를 하나하나 떠올리느라고 땀 한번 빼야지, 그다음엔 그중에서 하나를 고르느라 고민해야지. 보통 일이 아니라니까 맨날."

"어휴, 그렇게 고민 고민하면서 밥을 먹어야 한다니 어디……. 자네가 특별히 좋아하는 게 없어서 그래. 두 개 이상의 물체가 있을 때 좋고 싫음이 서로 동등하면 결단을 내리는 데 지대한 영향을 미치게 마련이지" 하고 누가 들어도 뻔한 이야기를 일부러 어렵게 말한다.

"된장국 건더기까지 상의를 하는가 하면 또 아주 묘한 구석까지 간섭을 하고 든다고."

"응? 이번에도 또 먹는 것 얘긴가?"

"맞아. 매일 아침 우메보시(매실장아찌)에 백설탕을 뿌려서 꼭 하나 먹고 나가라고 들이대잖아. 그걸 안 먹으면 그 할멈 아주 기분 상해 한다니까."

"그걸 먹으면 뭐가 어찌된다고 그러는 건데?"

"그게 뭐 만병통치약이라나. 그리고 그 할멈 이유가 재밌어. 일본에 있는 어느 집엘 가도 우메보시 없는 집이 없다면서 아무 효과가 없다면 모든 사람들이 오랜 세월 동안 그렇게 먹겠냐는 거야. 그러면서 막무가내로 들이대는 거지."

"뭐, 그 말에도 일리는 있군. 모든 습관은 그에 상응하는 가치가 있기 때문에 계승되고 유지되게 마련이지. 우메보시 한 쪽이라도 무시할 건 아니야."

"아니, 이제 자네마저 그 할멈 편을 드는 건가? 그러니 여태 내가 한 집의 주인이란 생각이 안 들지." 나는 손가락에 끼고 있던 담배를 재떨이 안에 비벼 껐다. 타들어가던 성냥

머리가 하얗게 변하면서 몸통 부분이 기역 자로 구부러진다.

"아무튼 꽤나 구식 할멈이구먼."

"뭐, 하는 일만 구식이면 그렇다 치더라도, 그놈의 미신을 믿고 좇는 데는 아주 두 손 들겠다니까. 무슨 일이 있어도 한 달에 두세 번은 전통 법당인가 뭔가 하는 절에 가서 주지승한테 점괘를 받아 온다고."

"그 할멈 친척 중에 스님이라도 있나?"

"아니 그게 아니고, 중이 용돈벌이라도 할 양으로 점을 봐주나 봐. 그 중이 어찌나 쓸데없는 말을 해대는지 못 말린다니까. 내가 집을 살 때도 그 집에 악귀가 서렸다느니, 부정한 기운이 감돈다느니 떠들어대서 곤란하게 만들었다고."

"그 할멈은 자네가 집을 산 다음에 고용한 거잖나."

"그렇지만 이사하기 전부터 약속은 해두었지. 실은 그 할멈이 요타니 집 살림을 봐주었던 사람이기 때문에 이 정도 사람이라면 집을 맡겨도 안심할 수 있다고 어머님께서 적극 추천하셨거든."

"자네 장모님이 고른 사람이라면 믿을 만하겠네."

"사람이야 틀림없는데, 그 미신을 좇는 건 아주 못 말린다니까. 아니 내가 이사하기 사흘 전에 그 절로 중을 찾아갔었대. 그랬더니 그 중이 지금 고향에서 고이시카와 쪽으로 움직이면 아주 안 좋다고, 집에 불행한 일이 생긴다고 했대.

그게 뭐 말이나 되는 소리야? 불경이나 외던 중이 날 뭘 안다고 그런 소리를 하냔 말이야."

"뭐, 그 사람도 그걸로 벌어먹고 사는데 할 수 없지."

"글쎄, 그렇게 해서 밥 먹고 산다면 나도 할말은 없지만, 돈을 받았으면 받은 만큼 좋은 말이나 해줄 것이지……."

"뭐 그렇게 화를 내봤자 여기 있는 우리 잘못은 아니니 이 자리에서 결론을 낼 수는 없잖나."

"좀더 들어봐. 게다가 젊은 여자에게 뭔가 화가 생긴다고 자기 마음대로 말을 덧붙였다니까. 그 얘기를 듣고 그 할멈은 우리집에 젊은 여자가 있다면 필경 내 안사람 될 여자뿐이니 가까운 시일 내에 유키코에게 무슨 일이 생길 거라면서 혼자 걱정을 하고 있지."

"하지만 아직 자네 집에 들어온 건 아니잖나."

"그러니까 하는 말이지. 아직 들어오지도 않았는데 혼자 걱정을 하고 있으니 환장하지."

"이건 도무지 헛소린지, 진심인지 모르겠네."

"말도 안 되는 소리지. 그런데 요즘 우리집에서 떠돌이 개가 멀리서 짖어대는 소리가 들리는데……."

"개 짖는 소리하고 할멈하고는 아무 상관 없잖나. 난 아무 연상도 되지 않는데……."

쓰다는 제아무리 자신 있는 심리학으로도 이번만큼은 해석이 안 된다는 듯이 눈을 가늘게 뜨고 내 말에 집중했다.

나는 이쯤 해서 일부러 침착하게 차를 한 잔 더 부탁했다. 소마산 도자기 찻잔은 싸구려 물건이다. 원래는 빈농들이 부업 삼아 구워 팔던 것이라는 말도 있다. 쓰다가 찻잎을 넣고 물을 따라주었을 때, 나는 왠지 그 찻잔에 담긴 차를 마시고 싶지 않았다. 찻잔 바닥을 보니 가노보우겐 모토노부가 그린 말이 기세 좋게 달리고 있다. 싸구려 찻잔에 어울리지 않는 활기찬 말이라고 생각했지만 말 그림에 감탄했다고 해서 마시고 싶지 않은 차를 마셔야 한다는 법은 없기 때문에 나는 찻잔을 들어 올리지 않았다.

"자, 들게" 하고 쓰다는 권했다.

"여기 새겨진 이 말은 상당히 멋있는걸. 죽 뻗은 꼬리와 흩날리는 갈기 모습이 꼭 야생마 같아."

차를 마시지 않는 대신 말 그림을 칭찬했다.

"아니, 도대체 무슨 말이야. 할멈이 갑자기 개로 둔갑하는가 했더니 이젠 개가 말로 바뀌어 달린다는 거야? 그것 참, 그래서 어찌됐나?" 쓰다는 뒷이야기를 재촉한다. 차를 마시지 않아도 괜찮게 되었다.

"아니 그게 아니고……. 할멈 말에 따르면 그 개 짖는 소리는 보통 개들 소리하고는 다르다고, 뭔가 집 주위에 변이 생길 징조니 조심하라는 거야. 하지만 조심하라고 한들 뭐 특별히 조심할 것도 없으니까 그냥 무시하면 그만인데 매일 같은 소릴 듣자니 아주 지겨워 죽겠어."

"그렇게 개 짖는 소리가 큰가?"

"아니, 개 짖는 소리는 큰지 작은지도 모르겠어. 나야 잠들면 누가 업어가도 모르니까, 그 개가 언제 어떻게 짖어대는지 알 리가 없지 뭐. 한데, 그 할멈은 내가 깨어 있는 시간이면 꼭 찾아와서 같은 소릴 해대니 미치겠다니까."

"그래도 자는 사람을 깨워가면서 그런 얘기를 하지는 않겠지."

"그러고는 얼마 전에 요타니에 다녀와서는 내 아내 될 사람이 감기에 걸렸다면서 그것 보라고, 자기가 한 말이 맞지 않았냐고 하면서 조심해야 된다고 성화잖아."

"자네 아내가 될 아가씨는 아직 자기 집에 살고 있잖아. 그러니 걱정하지 않아도 되는 거 아냐?"

"그렇지. 그런데도 걱정하고 앉았으니 미신에 미쳤다는 거지. 내가 집을 옮기지 않으면 아가씨의 병이 쾌유하지 않을 테니, 꼭 이달 안에 방향이 좋은 곳으로 이사를 하라고 난리라니까. 돌팔이 점쟁이에게 사로잡혀서는 나 참."

"이사하는 게 좋을지도 모르지."

"무슨 소릴 하는 거야. 이제 막 이사했는데. 그 점쟁이가 한마디할 때마다 이사를 다녔다간 몸이 열 개라도 못 당해낸다고."

"그건 그렇고 아픈 사람은 좀 괜찮나?"

"아니, 자네까지 왜 그러나. 자네도 그 전통 법당 주지승

말에 빠져드는 거 아니야? 괜히 사람 기분 이상하게 만들지 말라고."

"기분 이상하게 만들려는 게 아니라 난 그저 괜찮냐고 묻는 것뿐이라고. 자네 안사람 될 아가씨 안부를 묻는 건데 뭘."

"당연히 괜찮고말고. 기침을 조금 하는데 인플루엔자래."

"인플루엔자?"

갑자기 쓰다는 내가 다 놀랄 정도로 큰 소리로 되물었다. 이번엔 정말로 기분이 이상해서 아무 말 없이 쓰다의 얼굴을 뚫어지게 쳐다보았다.

"조심하는 게 좋아" 하고 이번엔 아주 낮은 목소리로 짧게 말했다. 조금 전에 인플루엔자? 하고 크게 소리친 것과는 달리 이 낮은 목소리는 내 귓속을 파고들어 뇌리에 꽂히는 느낌이 들었다. 이유는 모르겠다. 가는 침이 몸속으로 뚫고 들어오는 법이고, 낮아도 또랑또랑한 목소리가 뼛속까지 울려 퍼지는 법이다. 티끌 하나 없는 맑은 하늘에 눈동자 같은 새까만 점을 톡 찍어놓은 것 같은 기분이다. 지운다고 점이 가려질까? 녹아 없어질까? 아니, 아니다. 이 점의 운명은 이제부터 쓰다의 설명에 달려 있는 것이다. 긴장한 나머지 난 얼떨결에 방바닥에 놓아두었던 찻잔을 집어 들고 차갑게 식은 차를 단숨에 들이켰다.

"조심하지 않았다간 큰일날 수 있다네" 하고 쓰다는 다시 한 번 같은 말을 같은 어조로 반복한다. 그 까만 점은 한층 까맣게 도드라진다. 흘러가지도, 더 커지지도 않고 또렷하기만 하다.

"에이, 재수 없는 소리로 괜히 사람 놀래고 있어. 아하하하" 하고 나는 긴장감을 감추려고 일부러 큰 소리를 내서 웃었지만 김빠진 소리가 울리는 것을 나 스스로도 눈치챌 정도여서 중간에 멈추었다. 쓰다는 이 웃음소리를 어떻게 들었는지 모르겠다. 그가 다시 입을 떼었을 때는 전과 마찬가지로 낮은 어조였다.

"사실은 얼마 전에 이런 일이 있었어. 우리 친척 중에 한 사람이 인플루엔자에 걸렸거든. 처음에 별다른 증상이 없어서 적당히 쉬면 낫겠지 하고 놔두었더니 1주일 후에 폐렴으로 번져서 결국 한 달도 안 돼서 죽었어. 담당 의사 말이 이번 인플루엔자는 그 성질이 아주 독해서 폐렴으로 번지는 경우가 많으니 조심해야 된다고 하더라고. 정말이지 믿어지지 않는단 말이야. 죽은 사람만 가엾지 뭐" 하며 아주 차가운 표정으로 말했다.

"아니, 무슨 그런 일이 다 있지? 어떻게 그냥 감기가 폐렴으로 번진단 말이야?"

나는 은근히 걱정이 돼서 좀더 자세한 이야기를 들어보려고 이렇게 물었다.

"어떻게는, 뭐 특별히 다른 증상도 없었는데……. 아무튼 그러니까 자네도 조심하는 게 좋다고 한 거야."

"아, 듣고 보니 그러네."

나는 심각한 얼굴로 쓰다의 눈을 신중하게 들여다보았다. 그는 아직도 굳은 표정이다.

"생각도 하기 싫다네. 스물둘인가 셋밖에 안 됐는데 폐렴으로 죽다니 아까운 일이잖아. 게다가 그 남편은 전쟁터에 나가 있는데 말이야."

"뭐? 죽은 사람이 여자야? 그거 정말 안됐네. 남편은 군인인가 봐."

"응, 육군 중위야. 아직 결혼한 지 1년도 안 됐지 아마. 난 소식을 듣자마자 달려가서 장례식에도 참석했는데……. 그 친정 어머니가 그렇게 서럽게 울더라고."

"아무렴, 그렇겠지. 누구라도 안 그러겠나."

"장례식 당일에는 웬 눈이 그렇게 하염없이 내리는지 좌우간 엄청나게 추웠는데, 입관식 때는 그 친정어머니가 구덩이 옆에 쪼그리고 앉아서 움직이질 않더라고. 눈발이 휘날려서 머리 위에 쌓일 정도라 내가 옆에 서서 우산을 받쳐 드렸지."

"그거 잘했네. 자네답지 않게 자상하게 행동했구먼."

"도대체 가여워서 보고만 있을 수가 있어야지."

"그랬겠지."

나는 이렇게 대답하면서 찻잔에 그려진 말 그림을 보았

다. 이젠 내 얼굴도 쓰다처럼 굳어진 것 같았다. 그 순간 죽은 여자의 남편이 어떻게 되었는지 궁금해졌다.

“그 남편은 무사했나?”

“그 남편은 구로메 부대 소속이었는데 다행히 아무 부상도 당하지 않고 무사했다나 봐.”

“부인이 죽었단 소식을 듣고는 엄청나게 놀랐겠지.”

“아니, 그게 참 이상한 일인데 전쟁터로 부음이 도착하기도 전에 아내가 남편이 있는 곳에 나타났대.”

“나타나다니?”

“만나러 간 거지.”

“어떻게?”

“어떻게라니, 부인이 남편 앞에 나타났다니까.”

“남편 앞에 나타나다니. 그 사람은 죽었다며?”

“죽은 다음에 만나러 간 거야.”

“도대체 무슨 소릴 하는 거야? 아무리 남편을 사랑한대도 사람이 무슨 수로 그런 재주를 부려? 이건 무슨 하야샤 쇼조(에도 시대의 만담가. 괴담의 아버지라고 불림)의 이야기도 아니고 말이야.”

“아니, 아니. 실제로 찾아갔다니까. 믿지 않을 수 없다고” 하고 쓰다는 배운 사람답지 않게 허무맹랑한 소리를 사실이라고 우겨댔다.

“믿지 않을 수 없다니, 직접 본 것처럼 말하네. 나 참, 자네 그 말 진심으로 하는 건가?"

"물론 진심으로 하는 말이지."

"이거 참, 우리집 할멈 같은 사람이 여기 또 있잖아."

"할멈 같든, 할아범 같든 사실이니 할 수 없지" 하면서 쓰다는 여전히 같은 표정으로 또박또박 대답한다. 아무래도 날 놀리려고 하는 말 같지는 않다. 저렇게 진지하게 말하는 걸 보면 뭔가 이유가 있겠지.

쓰다와 나는 대학의 전공은 다르지만 고등학교 때 같은 반이었다. 그 시절 나는 항상 마흔대여섯 명 중 뒤에서 세면 빠른 등수를 차지했지만 쓰다는 2, 3등 밑으로 떨어진 적이 거의 없었다. 그런 사실을 생각하면 확실히 머리는 나보다 35, 36등 위임에 틀림없다. 그런 쓰다가 기를 쓰고 우겨대니 새빨간 엉터리는 아닐 것이다.

나는 법학 전공자답게 일어난 사건을 있는 그대로 보고 상식적으로 풀어나가야지, 예외를 찾는 것은 불가능하다기보다는 좋아하지 않는다. 유령이라든가 뒤탈이라든가 인연이라든가 하는 뜬구름 잡는 소리는 딱 질색인 사람이다. 그런데 쓰다의 머릿속에 이 허무맹랑한 유령 이야기가 '사실'로 자리 잡고 있는 걸 보니 나도 이 문제에 대한 태도를 약간 바꾸고 싶어진다. 솔직히 말하면 난 유령이나 구모스케(에도 시대의 뜨내기 가마꾼)는 메이지유신 이래 영구히 이 세상에서 그 설자리를 잃고 없어진 퇴물쯤으로 치부하고 있었다. 그런데 아까부터 쓰다가 말하는 품을 보니 이 유령이란 게 나도 모르는 사이에 부활한 듯한 느낌마저 든다.

'처음에 내가 책상 위에 있는 책이 어떤 거냐고 물어봤을 때 분명히 유령에 관한 책이라고 했겠다. 어쨌든 들어서 손해날 일은 아닐 거야.'

발 닦을 새도 없는 내가 쓰다와 이런 이야기를 나눌 기회는 다시 없을 것이다. 나는 뭔가 도움이 되는 이야기 좀 들어보자고 모처럼 짬을 내어 찾아왔고, 쓰다도 이야기하는 모양새를 보니 말 상대를 기다렸던 것 같다. 그렇다면 말하고 싶은 사람과 듣고 싶은 사람이 딱 맞아떨어졌으니 물이 낮은 곳으로 흐르는 것은 만고의 법칙이다.

"나중에 들은 얘긴데 그 부인이 남편이 전쟁터에 나가기 전에 맹세한 게 있대."

"그게 뭔데?"

"만에 하나 신랑이 집에 돌아오기 전에 자기가 병이 들어 먼저 저세상에 가게 되더라도 완전히 죽어버리지는 않겠다고."

"뭐야?"

"혼백이 되어서라도 만나러 오겠다고 했대. 남편은 그 말을 듣고 껄껄 웃으면서 좋다고 언제라도 자길 찾아오라고, 전쟁터로 자길 만나러 오면 싸우는 모습을 구경시켜주겠다고 농담조로 말하고 만주로 떠났대. 그러고는 부인이 한 말은 그대로 잊고 신경도 쓰지 않았다더군."

"그야 그렇겠지. 나 같으면 전쟁터에 나가지 않더라도 그런 말쯤은 잊어버리고 말걸."

"남편이 떠날 때 부인이 여러 가지 물건들을 바리바리 챙겨주었는데 그 짐 속에 작은 거울이 들어 있었대."

"음, 자네 아주 자세히도 조사했구먼."

"아니, 그런 건 아니야. 나중에 전쟁터에서 온 편지에 그렇게 적혀 있어서 시말이 밝혀진 거야. 하여튼 그 남편은 그 거울을 항상 품속에 간직했다고 하더라고."

"아, 그래."

"어느 날 아침에 일어나서 다른 때처럼 거울을 꺼내 아무 생각 없이 얼굴을 비춰 보는데 그 거울에 나타난 것이 글쎄…… 보통 때처럼 텁수룩한 수염에 먼지에 찌든 얼굴이 아니라 너무나 이상하게도……. 그것 참 이상한 일이지. 일이 나려고 그랬는지……."

"왜, 무슨 일인데?"

"창백한 얼굴을 한, 병든 아내의 모습이 나타났대. 참으로 믿을 수 없는 일이지 뭔가. 지나가는 사람을 붙잡고 물어봐도 누구 한 사람 그 말을 믿겠나. 사실 나도 그 편지를 직접 읽기 전까지는 믿지 않았다네. 그런데 전쟁터에서 그 편지를 보낸 건 집에서 아내의 부음을 보내기 3주일이나 전이었다니까, 거짓말이라고 할래도 그런 거짓말을 할 이유가 없던 때란 말이지. 게다가 그런 말을 지어낼 이유도 없고. 생과 사가 엇갈리는 전쟁터에서 그런 소설 같은 얘기를 지어내서 자기 집에 보낼 사람이 어디 있겠어."

"그야 없지" 하고 맞장구는 쳤지만 사실 나는 반은 믿고 반은 믿지 않았다. 완전히 믿어지지는 않는 이야기지만 뭔가 속이 꺼림칙한 것이, 한마디로 말해서 법학을 전공한 사람답지 않은 그런 정신 상태가 되었다.

"말은 한마디도 하지 않았대. 입을 다물고 가만히 거울 속에서 남편 얼굴만 빤히 쳐다보고 있었대. 바로 그때 남편의 머릿속에 갑자기 그들이 헤어지기 전에 아내가 한 말이 떠올랐다고 하더군. 왜 안 그러겠나. 그 편지에는 인두로 가슴팍을 지지는 듯한 느낌을 받았다고 적혀 있더라고."

"참, 별일도 다 있네."

편지에 쓴 문구까지 인용하는 걸 보니 이젠 안 믿고는 못 배길 지경이 됐다. 어쨌든 이런 경험은 처음이다. 이때 만약 쓰다가 장난으로 왁! 하고 소리를 질렀다면 난 놀라서 뒤로 나자빠졌을 것이다.

"그래서 따져보니 아내가 숨을 거둔 시각하고 남편이 거울을 꺼내 본 시간이 같은 날 같은 시였다는 거야."

"그거 정말 괴이한 일이네."

이젠 정말 나도 심각해졌다. 하지만 다시 한 번 확인하는 셈으로 쓰다에게 "그런데 그런 일이 정말 있을 수 있는 거야?" 하고 물었다.

"여기 이 책에도 그런 현상이 일어났던 사례가 적혀 있어" 하며 쓰다는 책상 위에 놓여 있던 책을 집어 들고 "요즘엔 있을 법한 일은 증명할 수도 있대"라고 침착하게 대답했다.

법학 전공자가 모르고 있는 동안에 심리학자들은 유령을 재현시키고 있었으니 이젠 유령을 말도 안 되는 짓거리라고 치부할 수만은 없게 생겼다. 모르는 것에는 토를 달지 않는 법이다, 모른다는 것은 무능력하다는 소리다. 유령에 대해서는 법학 전공자가 심리학 전공자의 말을 따를 수밖에 없다.

"멀리 떨어져 있는 두 사람의 뇌세포 사이에 일종의 화학적 변화가 생겨서……."

"나는 법학 전공자라 그런 말은 들어도 잘 모르겠네. 어쨌든 그런 일이 이론상 있을 수 있는 일이란 말이지?"

나같이 머리가 명석하지 못한 사람은 이치를 따지고 들기보다 결론만 받아들이는 게 간단하다.

"음, 결국 그렇게 귀착되지. 이 책에는 그런 사례가 아주 많이 나와 있어. 그중에 리처드 브롬 경이 본 유령은 조금 전 내가 한 이야기와 상당히 비슷한 경우지. 아주 재밌는 책이야. 자네 브롬이란 사람이 누군지 아나?"

"브롬? 뭐 하는 사람인데?"

"영국의 작가라네."

"당연히 모르지. 자랑은 아니네만, 난 작가들 이름이라면 셰익스피어와 밀턴, 그 외 두세 명밖엔 모르네."

쓰다는 나 같은 사람과 학문적으로 토론을 하는 건 시간 낭비라고 생각했는지 "그러니까 요타니에 있는 자네 아내 될 사람을 잘 챙기라는 걸세" 하고 이야기를 원점으로 되돌린다.

"알았네. 신경은 쓰겠네만 만약에 일이 생기면 꼭 날 보러 오겠다는 맹세는 하지 않았으니 그 점에선 괜찮겠지" 하고 넘기기는 했지만 왠지 마음속은 꺼림칙하다. 시계를 꺼내 보니 벌써 11시가 가까웠다. 너무 늦은 시각이다. 집에서는 할멈이 혼자 멀리서 짖는 개 소리에 떨고 있겠구나 생각하니 당장 집에 가고 싶어졌다.

"내가 조만간 그 할멈도 만나볼 겸 한번 놀러 가지" 하는 쓰다에게 "그래, 꼭 놀러오게" 하고 말하면서 하숙집을 나섰다.

내 일에만 바빠서 눈길 한 번 주지 못했는데 언덕길 옆엔 벚꽃이 소담스레 피어 있다. 봄을 알리려고 내민 얼굴들인데 지금 같으면 벚꽃들도 일찍 서두른 걸 후회할지도 모르겠다. 한낮에는 후끈한 바람이 불고 이마에서 솟은 땀에 모래 먼지가 달라붙어 손등으로 문질러댔는데, 그것이 마치 지난해의 일인 듯하다. 오늘밤은 유독 그렇다. 상의의 깃을 올리고 맹아 학교 앞에서 식물원 담을 돌아 터벅터벅 걸어

내려오는데 어디선가 종소리가 울려 밤의 적막을 깬다.

11시인 모양이다. 시간을 알리는 시계 종은 누가 발명했는지 모르겠다. 지금까지는 신경쓴 적이 없었는데 오늘밤 들어보니 묘한 울림이다. 하나의 음이 차진 떡을 잡고 늘인 것처럼 여러 갈래로 나뉜다. 나뉜 다음에 울림이 끊어졌나 싶으면 가늘어지다가 다음번 음으로 이어진다. 이어진 음은 다시 커졌다가 수묵화를 그리는 큰 붓의 끝처럼 자연스럽게 가늘어진다.

저 종소리가 심상치 않게도 커졌다 작아졌다 하는구나 하고 생각하면서 걷고 있는데 내 심장의 고동이 종소리 울림에 맞춰 커졌다 잦아들었다 하는 것처럼 느껴진다. 이젠 스스로 종소리에 내 호흡을 맞추면서 걷고 싶어진다.

'오늘밤은 아무래도 내가 이상한걸.'

법학 전공자답지 않다고 생각하면서 걸음을 재촉해 파출소 모퉁이를 도는 순간, 차가운 바람에 실려온 빗줄기가 후둑후둑 얼굴을 때린다.

고쿠라쿠미즈極楽水는 왠지 음산한 동네다. 길 양측으로는 큰 집들이 서 있기 때문에, 옛날만큼 적막하지는 않지만 한밤중에는 큰 집들이 모두 텅 비어 있는 것처럼 보여 어찌해도 기분 좋은 정경은 아니다. 빈민에게 노동은 생존수단이다. 일하지 않는 빈민은 살아 있는 사람으로 인정받지 못했다. 내가 지금 지나온 고쿠라쿠미즈에 사는 빈민들은 굶어 죽었는지 되살아날 기미도 없이 조용하다. 완전히 죽어 버렸겠지. 후두둑후두둑, 빗줄기가 세졌다. 우산은 가져오지 않았다. 이런 식으로 쏟아지면 집에 도착하기 전에 쫄딱 젖겠구나 하고 생각하면서 아예 고개를 들고 하늘을 바라본다. 비는 어둠을 뚫고 직선으로 내리꽂힌다. 쉽게 그칠 것 같지 않다.

대여섯 발자국 앞에 홀연히 흰 물체가 어른거린다. 나는 길 한복판에 그대로 멈춰 서서 고개를 쭉 빼고 그 흰 물체를 바라보았다. 그 물체는 망설임도 없이 내 앞으로 성큼성큼 다가오더니 순식간에 내 곁을 스쳐 지나갔다. 돌아보니 검은 옷을 입은 두 남자가 앞뒤로 서서 흰 천을 덮은 귤상자 같은 것을 나무에 묶어 그것을 어깨에 매고 걸어간다. 화장터에 가나 보다. 그 상자 안에 누워 있는 것은 틀림없이 갓난아기일 것이다. 검은 옷을 입은 남자들은 서로 아무 말도 하지 않고 관을 짊어지고 간다. 한밤중에 관을 매다니. 어둠 속으로 사라지는 관을 잠시 바라보다가 뒤돌아섰을 때 맞은편에서 사람들 소리가 들리기 시작했다. 높지도, 그렇다고 낮지도 않은, 고요 속에서 울려오는 목소리다.

"어제 태어나서 오늘 죽은 애도 있다잖아" 하고 한 사람이 말을 하자 "인명은 재천이니 별수 없지" 하고 다른 사람이 받는다. 두 사람의 검은 그림자가 내 옆을 스치고 지나가는 모습을 보는 것도 잠시, 둘은 다시 어둠 속으로 빨려

들어간다. 관을 쫓는 게다 소리가 타박타박 빗속에 울려 퍼진다.

'어제 나서 오늘 죽었다'라는 말이 내 가슴속에 자꾸만 메아리친다. 어제 나서 오늘 죽는 사람도 있는데 어제 병에 걸려 오늘 죽는 사람이 없으란 법은 없지. 26년이나 속세의 공기를 마시며 살아왔는데 병까지 걸렸으니 죽고도 남지 않겠나. 이렇게 고쿠라쿠미즈를 4월 3일(4는 일본 발음으로 '시'이며 죽음을 나타내는 한자음 또한 '시'이다) 밤 11시에 오르는 것은 죽으려고 하는 행동일지도 모른다. 왠지 이 길을 계속 오르고 싶지 않다.

잠시 언덕길 중간쯤에서 걸음을 멈춰본다. 하지만 이렇게 또 서 있자니 죽기를 기다리며 서 있는 것 같다. 다시 걷기 시작한다.

죽는다는 것이 이렇게 사람의 마음을 혼란스럽게 하는 것일 줄은 지금까지 깨닫지 못했다. 이젠 걷는 것도 멈춰 서는 것도 걱정이다. 이 상태로는 집에 돌아가 이불 속에 들어가 누워도 걱정이 될지 모른다. 왜 지금까지 아무 생각 없이 살아왔던가. 생각해보면 학교 다닐 때는 시험과 야구에 미쳐 죽는다는 걸 생각할 짬이 없었다. 졸업하고 나서는 펜대 굴리는 일과 월급봉투 챙기는 일과 할멈의 걱정 듣는 일만 생각하느라 역시나 죽음에 대해 생각할 겨를이 없었다. 인간이 언젠가 죽는다는 것은 아무리 기운이 펄펄 나는 나라도 알고 있는 바이지만, 나에게도 그런 일이 생긴다는 걸 이렇게 가까이 느껴본 적은 지금껏 한 번도 없었다. 지금 이 순간, 이 어둠 속에서 사방의 벽이 점점 좁아들어 내 몸뚱이를 녹여 빨아들일 것 같은 느낌이 든다.

나는 솔직 담백한 성격으로 내게 맡겨진 일만 잘 처리하면 됐지 후세에 이름을 떨치고 싶은 욕심은 전혀 없는 사람이다. 그러니 지금 죽는다 해도 그다지 미련이 남는 구석은 없다. 하지만 그렇다고 지금 당장 죽어 없어지고 싶진 않다. 아니, 절대로 지금 죽기는 싫다. 죽는다는 게 이렇게 끔찍이 싫다는 것을 이제야 비로소 깨닫게 되었다. 빗줄기는 점점 가늘어졌지만 외등을 싼 헝겊은 완전히 젖어 축축하다.

다케하야초竹早町를 돌아 기리시탄자카切支丹坂(가지를 잘라내는 언덕이라는 의미)로 접어들었을 때, 왜 언덕길 이름을 이렇게 지었는지 궁금해졌다. 이 길은 이름 못지않게 분위기가 음산하다. 언덕길 위에 올라서자 예전에 이곳을 지날 때 '일본 제일의 급경사길, 목숨이 아까우면 조심하시오'라고 쓴 푯말이 세워져 있는 것을 보고 킬킬거렸던 일이 갑자기 생각난다. 오늘밤 그건 웃을 일이 아니다. '목숨이 아까우면 조심하시오'라는 문구가 성경 구절처럼 가슴 깊이 엄숙하게 울려 퍼진다. 잘 살펴 내려가지 않으면 미끄러져 엉덩방아를 찧는다. 위험하다는 생각에 언덕길 끝을 보고 가늠한다. 어두워서 뭐 하나 제대로 보이지 않는다. 왼쪽 둑방에 서 있는 늙은 팽이나무가 인정사정없이 가지를 뻗어 햇빛이 뚫고 들어올 틈이 없을 정도로 언덕을 뒤덮고 있기 때문에 낮에도 이 언덕길을 내려갈 때는 그다지 즐거운 기분이 아니었다. 그놈의 나뭇가지들이 보일까 싶어서 고개를 들었지만 하도 주위가 캄캄해서 있는 거 같기도 하고, 없는 거 같기도 한 것이 빗방울 떨어지는 소리만 그치지 않고 난다. 이 암흑 길을 내려와 좁은 골목길을 지나서 묘가다니茗荷谷를 향해 올라온 다음, 78번지로 가면 고비나타다이마치小日向台町에 있는 우리집으로 가게 되는데 언덕 꼭대기까지 올라가는 길이 아주 기분 나쁘다. 묘가다니 언덕길 중간쯤에서 선명한 빨간 빛이 보인다. 전부터 켜 있던 빛인지, 갑자기 내가 얼굴을 들자 나타난 빛인지 판단하기 어렵지만 어쨌든 빗속에서도 또렷이 보인다. 어느 집에서 대문 앞에 세워둔 가스등인가 했더니 마치 가을바람에 흔들리는 등불처럼 출렁출렁 움직인다. 가스등은 아니다. 도대체 뭔가 궁금해서 자세히 들여다보니 이번엔 그 빛이 파도를 타는 돛단배처럼 위아래로 출렁대며 오르락내리락한다. 가스등은 아니다. 사람이 들고 다니는 등불인 것 같아 하고 나름대로 결론을 내린 바로 그 순간 그 빛이 감쪽같이 사라져버렸다.

그 빛을 봤을 때 나는 순간적으로 유키코를 떠올렸다. 유키코는 내가 아내로 맞이할 사람이다. 아내 될 사람과 이 빛이 무슨 상관인지 심리학자인 쓰다도 설명하지 못할지 모르지만 심리학자가 설명하지 못하는 일이라고 해서 마음속에 떠오르지 말란 법은 없는 거다. 이 선명한 붉은빛은 마치 꼬리를 감추는 줄 같아서 내게 확실히 내 아내 될 사람을 떠올리게 했다.

'그 빛이 사라진 그 순간이 바로 유키코의 죽음을 의미하는 것은 아닐까.'

이마를 훔쳐보니 땀과 빗물로 미끈거린다. 나는 지금 꿈속을 걷고 있다.

언덕길을 다 내려와 좁은 골목길로 접어들면 그 골목 막다른 지점에서 다시 서쪽 방향으로 골목에 골목이 이어진다. 이 근방은 이른바 야마노테山手의 진흙길로 비가 조금이라도 내리면 게다의 굽이 빨려들어 갈 정도로 땅이 질어진다. 어둠은 이어지고 신발은 진흙을 밟고 있으니 한번 발을 내딛으면 다시 발을 빼 움직이기가 쉽지 않다. 질퍽한 땅을 진흙이 튀거나 말거나 무작정 밟고 걸으며 구기자나무 울타리가 날카롭게 꺾인 모퉁이를 도는 순간, 그 빨간 불빛과 딱 마주쳤다. 쳐다봤더니 경찰이다. 경찰은 그 빨간 등으로 내 얼굴을 지질 듯이 가까이에 들이대고 "길이 안 좋으니 조심하십시오" 하는 한마디를 내뱉고 지나간다. 조심하는 게 좋다는 쓰다의 말과 지금 경찰이 한 말이 줄줄이 연상되면서 마음속이 납덩이에 눌린 듯 무거워졌다.

저 불빛이야, 저 불빛이야 하며 난 숨이 끊어져라 달렸다.

나머지 길을 어떻게 왔는지 기억도 나지 않는다. 허둥지둥 집에 돌아와 보니 12시가 거의 다 된 시간이었다. 한 손에 희미한 램프를 들고 집 안에서 뛰어나온 할멈이 당황한 목소리로 "아이고, 주인님. 어찌된 거예요" 하고 소리친다. 할멈은 얼굴이 퍼렇게 질려 있다.

"할멈, 무슨 일 있어?" 하고 나도 큰 소리로 물었다. 할멈도 나에게 무슨 일이 있었는지 듣기가 두려운 듯 보였고 나 또한 할멈의 입에서 무슨 소리가 나올지 듣기 무서웠기 때문에 우린 서로 묻기만 할 뿐 대답은 하지 않고 상대방의 얼굴만 쳐다보았다.

"물이…… 물이 떨어져요."

할멈이 주의를 주었다. 빗속을 걸어오느라 온몸이 물에 젖은 데다가 모자챙에 고여 있던 빗물들이 마루 위로 뚝뚝 떨어지고 있었다. 모자챙을 잡아 벗어서는 할멈 무릎 옆으로 던졌다. 회색 체크 상의를 벗고 옷걸이에 걸려는데 돌덩이를 매단 것처럼 무거웠다. 대충 잠옷으로 갈아입고 있으니까 할멈이 다가와서 "어떻게 되신 거예요?" 하며 묻는다. 아까보다 조금 누그러진 목소리였다.

"어찌되긴, 뭐 별일은 아니고 비를 맞았을 뿐이야" 하며 난 가능한 한 약한 모습을 보이지 않으려고 침착하게 대답했다.

"아니 저, 안색이 보통 때 같지 않으세요."

점쟁이 주지승을 그렇게 쫓아다니더니만 이젠 사람 관상까지 본다.

"할멈이야말로 무슨 일 있는 거 아니야? 조금 전엔 왜 그렇게 허둥댔어?"

"저는 주인님께 어찌 보여도 상관없어요……. 하지만 그렇게 제 말을 농담으로만 듣지는 마세요."

"뭐?" 나는 순간 가슴이 옥죄여오는 것을 느꼈다. "뭐야, 나 없는 동안 무슨 일이라도 있었어? 요타니에서 무슨 안 좋은 소식이라도 온 거야?"

"그것 보세요. 그렇게도 아가씨 일을 걱정하고 계시면서……."

"도대체 무슨 일이야? 편지가 온 거야 아니면 사람을 보냈어?"

"편지도 사람도 오지 않았어요."

"그럼 전보가 왔나?"

"전보 같은 것도 오지 않았어요."

"그럼 무슨 일이야? 빨리 말해봐."

"오늘은 짖는 소리가 달랐어요."

"뭐가?"

"뭐라니요, 전 주인님이 걱정돼서 안절부절못했다구요. 아무래도 예삿일이 아니라니까요."

"뭐가 예삿일이 아니라는 거야? 빨리 말해봐."

"지난번에 말씀드렸던 개 짖는 소리 말예요."

"개?"

"네, 멀리서 들리는 개 짖는 소리요. 제가 말씀드린 대로 조심하셨으면 이런 일은 없었을 것을, 주인님께서 이 할멈의 말을 미신이다 뭐다 하면서 무시하니까……."

"이런 일이든 저런 일이든 아직 아무 일도 일어나지 않았잖아."

"아니요, 그렇지 않지요. 주인님도 돌아오시면서 내내 아가씨 병환을 걱정하면서 오셨잖아요" 하면서 할멈은 곧바로 허를 찌른다. 번쩍이는 칼날이 어둠을 뚫고 나와 가슴속에 꽂히는 것 같다.

"그야 걱정하긴 했지."

"그것 보세요. 풀벌레들이 먼저 알고 알려준다니까요."

"할멈, 풀벌레들이 알려준다니, 그게 정말이야? 진짜 그런 경험이 있어?"

"아유, 있는 게 아니라. 예부터 그런 말들이 있잖아요. 까마귀가 울어대면 그 집에 흉한 일이 생긴다든지 하는 말이 많잖아요."

"하긴 그래. 새들이 무슨 일을 알린다는 얘긴 들어본 적이 있는 거 같아. 그런데 개 짖는 소리를 듣고 뭐가 어쨌단 소리는 할멈한테 처음 듣는 거 같은데……."

"아이고, 저렇게 원…… 그게 아니라니까" 하고 할멈은 내가 영 말귀를 못 알아들어 한심하다는 투로 나의 의심을 일축한다.

"같은 이치예요. 저같이 나이 먹은 사람은 개 짖는 소리만 듣고도 알 수 있다고요. 이치를 따지기 전에 이상한 느낌이 들어 무슨 일이 있겠구나 하면 꼭 일이 생긴다니까요. 제 예감은 빗나간 적이 없어요."

"아, 그래?"

"나이 먹은 사람들 얘기를 허투루 들으면 못써요."

"그야 그렇지, 허투루 들으면 안 되고말고. 그건 나도 잘 알고 있어. 그러니까 내가 할멈 얘기를…… 저기, 그런데 개 짖는 소리가 그렇게 앞일을 잘 알아맞히나?"

"아직도 늙은이 얘기를 의심하고 있구먼요. 어찌 들으셔도 상관없지만 내일 아침 일찍 요타니에 가보세요. 반드시 무슨 일이 있을 테니. 내 말이 맞을 거예요."

"큰일이 있으면 어쩌지? 무슨 대책이 없을까?"

"그러니까 내일 아침 일찍 떠나시라고 하는데 그렇게 고집을 부리시니……."

"이제부터 고집 안 부릴게. 내일 일찍 요타니에 갈 거야. 아니, 지금 당장 갈까?"

"그러면 저 혼자 밤새 있게 되니 그건 안 되지요."

"왜 안 되는데?"

"왜라니요, 혼자서는 밤에 빈집 못 지켜요. 무서워서."

"하지만 할멈도 요타니 일 걱정하고 있잖아."

"걱정은 되지만, 혼자 있는 건 무서워서 못 참아요."

이제 빗소리는 톡톡 떨어지는 물방울 소리가 아니라 집 안 전체에 울려 퍼지는 울림으로 변했고 아까부터 무언가 마당을 구르는 이상한 소리까지 들려온다.

"아, 바로 저거예요."

할멈이 눈을 치켜뜨며 작은 목소리로 말한다. 정말이지 묘한 소리다. 아무래도 오늘밤은 여기서 자야겠다.

나는 이부자리 속으로 들어가 누웠지만 그 발 구르는 소리가 신경쓰여서 눈조차 감을 수가 없었다.

보통 개 짖는 소리는 소리가 이어지지 않고 마디가 딱딱 끊어진다. 그런데 오늘밤 들리는 이 소리는 그렇게 간단히 넘길 수만은 없는 묘한 울림이 있다. 소리의 폭에 끊임없는 변화가 있고, 구비구비 이어져 공명하고 있다. 기름잔 위에 세워둔 촛불처럼 처음엔 가늘게 시작해서 점점 넓게 퍼지다가 나중엔 기름 떨어진 등잔불 심지처럼 점차 사그라든다. 도대체 어디서 짖고 있는지도 모르겠다. 백 리 밖에서 불어오는 바람에 실려 희미하게 울려 퍼진다 했더니, 어느새 가까이 다가와 우리집 울타리를 넘어 베개 위에 얹은 내 귓속으로 파고든다. "우우우" 하는 소리가 사슬처럼 몇 번이나 이어지면서 집 주위를 두세 바퀴 휘감더니 이번엔 "와와와" 하는 소리로 바뀌어 어둠 속으로 파고든다. 활기찬 소리가 무엇인가에 짓눌려 음산한 소리로 바뀐 것 같다. 활기찬 소리를 억지로 위협해 음산하게 만든 것이 바로 이 멀리서 들리는 개 짖는 소리다. 발광하는 소리를 힘으로 짓눌러 침울하게 만든 것이 이 멀리서 들리는 개 짖는 소리다. 자유롭지 못하다. 본래의 목소리를 잃었다. 억압받아 가늘게 새어 나오는 소리, 침통함을 넘어선 구슬픈 곡소리다. 듣고 있자니 괴로웠다. 나는 잠옷 속에 얼굴을 파묻었다. 잠옷 속까지 들려온다. 얼굴을 빼고 들을 때보다 더 괴롭다. 다시 얼굴을 내밀었다.

잠시 지나자 개 짖는 소리가 갑자기 멈췄다. 이 야심한 밤에 개 짖는 소리를 마음대로 조정할 수 있는 사람은 아무도 없다. 우리집이 바다 밑바닥에 가라앉은 것처럼 조용하다. 아직까지 요동치고 있는 것은 내 마음뿐이다. 오직 내 마음만이 이 어둠 속에서 무언가를 주시하고 있다. 소리는 없어졌지만 그렇다고 궁금증이 사라지지는 않는다. 이름도 모르는 자가 이 어둠의 세계에서 순간 얼굴을 내밀지 않을까 하는 생각이 맹렬히 신경을 자극한다. 지금 나올까 지금 나올까 생각한다. 머리카락 사이로 다섯 손가락을 찔러 넣고 마구 긁어본다. 1주일 동안이나 머리를 감지 않아서 손끝이 머릿기름으로 끈적끈적하다.

이 고요한 세상이 변한다면…… 아무래도 언제까지나 이대로 계속되지는 않을 것 같다. 오늘밤 안으로 반드시 무슨 일이 생길 것이다. 1초라도 기다려본다. 이 1초라도 참고 기다린다. 무엇을 기다리고 있느냐고 묻는다면 답하기 곤란하다. 무엇을 기다리는지 나 자신조차 모르겠으니 더 괴로운 것이다. 머리에서 뽑힌 머리카락을 바라본다. 손톱 안에 낀 까만 때가 초생달처럼 보인다. 위장은 운동을 멈췄다. 물에 빠진 사슴 가죽을 햇볕 내리쬐는 모래 위에 말렸을 때처럼 배 속이 텅 비어버렸다. 차라리 개가 짖었으면 좋겠다. 개 짖는 소리가 들리면 으스스한 느낌이 들어도 어느 정도 그런 느낌이 드는지 가늠할 수 있다. 이런 고요 속에 혼자 있자니 이다음에 무슨 일이 생기는 게 아닐까, 아니면 이미 그사이에 무슨 일이 일어난 게 아닐까 하는 마음에 더 초조하다. 개 짖는 소리는 참을 만하다. 제발 개가 짖어줬으면 좋겠다고 생각하며 몸을 뒤척이다 천장을 바라보고 누웠다. 천장에 전등갓이 둥글게 떠 있다. 가만 보니 그 그림자가 움직이고 있는 것 같다. 그 이상한 현상이 불가사의하다고 느끼자 등골이 다 오싹하다. 눈을 똑바로 뜨고 확실히 움직이는지 움직이지 않는지 확인해본다. 확실히 움직이고 있다. 원래 움직이고 있던 걸 지금까지 눈치채지 못하고 지낸 건지 아니면 오늘밤 특별히 움직이고 있는 건지 모르겠다. 만약 오늘밤에만 특별히 움직이는 것이라면 이건 보통 일이 아니다. 혹시 배 속이 텅 비어서 그렇게 보이는 것일지도 모른다. 오늘 퇴근길에 연못 근처에 있는 서양 요릿집에서 새우튀김을 먹었는데 어쩌면 그게 실수였는지도 모른다. 별로 양도 안 차는 걸 먹느라고 돈만 날렸다.

어쨌든 이런 때는 마음을 가다듬고 잠을 청하는 것이 최고라고 생각하고 두 눈을 꼭 감아본다. 그러자 이번엔 무지개를 따다 가루로 만들어 흩뿌렸는지 오색 가루가 눈앞에 흩어진다. 눈을 감아도 소용이 없구나 싶어서 눈을 떴더니 또 램프 그림자가 신경쓰인다. 이것도 안 되겠다 싶어 아예 옆으로 돌아누워 중병 든 사람처럼 날이 새기만 기다리자고 결심했다. 옆으로 눕자 할멈이 곱게 개켜놓은 내 평상복이 눈에 들어온다. 그 옷을 보자 일전에 요타니에 갔을 때 유키코의 머리맡에서 서로 이야기하던 중에 감기를 앓고 있던 유키코가 내 소맷단이 터진 걸 보고 괜찮다고 해도 자리에서 일어나 꿰매주던 일이 떠올랐다. 그때까지만 해도 안색이 약간 나빴을 뿐 웃음소리는 여전했는데……. 본인도 이제 다 나았으니 내일 아침엔 자리를 털고 일어날 수 있겠다고 했는데……. 지금 유키코의 모습을 떠올려보니, 아니 내가 떠올린 게 아니라 분명히 저절로 나타났다, 머리에 얼음주머니를 얹고 긴 머리칼을 절반이나 땀으로 적신 채 신음하면서 누워 있다. 정말로 폐렴으로 번진 건가. 하지만 폐렴으로까지 번졌다면 나한테 먼저 알렸을 것 아닌가. 사람을 보낸 것도 아니고 편지를 보내지도 않았으니 분명히 감기는 나았을 거야, 괜찮을 거야.

이렇게 결론을 내리고 다시 잠을 청해본다. 여전히 눈앞에 창백하게 야윈 유키코의 얼굴과 유리알처럼 맑은 그녀의 눈동자가 아른거린다. 아무래도 몸이 좋아진 것 같지 않다. 소식이 없다고 안심할 수만은 없는 것이다. 지금 소식이 오고 있는 중일지도 모른다. 어차피 소식이 올 거면 빨리 왔으면 좋겠다. 아무튼 지금까지 오지 않았으니 당장엔 어쩔 수 없다고 생각하며 뒤척인다. 춥다고는 하나 벌써 4월인데 두꺼운 잠옷을 그것도 두 벌이나 껴입고 누웠더니 갑갑하고 더웠지만, 손발과 가슴은 전혀 피가 통하지 않는 것처럼 차디차다. 손으로 몸을 더듬어보니 땀과 기름으로 축축하다. 몸뚱이 위로 얼음장 같은 손이 닿는 게 마치 저승사자의 손이 닿는 것처럼 끔찍한 느낌이다. 어쩌면 날이 밝기 전에 무슨 기별을 가지고 사람이 올지도 몰라.

그 순간, 갑자기 누군가 대문을 부실 듯 마구 두드린다.

'왔구나, 드디어 올 것이 왔어. 유키코가 죽었나……?'

심장이 하도 쿵쾅거려 갈빗대가 떨어져나갈 것 같다. 무슨 말인가 하는 것 같은데, 두드리는 소리와 섞여서 확실히 알아들을 수가 없다. 떨리는 목소리로 "할멈, 누가 왔나 봐" 하고 외쳤더니 바로 "주인님, 뭐가 대문을 두드려요" 하는 소리가 꼬리를 문다. 나와 할멈이 동시에 방에서 튀어나와 대문을 열었다. 경찰이 빨간 등을 들고 서 있다.

"아무 일 없습니까?"

눈을 매섭게 뜬 경찰이 인사도 없이 다짜고짜 묻는다. 나와 할멈은 미리 짠 것처럼 서로 얼굴을 쳐다본다. 둘 다 아무 대답도 없이.

"실은 이 근방을 순찰하는데 이 집 담 너머로 검은 그림자가 뛰어나가는 걸 봐서……."

할멈 얼굴은 이미 흙빛이 되었다. 무슨 말이든 해야겠는데 목이 메어 아무 소리도 나오지 않았다. 경찰은 내 얼굴을 보며 대답을 재촉한다. 나는 목석처럼 굳어서 그대로 서 있다.

"이런 늦은 밤에 실례했습니다. 사실 요즘 이 근방이 하도 어수선해서 경찰들이 모두 엄중히 순찰을 돌고 있습니다. 이 집 대문이 열려 있기에 무언가 튀어나올 듯해서 무슨 일이 있나 하고 주의를 기울인다는 게 그만……."

나는 잠시 안심했다. 목구멍을 막고 있던 딱딱한 돌덩이가 밑으로 쑥 내려간 느낌이다.

"아니 뭐, 도난당한 것도 없고 괜찮습니다."

"그럼, 됐습니다. 매일 밤 개가 짖어서 좀 시끄러우시죠. 요즘 수상한 자가 동네를 배회한다는 제보가 있어서요."

"네, 그럼 수고하세요" 하고 내가 예의 바르게 인사한 이유는 멀리 들리는 개 짖는 소리가 무슨 나쁜 징조가 아니라 도둑 때문이라고 해석할 수 있어서이다. 경찰은 돌아갔다. 나는 날이 밝자마자 요타니에 가볼 마음으로 6시가 될 때까지 그대로 자지 않고 기다렸다. 날은 개었지만 길은 어제 내린 비로 엉망이다. 앞이 막힌 게다는 할멈이 구둣방에 맡겼다가 찾아오는 걸 깜빡 잊었다고 한다. 어제 신었던 구두는 꼴이 말이 아니어서 신을 수가 없다. 하나 살까 하다가 너무 이른 시간이라 집에 있던 사츠마 게다〔밑이 넓은 나막신〕를 신고 전속력으로 요타니 마을까지 달려갔다.

유키코네 집 앞에 도착하니 대문은 열려 있는데 현관문은 아직 잠겨 있다. 나는 급한 마음에 현관 열쇠로 문을 열고 들어갔다. 볼이 빨간, 기요라는 시모사下総 출신 하녀가 도마 위에 이제 막 꺼낸 된장 무장아찌를 올려놓고 썰고 있다. 내가 "잘 있었나, 별일 없고?" 하고 묻자 놀란 표정으로 앞치마를 들썩이며 "예에?" 하고 대답한다. 이런, 예에라니. 그 정도로는 별일이 있는지 없는지 눈치챌 수가 없지 않나.

나는 마루로 올라가 거실로 성큼성큼 갔다. 장차 내 장모될 분이 이제 막 잠에서 깬 얼굴로 화로를 닦고 있다. 장모는 날 보더니 "어머나, 야스오 군" 하고 벌떡 일어나 걸레를 쥔 채로 전혀 뜻밖이란 얼굴을 한다. 어머나, 야스오 군이란 말로도 이 집에 일이 났는지 안 났는지 짐작할 수가 없다.

"어때요, 여전히 안 좋은가요?" 하고 난 곧바로 묻는다. 멀리서 짖는 개 소리가 단지 도둑 때문이었다면 유키코의 병도 어쩌면 다 나았을지 모른다. 병이 깨끗이 나아 있으면 좋겠다고 생각하면서 장모의 얼굴을 살피며 침을 꿀꺽 삼킨다.

"아유, 안 좋지. 어제 비가 엄청 쏟아져서 오는 길에 무척 고생했겠네……."

이건 내 질문에 대한 답이 아닌데. 장모의 모습을 보니 놀란 듯 보일 뿐 그다지 걱정이 있어 보이지는 않는다. 나는 이제 좀 안심한다.

"네, 상당히 좋지 않습니다" 하고 말하며 손수건을 꺼내 땀을 닦는데 아무래도 궁금해서 "저 유키코는……" 하고 물었다.

"지금 세수하고 있네. 어젯밤 중앙회관에서 열리는 자선 음악회에 갔다가 늦게 돌아와서 늦잠을 잤지 뭔가."

"저기 인플루엔자는?"

"걱정해줘서 고맙네. 이젠 완전히……."

"다 나았나요?"

"그럼, 감기는 완전히 다 나았지."

상큼한 봄바람을 맞으며 어제 내린 비로 온갖 더러움이 모두 씻겨버린 말간 하늘을 쳐다보는 기분이었다. '일본 제일의 기분으로 안녕히'란 구절을 어디선가 읽은 듯한데 지금 나의 기분이 꼭 그런 느낌이었다. 어제 밤새도록 전전긍긍한 만큼 오늘 유키코가 다 나았다는 소리를 직접 들으니 정말이지 날아갈 것 같다. 왜 그렇게 걱정했을까. 참 바보짓을 했다는 생각이 든다. 거기에 생각이 미치자 이번엔 아무리 친한 사이지만 별 용무도 없는데 식전부터 불쑥 남의 집 거실에 뛰어들다니 영 못할 짓을 했다는 생각이 들었다.

"그건 그렇고, 이렇게 일찍…… 자네 무슨 일이라도 있나?"

장모가 찬찬히 묻는다. 어찌 답해야 좋을지 모르겠다. 거짓말을 하려고 해도 순간적으로 둘러대는 데 영 재주가 없다. 나는 대답할 말을 못 찾고 그저 "예에" 하고 말았다. 차라리 "예" 하고 짧게 끝낼 것을. 다른 한편으로는 솔직히 고백하면 좋잖아 하는 마음도 들었다. 하지만 "예에" 하고 말을 한 이상 뒤에 무슨 말이든 붙여야 되는데, 그걸 생각하자니 여간 골치 아픈 게 아니다.

"뭔가 급한 용무라도 있는 건가?" 하고 장모는 다시 한 번 묻는다. 생각해봤자 딱히 좋은 말이 떠오르지 않을 것 같아서 이번에도 "예에" 하고 대답하고는 목욕탕 쪽을 향해 "유키코, 유키코" 하고 큰 소리로 불렀다.

"어머, 누군가 했지. 아침부터 웬일이에요? 무슨 일 있어요?"

유키코는 내 기분을 모르고 다시 똑같은 질문을 해댄다.

"좀 급한 일이 생겼댄다" 하고 장모가 우물쭈물하고 있는 나 대신 대답했다.

"그래? 무슨 일인데요?" 하고 유키코는 다시 묻는다.

"으응, 그냥 좀 볼일이 있어서 근처까지 온 거야" 하고 겨우 둘러댄다. 참으로 대답하기 괴롭다고 속으로 생각한다.

"그럼 우릴 보러 온 게 아니었나?" 하며 장모님은 약간 서운하다는 얼굴을 한다.

"예에."

"그럼 벌써 볼일을 끝내고 온 거예요? 굉장히 부지런하네."

유키코는 감탄한다.

"어? 아니, 이제부터 가려고."

난 감탄하는 것도 곤란하고 해서 한층 겸손하게 대답했는데 감탄하든 안 하든 뭐 별로 달라질 게 없다고 생각하니 내 말투가 정말이지 바보스럽게 들렸다. 이럴 땐 가능한 한 빨리 돌아가는 게 상책이다. 오래 앉아 있으면 있을수록 실수만 하게 되니 빨리 자리를 뜨자 생각하고 자리에서 일어나니 "이제 보니 자네 얼굴색이 아주 안 좋은데 정말 아무 일 없는 건가?" 하고 이번엔 장모님이 역습을 해온다.

"머리를 좀 자르면 훨씬 나아 보일 거야. 수염도 깎지 않아 꼭 병자 같잖아. 어머나, 이것 좀 봐. 머리에 새가 둥지를 틀게 생겼어. 무척이나 서둘렀나 봐요."

"음, 저기 신발도 이 모양이야" 하면서 나는 여름에나 신는 사츠마 게다를 들어 보였다.

"어머머."

두 모녀는 합창하듯이 똑같이 소리쳤다.

유키코는 내 상의를 잘 다려주었고 나는 나막신을 빌려 안에서 자고 있는 장인어른에게는 인사도 하지 않은 채 집을 나섰다. 밖은 화창한 봄이었고 게다가 오늘은 일요일이다. 아침부터 처갓집에서 약간 체면을 구겼지만 어젯밤 걱정은 봄볕에 눈 녹듯 사라지고 내 앞에는 버드나무가 늘어지고 벚꽃이 만발한 봄날이 펼쳐져 즐거웠다. 가구라자카까지 와서 이발소에 들어갔다. 장래 아내 될 사람 말이라면 꼼짝 못 하는 팔불출이라고 놀려대도 상관없다. 난 누가 뭐래도 내 아내가 좋아하는 걸 하고 싶으니까.

"손님, 수염은 그냥 놔둘깝쇼?" 하고 흰 가운을 입은 이발사가 묻는다. 유키코가 수염을 깎으라고는 했는데 전부 다 깎아버리란 건지, 턱수염만 깎으라는 건지 모르겠다. 그럼, 콧수염만 남기고 다 깎자 하고 혼자 결정해버린다. 그래도 전문 이발사가 놔두겠냐고 물어본 걸로 봐서 놔두어도 눈에 거슬리지 않으니 의향을 물어본 것이겠지.

"겐지 씨, 세상에는 참으로 얼빠진 놈이 다 있는 모양이오."

내 머리를 붙잡고 가위를 거꾸로 들이대고선 한쪽 눈으로는 화로 쪽을 곁눈질해가며 이발사가 운을 뗀다. 겐지 씨는 화로 옆 의자에 앉아 장기판에서 장기짝을 만지작거리며 "그러게 말이야. 유령이라는 둥, 망자라는 둥 그런 건 옛날 일들이잖아. 전깃불이 들어오는 오늘날 무슨 옛날 옛적 얘기들을 하는지" 하고 장에다 차를 얹는다.

"이봐 요시코우, 자네 이렇게 말을 차곡차곡 열 개 쌓아 올릴 수 있나? 쌓아 올리면 내가 자반고등어 한 손 그냥 줌세."

굽 높은 게다를 신은 까까머리가 "에이, 난 고등어는 질색이에요. 내 앞에 유령을 보여주면 내 쌓아 올려보지요" 하고 대꾸하면서 이제 막 빤 수건을 탈탈 털면서 웃는다.

그 말을 들은 이발사가 "요시코우한테까지 무시당하다니, 유령 체면이 말이 아니네그려" 하면서 내 관자놀이 부근부터 귀밑털을 바싹 깎아 내린다.

"아니, 이거 너무 짧게 치는 거 아니오?"

"요즘에는 다들 이렇게 합죠. 귀밑털이 너무 길면 여자 같다고 보고들 웃는다고요. ……요즘엔 말이야, 다들 마음이 약해져서 그래. 자기 자신이 강하지 못하니까 자연히 유령이나 찾고 다니지" 하며 다시 이야기를 잇고는 칼에 붙은 털을 엄지와 검지손가락으로 훑어 닦아낸다.

"그건 그래" 하고 겐지 씨가 입에서 담배 연기를 뿜으며 맞장구를 친다. 그랬더니 요시코우란 까까머리가 "그렇게 맘 약한 사람이 손님 댁에도 있지요, 왜" 하고 램프 뚜껑을 닦으면서 묻는다. "무슨, 그런 사람은 이 근처에 있는 거 같은데, 뭘……" 하면서 처음 듣는 사람은 무슨 뜻인지 알아듣지 못할 막연한 말로 받는다.

하얀 커튼을 친 마루 입구에 걸터앉아 아까부터 얄팍한

책을 들여다보고 있던 마쓰 씨가 갑자기 커다란 소리로 "이거 재밌다, 재밌어" 하며 혼자 웃는다.

"뭐야, 그거 소설 나부랭인가? 아니면 《식도락》(메이지 37년 간행된 무라마사 겐자이의 소설. 계절별 일본 요리를 담았다)?" 하고 겐지 씨가 묻자 마쓰 씨는 그제야 생각났다는 듯이 책표지를 들여다본다. 표지에는 '세상사 심리 강의, 우야므야(애매모호하다는 뜻으로 정확한 인명은 아님) 지음'이라고 쓰여 있다. "제목 한번 거창하네. 아무튼 《식도락》은 아니네. 가네 씨, 도대체 뭐라고 쓰여 있는데?" 하며 또 한 사람이 내 귓속에 가위를 집어넣고 휘휘 젓고 있는 이발사에게 물어본다.

"그거 난 읽어도 도무지 뭐라는 소린지 못 알아듣는 얘기만 잔뜩 써 있더라고."

"그래? 이것 봐, 거 혼자 웃지 말고 좀 읽어봐, 같이 좀 웃게" 하고 겐지 씨는 마쓰 씨에게 청한다. 마쓰 씨가 큰 소리로 한 구절을 읽는다.

"너구리가 사람을 홀린다는 이야기가 있는데 어떻게 그런 일이 생기냐 하면 그건 바로 최면술을 쓰기 때문이래요."

"아, 그거 심상찮은 이야기네."

겐지 씨는 이미 담배 연기에 둘러싸였다.

"제가 한번은 늙은 팽나무로 둔갑한 적이 있는데 그곳에 겐빼란 마을에 살던 사쿠소란 젊은이가 목을 매러 왔습니다."

"뭐야, 지금 너구리가 말을 하고 있는 건가?"

"그렇지, 그런 거 같은데."

"그야 너구리가 주인공인 책이니까 그렇겠지. 너구리가 사람 바보 만든다잖아. 그래서?"

"제가 팔(나뭇가지를 말함)을 쭉 뻗고 있는 곳에 낡은 훈도시를 걸어두었는데, 꽤나 구린내가 나더라고요."

"너구리가 사람 냄새를 맡고 구리대? 어이구, 너구리 놈 주제에 건방지게스레."

"나무통을 발판 삼아 받쳐두고 그 훈도시에 목을 걸고 매달리려는 순간, 내가 팔을 홱 구부렸더니 사쿠소는 목을 들이밀 수가 없게 되어 우물쭈물하고 있었습니다. 그 모습이 하도 우스워서 팽나무 모습을 팽—하고 사라지게 한 다음, 겐빼 마을 전체에 울려 퍼질 만큼 큰 소리로 우하하하 하고 웃었습니다. 그러자 사쿠소는 눈알이 튀어나올 정도로 눈을 크게 뜨고 입을 딱 벌린 채로 허공을 보며 살려주세요, 살려주세요 하고는 냄새나는 훈도시를 내팽개치고 줄행랑을 쳤습니다."

"아니 저런, 근데 너구리가 사쿠소의 낡은 훈도시를 갖고 뭐 하려고?"

"불알이라도 싸매려나 보지."

그 소리에 우하하하 하고 모두들 웃음을 터뜨린다. 나도 고개를 흔들며 웃었기 때문에 이발사는 가위를 잠시 얼굴에서 치웠다.

"우습다, 우스워. 어디 그 뒤도 마저 읽어보라고."

겐지 씨는 완전히 옛날 얘기에 정신이 빠졌다.

"이 얘기를 하면 사람들은 제가 사쿠소를 홀렸다고 생각하는데 그건 천만부당한 말이지요. 사쿠소란 사람은 맨날 바보 같다, 바보 같다 하면서 겐빼 마을을 하는 일 없이 빈둥거리고 돌아다녔습니다. 그래서 내가 사쿠소의 주문대로 둔갑해서 바보로 만든 것뿐이죠. 결국 살려달라고 애원하며 살던 곳으로 도망갔으니까요. 우리 너구리들의 술수는 오늘날 의사들이 사용하는 최면술과 비슷한 것으로, 예부터 이 수법으로 많은 사람들을 속여왔습니다. 서양의 너구리(간사한 자를 비유해서 부르기도 함)한테서 수입해온 기술을 최면술이라고 부르며 이걸 응용하는 무리들을 선생님, 선생님 하며 떠받드는 것은 무조건적으로 서양을 동경하는 행동입니다. 어떤 것이나 저마다 우리 고유의 기술이 현대까지 전해져 내려오고 있는데 요새는 모든 것을 서양 것으로 둔갑시켜 신식이라고 떠들어대고 있지 않습니까? 현대인들은 근본도 제대로 모르고 기술만 모방하려고 하니 전국의 너구리들을 대신해서 제가 여러분들에게 반성을 촉구하고자 드리는 말씀입니다."

"원 별, 교묘하게 갖다붙여 변명을 하는 너구리로구먼"

하고 겐지 씨가 말하자 마쓰 씨는 책을 덮고 "너구리가 한 얘기가 맞아. 옛날이나 지금이나 자기만 정신 차려 행동하면 바보 취급을 당하거나 홀리는 일은 없을 테니까 말이야" 하며 너구리를 변호하고 나섰다.

너구리의 뒷얘기까지 듣고 보니 어젯밤엔 아무래도 내가 잠시 너구리에게 홀렸던 게 아닐까 하는 생각이 들었다.

내가 집에 도착한 건 10시경이었다. 집 앞에 까만 차가 한 대 서 있고 대문 틈으로 여자의 웃음소리가 흘러나온다. 초인종을 누르고 안으로 들어가는데 "어머, 이제 오시나 봐요" 하는 소리와 함께 환한 미소를 머금은 유키코가 뛰어나와 나를 맞았다.

"집에 와 있었어?"

"네, 당신이 돌아간 다음에 생각해보니 아무래도 예전에 없던 일이라 곧장 차를 타고 와봤지요. 할멈한테 어젯밤 이야기 다 들었어요" 하며 할멈을 돌아보고 웃음을 터뜨린다.

유키코의 맑은 웃음소리와 할멈과 나의 걸걸한 웃음소리가 어우러져 하늘 아래 봄을 7엔 50전짜리 집에 꽉 채운다. 제아무리 겐빼 마을의 너구리라도 이 정도 큰소리로 웃진 않았을 것이다.

내 생각일진 몰라도 그 일이 있은 다음부터 유키코는 이전보다 훨씬 더 나를 사랑해주는 것 같다. 훗날 쓰다를 만나서 이 이야기를 빠짐없이 전부 해주었더니 아주 좋은 이야깃거리라며 자기의 작품집에 넣겠다고 했다. 작가 쓰다 마카타가 지은《유령론》72장의 K군 이야기는 바로 내가 겪은 이틀간의 경험이다.

런던탑

2년 동안의 유학 생활 중에 나는 딱 한 번 런던탑을 보러 갔다. 나중에 다시 보러 가야지 하고 생각했던 적도 있지만 가지 않았다. 다른 사람들이 같이 보러 가자고 했을 때도 거절했다. 처음에 받은 감동을 다시 가서 망치는 건 실로 아까운 일이다. '탑' 구경은 한 번으로 충분하다고 생각한다.

나는 런던에 도착하자마자 런던탑을 보러 갔다. 따라서 어디에 뭐가 붙어 있는지 그 방향조차 모르고 있었다. 궁궐 안에 살던 토끼가 갑자기 니혼바시日本橋 속으로 쫓겨났을 때 그런 기분을 느꼈을 것이다. 집밖으로 나가면 인파에 휘둘려 나가떨어지지나 않을까, 집으로 돌아오면 기나긴 기차가 기어코 내 방을 뚫고 지나가지나 않을까 아침저녁으로 걱정이 됐다. 이 울렁거림, 이 군집 속에서 2년을 보내고 나면 내 신경 조직도 마침내는 냄비에 담긴 절인 무채처럼 흐느적흐느적 퇴화되어버릴 것 같았다. 막스 노르다우〔헝가리의 유대인 소설가·평론가. 병리학의 입장에서 근대인의 성격과 예술의 퇴화에 대해 날카롭고 풍자적으로 평론함〕의 퇴화론이 새삼스럽게 대진리라는 생각이 들었다. 더구나 나는 다른 일본인들처럼 소개장을 들고 신세질 사람을 찾아갈 처지도 아니었다. 이역만리 떨어진 곳에 아는 사람이라곤 한 명도 없는 혈혈단신이었기 때문에 두렵지만 지도 한 장에 의지해 이곳저곳을 헤매고 다닐 수밖에 없었다. 기차는 타지 않는다. 마차도 타지 않는다. 어떤 교통수단이든 이용할라치면 어디에 나를 데려다놓을지 알 수가 없다. 넓디넓은 런던에 거미줄처럼 얽혀 있는 기차와 마차, 전차, 그 어떤 것도 나에게는 조금의 편의도 제공해주지 못했다. 나는 하는 수 없이 밖으로 나갈 때마다 지도 한 장을 들고 통행인들에게 떠밀리면서 발이 향하는 곳으로 갔다. 지도를 보고도 모를 때는 사람에게 묻고, 사람에게 물어봐도 모를 때는 경찰을 찾고, 경찰 말을 못 알아듣겠을 때는 몇 사람이든 나와 목적지가 같은 사람을 붙잡고서야 겨우 가고자 했던 곳에 닿을 수 있었다.

'런던탑' 구경은 이런 식으로 물어물어 찾아다니던 시절의 일이다. 돌아오려 해도 돌아올 곳도 없고 가려 해도 갈 곳도 모른다는 말이 있듯이 나는 어느 길을 통해 '탑'에 도착했는지, 또 어느 마을을 지나 집으로 돌아왔는지 전혀 기억이 나지 않는다. 지금 생각해도 모르겠다. 아무리 생각해도 떠오르지 않는다. 단지 '탑'을 본 것만은 확실하다. '탑' 그 자체의 광경은 지금도 눈앞에 생생히 떠오르지만 도착하기 바로 전이나 구경한 다음 일을 생각하려면 머릿속이 깜깜해지니 머리, 꼬리 다 잘려버리고 몸통만 온전한 꼴이다. 마치 밤하늘에 떨어지는 유성을 보듯 시작도 끝도 없이 반짝이는 빛의 순간 같다.

런던탑의 역사는 영국의 역사를 함축하고 있는 고갱이다. 과거라는 괴이한 물체를 뒤덮는 장막이 저절로 찢겨 희미한 광채를 20세기에 반사시키고 있는 것이 런던탑이다. 모든 것을 없애버린 시간의 흐름이 거슬러 올라간 마지막 지점에서 고대의 한 조각이 현대로 떠내려온 것이 런던탑이다. 사람의 살, 사람의 피, 사람의 죄가 모여 말, 차, 기차 속에 결정結晶으로 남아 있는 것이 런던탑이다. 런던 브리지 위에서 템스강을 사이에 두고 탑을 바라볼 때, 나는 내가 현대인인지 아니면 고대인인지 분간할 수 없을 정도로 나를 잊고 그 위용에 빠져 있었다. 초겨울이라고는 하나 주위는 매우 조용하다. 하늘은 재 가루를 흩뿌려놓은 듯한 색을 하고 탑 위에 낮게 걸려 있다. 흙벽을 녹인 듯한 템스강은 물결도 일렁이지 않고 소리도 내지 않은 채 너무도 무심히 흐른다. 돛단배 한 척이 탑 아래를 지나간다. 바람 없는 강에 돛을 달고 있기 때문에 삼각형의 흰 돛은 영원히 그 자리에 멈춰 서 있는 것처럼 보인다. 커다란 거룻배 두 척이 올라온다. 한 사람이 갑판에서 노를 젓는 이 배 또한 거의 움직임이 없다. 다리 난간 주위에 흰 물체가 어른거린다. 아마 갈매기일 것이다. 주위를 둘러보니 너무도 고요하다. 외로워 보인다. 모든 것들이 잠들었다. 수세기를 거슬러 올라온 느낌이다. 그리고 이 정경 위로 20세기를 경멸하듯 우뚝 서 있는 것이 런던탑이다. 기차와 전차가 달리고 있지만 나 없이는 아무것도 존재할 수 없다고 말하는 것처럼 그렇게 싸늘히 서 있다. 그 위대함에 새삼 전율이 느껴진다. 이 건축물을 세상 사람들은 탑이라 부르지만 그건 단지 이름일 뿐, 실제로 이것은 많은 누각이 버티고 있는 커다란 성이다. 줄지어 우뚝 선 누각들은 둥그스름한 것과 뾰족이 각이 선 것 등 여러 모양이지만 한결같이 음산한 회색빛을 띠고 전 세기의 일들을 영원히 전하겠다고 맹세하는 것처럼 보인다.

9층을 돌로 쌓아 만든 이 건축물을 확대경으로 더 자세히 보면, 이 비슷한 것은 다시는 만들어낼 수 없을 것이라는 생각이 든다. 나는 아직도 바라보고 있다. 흑갈색 수분으로 포화된 공기 중에 멍하니 서서 바라보고 있다. 20세기의 런던이 내 마음속에서 차츰 사라져가고 눈앞에 떠 있는 탑은 과거사를 내 머릿속에 그려 넣는다. 아침에 일어나 갓 끓인 홍차에서 피어오르는 수증기를 보며 사라져가는 지난밤 꿈의 끝자락을 붙잡는 느낌이다.

잠시 지나자 강 건너편에서 긴 팔을 뻗어 나를 잡아당기는 무언가가 있다. 지금까지 꼼짝 않고 한자리에 서 있던 나는 갑자기 강을 건너 탑 안으로 들어가고 싶어졌다. 긴 팔은 점점 더 강하게 나를 잡아끈다. 나는 곧 걸음을 옮겨 다리를 건너기 시작한다. 긴 팔이 잡아끄는 품안으로 빨려 들어갈 것 같다. 다리를 건너 곧장 탑의 문 앞에 도착한다. 대략 3만 평에 이르는 과거의 일대 자석은 현세에 부유하는 이 작은 철골을 흡수해버렸다. 문을 통해 들어가면서 뒤를 한번 돌아봤을 때 혹시,

> 한이 서린 곳을 밟고자 하는 자는 이 문에 들라.
> 영겁의 가책에 눈 돌리는 자는 이 문에 들라.
> 속세의 인간들과 어깨를 나란히 한 자는 이 문에 들라.
> 정의가 이 세상을 지배하며 신위는, 참 지혜는, 최초의 사랑은 우리를 이룬다.
> 나를 앞선 것 없으니 나는 무궁하며 모든 것을 받아들인다.
> 이 문을 끝까지 통과 못 하는 자는 눈길조차 주지 말지어다.

이런 문구가 새겨져 있는 건 아닌가 생각했다.

나는 이미 제정신이 아니다. 늪을 사이에 두고 탑으로 이어지는 돌다리를 건너자 정면에 탑이 서 있다. 이것은 돌을 둥글게 깎아 세운 것으로 석유 탱크 형상을 띠고 있다. 좌

우에는 거대한 문기둥이 우뚝 서 있다. 그 중간을 잇는 건물 아래를 지나 맞은편으로 나온다. 중탑이란 이것을 말하는 것이다. 조금 걷자 왼편에 종탑이 서 있다. 무쇠 방패를 들고 검은 갑옷을 입은 적들이 초원을 태우는 가을볕처럼 달려드는 모습을 발견하면 종을 울린다. 별도 없는 까만 밤, 보초병의 눈을 피해 달아나는 죄수가 숲에서 어둠 속으로 사라지는 모습을 발견하면 종을 울린다. 성난 시민들이 성 밑에 개미떼처럼 달려들어 군주의 정치를 성토할 때 또한 종을 울린다. 무슨 일이 일어나면 어김없이 종이 울린다. 그 소리는 어느 때는 비명이고, 어느 때는 곡이다.

서리 내린 아침, 눈 내린 밤, 비 오는 날이나 바람 부는 밤에도 울렸던 종은 지금은 어디 갔는지, 내가 고개를 쳐들고 담쟁이덩굴이 군데군데 삐죽이 나온 고색창연한 누각을 올려다봤을 땐 조용히 백 년의 울림을 속으로 삭이고 있었다.

조금 더 걸어가자 왼쪽에 반역자의 문이 나온다. 문 위에는 성토머스탑이 서 있다. 반역자의 문이란 이름만 들어도 벌써 간담이 서늘해진다. 옛날 탑 속에 갇혀 지내다가 불태워진 많은 죄인들은 배를 타고 이 문까지 실려 왔다. 배에서 내려 이 문을 통과하면 그 후로는 두 번 다시 속세의 태양이 그들을 비추지 않았다. 템스강은 그들에게 있어서 삼도천(저승으로 가는 길목에 있다는 내)이며 이 문은 황천으로 통하는 입구였다. 그들은 눈물을 흘리며 이 동굴같이 어두컴

컴한 아치 밑까지 실려 왔던 것이다. 입을 벌리고 정어리를 빨아들이는 고래가 기다리는 곳에 들어서자마자 '끼익' 하는 쇳소리와 함께 그들의 죄는 빛의 세계와 영원히 차단되는 것이다. 그들은 마침내 귀신의 먹이가 된다. 내일 먹힐지, 모레 먹힐지, 혹은 10년 후에 먹힐지 귀신 외에는 그 누구도 모른다.

이 문을 통과하는 배 안에 타고 있던 죄수들은 그 안에서 무슨 생각을 하고 있었을까. 노가 물살을 가를 때, 물방울이 뱃전으로 튈 때, 노를 젓는 손놀림이 회를 더할 때마다 숨구멍이 옥죄어드는 느낌을 받았을 것이다. 흰 수염을 가슴까지 늘어뜨리고 검은 망토를 두른 사람이 천천히 배에서 내린다. 대사제 크랜머(영국의 종교 개혁가)이다. 파란 두건을 눈썹 아래까지 내려쓰고 하늘색 상의에 휘장을 단 남자는 와이어트(영국의 정치가이자 서정시인)일 것이다. 아무 말 없이 뱃전에서 일어선다. 화려한 색깔의 깃털을 모자에 꽂고, 황금 칼을 왼손에 들고, 은으로 장식한 구두 끝을 가볍게 돌계단 위로 옮기는 자는 롤리(영국의 군인이자 탐험가)인가.

나는 어두운 아치 밑을 바라보며 건너편 돌계단에 다가와 부딪히는 물결이 있는지 살펴보았다. 물은 없다. 반역자의 문과 템스강은 제방 공사가 시작된 이래 그 연이 끊겼다. 수많은 죄수를 삼키고 수많은 수송선을 토해낸 반역자의 문은 이제 옛 이름만 남았을 뿐, 그 입술을 씻어줄 물결을 맞이할 기회를 잃었다. 단지 건너편에 서 있는 혈탑 꼭대기에 커다란 철제 고리만 남았을 뿐이다. 옛날에는 배의 밧줄을 이 고리에 연결해서 맸다고 한다.

왼편으로 돌아 혈탑 문으로 들어간다. 옛날 장미전쟁 때 많은 사람들을 잡아 가둔 곳이 바로 이곳이다. 풀을 베듯 사람의 목을 치고, 닭처럼 사람을 쪼아대고, 명태 말리듯 시체를 쌓아두었던 곳이 바로 이곳이다. 혈탑이라고 이름을 붙인 것도 무리는 아니다. 아치 밑에 교대소 같은 것이 있고 그 옆에 두터운 모자를 쓴 병사들이 총부리를 앞으로 뻗치고 서 있다. 아주 근엄한 표정을 짓고 있지만 속으로는 어서 근무를 마치고 단골 술집에서 술잔을 기울이며 한 건 올릴 생각을 하고 있겠지.

탑의 벽면은 불규칙하게 돌을 쌓아올려 두껍게 만들었기 때문에 매끄러워 보이지 않는다. 군데군데 덩굴이 늘어져 있다. 꼭대기쯤에 창문이 보이는데 건물이 너무 커서 그런지 밑에서 올려다보니 아주 작아 보였다. 철창살이 세워져 있는 것 같다. 속으로는 애인 생각을 하고 있는지 몰라도 겉으로 보기엔 석고상 같은 병사 옆에서 나는 눈썹 위에 손을 얹고 높은 창을 올려다본다. 햇살이 창살을 뚫고 스테인드글라스에 비쳐 반사된다. 이윽고 내 머릿속에서 희뿌연 연기를 뿜으며 막이 열리고 공상의 무대가 펼쳐진다.

창문 안쪽은 두꺼운 커튼이 내려져 한낮에도 상당히 어

둡다. 창의 맞은편 벽은 회반죽을 칠하지 않고 벌거벗은 원석 그대로 두어 옆방과의 영원한 단절이란 의미를 부여했다. 하지만 그 여섯 평 남짓한 방의 한쪽 벽은 태피스트리(무늬를 넣어 짠 양탄자나 벽걸이)로 장식되어 있다. 바닥은 청회색이며 한쪽에 나체 여신상이 서 있고 여신상 주위 벽면에는 당초무늬가 새겨져 있다. 다른 한쪽 벽에는 커다란 침대가 놓여 있다. 침대 기둥 옆에 두꺼운 떡갈나무의 속을 뚫을 듯이 깊이 새긴 포도 조각상이 있는데 탐스런 포도 열매와 포도 잎 근처에만 희미한 빛이 반사될 뿐이다. 침대 끝에 두 명의 꼬마가 보인다. 한 명은 열댓 살쯤 되어 보이고, 다른 한 명은 열 살 정도로 보인다. 어린 꼬마는 침대맡에 걸터앉아 침대 기둥에 상반신을 기대고 힘없이 양다리를 늘어뜨리고 앉아 있다. 오른쪽 팔꿈치를 앞으로 기울인 얼굴과 함께 내밀어 다른 한 명의 어깨에 걸치고 있다. 나이가 좀더 많아 보이는 꼬마는 무릎 위에 금박을 입힌 커다란 책을 펴놓고 그 펼쳐진 페이지 위에 오른손을 얹고 있다. 상아를 깎아 만든 듯한 아름다운 손이다. 두 꼬마 모두 까마귀 날개가 무색할 정도로 새카만 상의를 입고 있는데 살빛이 너무도 창백해 어둠 속에서도 눈에 띈다. 머리 색깔, 눈동자 색깔, 그리고 이마를 타고 내려오는 콧선까지 비슷한 걸로 보아 둘은 형제인 것 같다. 형이 우아하고 맑은 목소리로 무릎 위에 펼쳐놓은 책을 읽는다.

"자신의 눈앞에 자신이 죽는 순간을 떠올릴 수 있는 자는 행복하다. 매일 낮, 매일 밤, 죽음을 기원하라. 마침내 주님의 부르심을 받게 될 내가 무엇을 두려워하리……."

동생은 슬픈 목소리로 "아멘" 한다. 바로 그때 멀리서 불어온 바람에 탑이 흔들리고 다시 한 번 불어온 바람이 내는 휘잉 하는 소리가 탑 주위를 감싼다. 동생은 갑자기 몸을 움츠려 형의 어깨에 얼굴을 파묻는다. 침대 안쪽에 구름같이 흰 이불이 봉긋하게 부푼다. 형은 다시 책을 읽기 시작한다.

"아침이 되면 밤이 오기 전에 죽는다 생각하고, 밤이 되면 내일이 오지 않기를 기도하라. 마주보지 못하는 죽음보다 더한 치욕은 없으리니……."

동생이 다시 "아멘" 한다. 이번엔 목소리가 떨리고 있다. 형은 조용히 책을 덮고 조금 전에 봤던 그 작은 창 쪽으로 걸어가 밖을 보려 하지만 너무 높아 키가 닿지 않는다. 형은 의자를 가져와 그 위에 올라선다. 백 리를 뒤덮은 안개 속으로 겨울 해가 떠 있다. 개의 생피로 한곳만 물들인 느낌이다.

형은 "오늘도 하루가 이렇게 지려나"라고 말하며 동생을 쳐다본다. 동생은 단지 "추워"라고만 짧게 대답한다. "목숨만 살려준다면 큰아버지께 왕위를 넘길 텐데……" 하고 형이 혼잣말처럼 속삭인다. 동생은 "어마마마가 보고 싶어"

하고 힘없이 말한다. 이때 한쪽에 서 있던 나체 여신상이 바람도 없는데 갑자기 두세 번 기우뚱거리며 움직인다.

이 순간 무대가 바뀐다. 이곳은 성 바깥이다. 탑의 문 앞에 한 여인이 검은 상복을 입고 혼자 서 있다. 얼굴은 창백하고 야위었지만 어딘지 모르게 기품 있어 보이는 여인이다. 잠시 기다리자 문 안쪽에서 끼익 하고 문이 열리며 남자 하나가 나와 여인에게 공손히 머리를 숙인다.

"만나는 것은 허락을 받았는가?" 하고 여인이 묻는다.

"아니옵니다." 남자는 안됐다는 표정으로 대답한다. "만나게 해드리고 싶지만 나라의 법이 그러하니 저도 어쩔 수 없사옵니다. 포기해주시옵소서" 하고 몇 마디 덧붙인다. 늪에서는 논병아리 한 마리가 홀연히 고개를 내민다.

여인은 목에 걸고 있던 금목걸이를 풀어 남자에게 주며 "잠깐만, 아주 잠깐만이라도 볼 수 있게 해주게. 이렇게 부탁하네. 여자의 간청을 뿌리치는 건 남자의 도리가 아니잖나" 하고 부탁한다. 남자는 손에 쥔 목걸이를 바라보며 잠시 생각한다. 논병아리는 다시 늪 속으로 모습을 감추었다.

남자는 결심한 듯 "문지기는 열쇠를 철저히 지키는 것이 도리이옵니다. 왕자님들은 건강하게 지내고 계시니 안심하고 돌아가시옵소서"라고 말하며 목걸이를 돌려준다. 여인은 이미 빳빳이 굳어 미동도 하지 않는다. 목걸이는 그대로 굴러떨어져 쨍그렁 소리를 낸다.

"내가 이렇게 간청해도 안 된단 말인가?" 하고 여인이 눈물 섞인 목소리로 다시 묻는다.

"송구하옵니다만…… 그렇사옵니다."

문지기는 더는 할말이 없다는 듯 돌아선다.

"탑을 둘러싼 검은 그림자, 탑을 둘러싼 두터운 벽, 탑을 둘러싼 차가운 사람들……."

여인은 말을 잇지 못하고 어깨를 들썩이며 흐느낀다.

다시 무대는 바뀌었다.

긴 지팡이를 들고 검은 망토를 뒤집어쓴 사람이 마당 한쪽 구석에서 나타난다. 얼어붙은 석굴 안에서 빠져나온 듯 냉랭한 기운이 주위를 감싸고 있다. 밤과 안개의 경계에 서서 주위를 둘러본다. 잠시 시간이 흐르자 똑같은 복장을 한 사람이 어둠 속에서 걸어나온다.

누각 위로 걸려 있는 별을 등지고 서서 "이미 해는 졌구먼" 하고 키가 큰 쪽이 입을 열자 "빛의 세계에 얼굴을 내밀지 말게" 하고 다른 사람이 받는다.

"내가 이 일을 업 삼아 수없이 많은 사람의 목을 쳤지만 오늘처럼 기분이 찜찜했던 적은 없었네" 하고 긴 그림자가 키 작은 쪽을 향해 말한다.

"조각상 뒤에서 두 사람 이야기를 듣고 서 있는데…… 다 그만두고 싶더라고" 하고 키 작은 쪽이 솔직히 고백한다. "목을 내리칠 때 꽃잎 같은 입술이 부르르 떨렸다", "너무도 맑고 투명해서 안이 들여다보일 것 같은 이마에서 벽돌색 핏줄이 드러났다", "그 읊조리던 목소리가 아직도 귓가에 맴돈다"는 이야기를 주고받으며 그 두 사람이 다시 어둠 속으로 사라지자 누각 위에서 시계 종소리가 울렸다.

나의 공상은 그 종소리와 함께 깨졌다. 석상처럼 서 있던 병사들은 총을 어깨에 메고 저벅저벅 돌다리 위를 걷고 있다. 걸으면서 예쁜 아가씨와 손을 잡고 산보하는 장면을 떠올리고 있겠지.

혈탑 밑을 지나 건너편으로 나오니 아름다운 광장이 나온다. 광장 가운데 부분의 지면이 약간 높다. 그곳에 백탑이 서 있다. 이 백탑은 탑 중에서 가장 역사가 오래된 것으로 오늘날의 천주교 성당이다. 세로 열두 칸, 가로 열여덟 칸, 높이는 열다섯 칸이나 되고 탑 주위에는 망루가 세워져 곳곳에 노르만시대에 사용했던 총부리도 보인다. 1399년 국민들이 33개조에 이르는 죄목을 들어 리처드 2세의 퇴위를 요구한 것은 이 탑에서 일어난 일이다. 성직자, 귀족, 기사, 법관 앞에 서서 왕위를 물린 것도 이 탑에서 일어난 일이다. 그때 왕위를 이어받은 헨리 4세는 자리에서 일어나 이마와 가슴에 십자를 긋고 "성부와 성자와 성령의 이름으로, 나 헨리는 대영제국의 왕관을 정의의 피와 지혜로운 신과 친우들의 도움을 받아 계승하니"라고 선서했다. 그 뒤 선왕의 운명은 아무도 아는 사람이 없었다. 그 시체가 폰티프랙

트 성에서 옮겨져 성폴 성당에 도착했을 때, 2만 명이 넘는 군중은 굳어 있는 그의 시신을 둘러싸고 놀라움을 금치 못했다. 혹자는 이렇게 말한다. 여덟 명의 자객들이 리처드를 둘러쌌을 때 그는 누군가의 손에서 도끼를 빼앗아 한 사람의 목을 베고 두 사람을 쓰러뜨렸으나 엑스톤이 등 뒤에서 내리친 일격을 받고 마침내 숨을 거두었다고. 그리고 또 혹자는 말하기를 리처드는 단식으로 일관하다 스스로 목숨을 끊었다고 한다. 어떤 말이 사실이든 들어 유쾌한 소리는 아니다. 제왕의 역사는 비참함 그 자체다.

계단 밑에 있는 방은 과거 월터 롤리가 세계사를 집필한 장소라고 전해진다. 그가 엘리자베스 시대 때 입던 반바지에 면양말을 무릎 위까지 신고, 오른발을 왼쪽 무릎 위에 포갠 다음, 펜 끝을 종이 위에 대고 얼굴을 한쪽으로 기울인 채 생각에 잠긴 모습을 상상해보았다. 그러나 그 방은 볼 수가 없었다.

남측으로 들어가 나선형으로 꼬인 계단을 올라가면 그곳에 유명한 무기 진열장이 있다. 잘 손질해놓아서 옛날 물건들이지만 모두 반짝반짝 빛이 난다. 일본에 있을 때 역사책이나 소설책에서만 보아왔던 것을 눈앞에서 확인하는 일은 또 다른 즐거움이다. 그러나 그런 즐거움도 한순간이고 지금은 까맣게 잊어버렸으니 도로 마찬가지가 되어버렸다. 하지만 아직까지 내 기억 속에 남아 있는 것도 있다. 바로 갑주이다. 그 중에서 가장 멋지다고 생각한 건 헨리 6세가 착용했던 갑주라고 기억된다. 전체가 청동으로 만들어졌으며 곳곳에 상감 무늬가 새겨져 있다. 더욱 놀라운 점은 그 크기이다. 이 정도의 갑주를 입을 수 있을 정도면 적어도 키가 2미터는 넘는 사내여야 할 것이다.

내가 감탄하면서 이 갑주를 보고 있는데 타박타박 발소리를 내며 내 옆에 다가서는 자가 있다. 돌아다보니 비피터beefeater(과거 런던탑의 보초 근위병. 급료를 줄 수 없을 때 쇠고기를 대신 준 것이 계기가 되어 쇠고기를 먹는 사람으로 불리게 되었다)이다. '비피터'라고 하면 쇠고기를 먹는 사람인가 생각되지만 그런 뜻이 아니다, 그는 런던탑을 관리하는 사람이다. 실크 모자를 눌러쓰고 미술학교 학생들이나 입을 법한 옷을 입고 있다. 두꺼운 소매끝을 동여매고 허리춤엔 띠를 두르고 있다. 그 옷에는 문양이 그려져 있는데 아이누족이 입던 상의에 그려져 있는 줄무늬와 비슷하다. 그들은 가끔 창을 들고 다니기도 하는데 창의 끝은 짧고 술이 달린 것이 꼭《삼국지》에라도 나올 듯하다. 그 비피터가 내 뒤에 섰다. 키는 그다지 크지 않고 몸집이 제법 통통한 그는 흰 수염을 텁수룩하게 기르고 있었다.

"당신 일본 사람입니까?" 하고 살며시 웃으며 내게 묻는다. 나는 현대의 영국 사람과 이야기하는 것 같지 않았다. 내가 300년 전 시대로 거슬러 올라간 것인지 아니면 그가

300년 전 시대에 살다가 갑자기 현대로 얼굴을 내민 것인지, 그것도 아니라면 내가 갑자기 300년 전 과거 세계를 들여다보고 있는 것인지 기분이 묘했다. 나는 말없이 가볍게 고개만 끄덕였다. 이쪽으로 와보라고 해서 따라갔다. 그는 손가락으로 일본제 고대 갑옷과 투구를 가리키며 나에게 보았냐고 말없이 눈짓을 했다. 나는 또 한 번 고개를 끄덕였다. 이것들은 몽고에서 찰스 2세에게 기증한 물건들이라고 설명을 덧붙인다. 나는 세 번째로 고개를 끄덕였다.

백탑을 나와 보샹탑으로 간다. 가는 도중에 적으로부터 빼앗은 대포가 나란히 서 있는 모습을 보았다. 그 앞에는 철책이 둘러쳐져 있었다. 그리고 철책 앞에 작은 푯말이 붙어 있는데 형장이라고 쓰여 있다. 2년, 3년, 길게는 10년이란 세월을 햇볕 안 드는 지하 감옥에 갇혀 지내다가 어느 날 갑자기 지상으로 끌려 나와 오랜만에 파란 하늘을 구경하나 했더니 이내 번뜩이는 칼날에 목을 내맡기게 되는 것이다. 흐르는 피는 살아 있던 동안에도 이미 차갑게 식어 있었겠지…….

새가 한 마리 날아든다. 날개를 움츠리고 검은 부리를 뾰족이 내밀고 사람을 쳐다본다. 백 년의 한을 품고 한 마리의 새로 변하여 이 불길한 땅을 영원히 지키고 있는가 하는 생각이 들었다. 불어오는 바람에 단풍잎들이 우수수 떨린다. 자세히 보니 나뭇가지 위에도 또 한 마리가 앉아 있다.

어디에서 날아왔는지 모르겠다. 한동안 그 새를 바라보고 있자니 또 어디선가 새가 날아와 곁에 앉는다. 내 옆에 한 젊은 여자가 일곱 살 정도 된 남자아이를 데리고 새를 바라보고 서 있다. 그 여자의 그리스풍 콧날과 구슬이 박힌 듯한 커다란 눈, 새하얀 목덜미 위로 구비구비 넘실거리는 황금빛 머리카락이 내 마음을 뒤흔든다.

꼬마가 여자를 보고 "까마귀야, 까마귀" 하고 신기한 듯 소리친다. 그러고는 "까마귀가 추운 거 같아, 빵을 나눠주고 싶어" 하고 예쁜 목소리로 말한다. 여자가 조용한 음성으로 "아니, 까마귀는 지금 아무것도 먹고 싶어 하지 않아" 하고 대답한다. 그랬더니 꼬마는 다시 "왜?" 하고 묻는다. 여자는 긴 속눈썹 뒤에서 아름답게 빛나는 눈으로 까마귀를 바라보며 "까마귀는 다섯 마리가 있지" 하고 꼬마의 질문에는 답하지 않는다. 뭔가 혼자서 곰곰이 생각하는 듯한 모습이다. 나는 이 여자와 까마귀들 사이에 무슨 괴이한 사연이 있는 건 아닌가 의심이 들었다. 그녀는 까마귀의 기분을 마치 자기 생각인 양 대변하고, 세 마리밖에 보이지 않는데 다섯 마리가 있다고 말했다. 수수께끼 같은 그 여자를 뒤로하고 나는 보샹탑으로 향했다.

런던탑의 역사는 보샹탑의 역사라 해도 과언이 아니며 보샹탑의 역사는 비극 그 자체다. 14세기 후반, 에드워드 3세가 즉위할 때 세워진 이 3층 탑 안의 방에 들어오는 자는 그 순간부터 천추의 한을 벽 곳곳에 새겨두고 그 원통함과 울분과 슬픔을 91조에 달하는 머리말로 남겨 이곳을 찾은 관광객들의 가슴을 얼어붙게 한다. 차디찬 철심으로 벽을 깎아 자신의 운명과 업보를 새겨넣었던 사람들은 모두 과거라는 심연 속에 묻히고 허무한 글자만 남아 이제서야 속세의 빛을 보게 된 것이다. 이 세상에는 반어라는 것이 있다. 백이라고는 하나 흑을 의미할 때도 있고, 조금이라 하나 많음을 뜻할 때가 있다. 모든 반어 가운데 자신이 모르는 사이에 후세에 남겨지는 반어만큼 죽은 이들이 통탄해할 만한 것도 없을 것이다. 누구는 묏자리라고 하고, 누구는 기념비라 하고, 또 누구는 휘장이라고도 하는 이 흔적들이 존재하는 한, 그것들은 과거사를 그리워하게 만드는 흔적에 지나지 않는다.

나는 죽는다. 나를 기리는 것이 남는다는 것은 죽는 나를 괴롭히는 매개물이 남는다는 의미일 뿐, 나 자신이 남는다는 의미가 될 수 없다고 잊힌 사람이 말하는 것 같다. 내가 남는 것이 아니다. 미래 세계에까지 반어들만이 전해져 이슬로 사라져간 몸이 웃음거리로 회자되고 있다.

나는 죽는 순간에도 유언은 남기지 않겠다. 죽은 후 묘비도 세우지 말라고 부탁할 것이다. 살은 태우고 뼈는 가루로 빻아서 서풍이 강하게 부는 날 창공에 흩뿌려달라고 부탁할 것이라고 필요 없는 걱정을 한다.

머리말의 서체는 처음부터 일정하지 않다. 어떤 것은 시간을 두고 정성껏 써 내려간 반면, 어떤 것은 무엇인가에 쫓긴 듯 어지럽게 휘갈겨 벽을 부수며 마구 써 내려갔다. 또 어떤 것은 자기 가문의 문양을 새겨넣었고, 어떤 것은 방패 그림을 그리고 그 안에 알아보기 어려운 글귀를 남기기도 했다. 서체가 다른 만큼 언어 또한 한결같지 않다. 영어는 물론이고 이탈리아어, 라틴어도 있다. 왼편에 "나의 운명은 그리스도에게 있다"라고 새긴 것은 패트루라는 자가 쓴 것이다. 패트루는 1537년 참수당했다. 그 옆에 존 데커라는 서명이 있다. 데커는 누구인지 모르겠다. 계단을 올라가니 문 입구에 T. C.라는 글자가 있다. 이것도 이니셜만 있어 누군지 짐작 가지 않는다. 그곳에서 조금 떨어진 곳에 아주 정성 들여 새긴 그림이 있다. 우선 오른쪽 끝에 십자가를 그려 넣고, 그 옆에 하트 모양을 그려놓았으며 계속해서 해골의 모습과 휘장을 새겨놓았다. 조금 떨어진 곳의 방패 안에 아래와 같은 글귀를 적어둔 것이 눈길을 끈다.

"운명은 무상하여 나로 하여금 바람에 내맡기게 한다. 시간이여, 멈춰라. 내 별도 슬퍼 나를 따르지 않는다." 다음엔 "모든 이를 존경하고 중생에게 자비를 베풀라. 신을 두려워하고 왕을 받들라"고 쓰여 있다.

당시 이런 글들을 쓴 사람들의 마음은 어떠했을까 상상해본다. 세상을 살면서 괴롭다고 느낄 땐 그 괴로움을 주는 원인이 존재하기 마련이다. 의식의 내용에 변화를 주지 않을 정도의 괴로움은 없다. 산다는 건 활동하고 있다는 말일진대, 살아 있으면서 활동을 억압당하는 것은 살아 있다는 의미를 잃는 것으로 그 상실을 자각하는 일보다 더 고통스러운 것은 없다. 벽 전체를 뒤덮을 정도로 괴로움을 새겨넣은 사람들은 모두 죽음보다 더한 고통을 당하고 있었던 것이다. 감내할 수 있는 한, 버틸 수 있는 한은 그 고통과 맞서 싸우고 마침내 일어설 수도, 앉을 수도 없을 지경이 되었을 때 비로소 바늘 끝이나 손톱 끝으로 신세를 한탄하며 벽 위로 어둠 속의 파란을 남긴 것이다. 그들이 남긴 한 자, 한 자와 눈물은 이 자연이 허락하는 범위에서 그들이 동원할 수 있는 모든 수단을 이용해 알 수 없는 본능의 요구에 따라 미련 없이 남긴 결과일 것이다.

나는 또 상상한다. 태어난 이상 살아야 한다. 죽음에 대한 두려움 없이 살아야 한다. 살아야 한다는 건 그리스도 이전의 길이며 이후의 진리이기도 하다. 어떠한 변명도 필요치 않다. 다만 살고 싶으니 살아야 한다. 모든 사람은 살아야 한다. 지옥의 끈에 연결된 사람일지라도 이 진리에 따라 살아야 한다. 그와 동시에 그들은 죽어야 할 운명을 눈앞에 두고 있었다. 어떻게 하면 생명을 연장시킬 수 있을까 하는 것이 매 순간 그들의 가슴을 치는 의문이었다. 한번 이 방에 발을 디딘 자는 반드시 죽는다. 살아남아 하늘에 뜬 해를 다시 본 자는 천 명에 하나밖에 없다. 그들은 오늘 죽든, 내일 죽든 죽어서야 이 방을 나갈 운명이었다. 그러나 고금을 막론하고 전해 내려오는 대진리는 그들에게 가로되 '살라' 한다. 끝까지 살아 있으라 한다. 그들은 손톱을 갈아 그 끝으로 딱딱한 벽에 한 자, 한 자 써 내려갔다. 한 글자를 새긴 다음에도 진리는 살라고 한다. 끝까지 살아 있으라 속삭인다. 그들은 닳아빠진 손톱을 추슬러 다시 두 번째 글자를 새긴다. 도끼날에 살이 떨어져 나가고 뼈가 부서지는 내일을 예기한 그들은 차디찬 벽 위에 글자로, 선으로 '생'을 기원한다. 벽에 남은 글자와 상처 자국에는 '생'을 바랐던 그들의 혼백이 서려 있다.

내가 상상의 실 끝을 여기까지 늘이고 있을 때 실내의 냉기가 땀구멍을 통해 몸안으로 스며드는 듯해 나도 모르게 몸서리를 쳤다. 그러고 보니 왠지 벽 위가 축축하다. 손끝을 대보니 미끈거리며 물기에 미끄러진다. 손가락이 새빨갛게 물들어 있다. 벽 안쪽에서부터 물기가 촉촉히 배어 나온다. 땅바닥에 떨어진 물방울 자국이 선명한 주홍빛으로 수놓아져 있다.

'16세기의 피가 아직도 가시지 않고 살아 있는 듯 솟아나는구나' 하고 생각했다. 이젠 내 귀에 벽 안쪽에서 뭔가를 읊조리는 소리마저 들린다. 이 소리가 점점 가까워지더니 밤을 부르는 음산한 노랫가락으로 변한다.

이곳은 땅 밑으로 통하는 동굴이며 이 안에는 두 사람이 있다. 귀신들 나라에서 피어오른 바람이 석벽의 갈라진 틈 사이를 통해 새어 나와 이 암실의 천장은 거무튀튀한 기름 연기에 둘러싸여 움직이는 것처럼 보인다. 희미하게 들려온 노랫소리는 동굴 안 어딘가에 있는 사람의 음성임에 틀림없다. 노래를 부른 이는 팔을 높이 쳐들고 커다란 도끼날을 숫돌 위에 열심히 갈고 있다. 그 옆에는 도끼 하나가 놓여 있는데 바람이 부는 대로 흰 날에 번쩍번쩍 광채가 인다. 또 한 사람은 팔짱을 낀 채 서서 숫돌이 돌아가는 모습을 내려다보고 있다. 등불이 엉킨 머리카락 사이로 보이는 얼굴 반쪽을 비춘다. 등불에 비친 얼굴은 먼지를 뒤집어쓴 당근 같은 색깔이다.

"이렇게 매일 사람들을 실어와 쏟아놓으니, 목 치는 대로 돈을 받으면 나도 부자가 되겠네" 하고 엉킨 머리카락이 말한다. "맞아, 도끼날만 갈고 있어도 뼈가 휠 지경이니……" 하고 노래하던 이가 대답한다. 이 사람은 키가 작고 눈이 움푹 들어갔다. "어제 내가 목을 친 여자는 꽤나 미인이었는데 말이야" 하며 엉킨 머리카락이 아깝다는 듯이 말하고는 잠시 사이를 두었다가 다시 "아니, 얼굴은 예뻤는데 말이야, 목뼈가 어찌나 단단한지 한참 동안 도끼날을 다시 갈아야 했지 뭔가" 하며 숫돌을 돌린다. 슉슉 하며 날이 갈리면서 불꽃이 튄다. 도끼날을 가는 사람은 목청 돋워 노래를 부르기 시작한다.

"떨어져나가지 않을 거야, 여자의 목은. 사랑의 한으로 칼날이 휜다네."

슉슉 하는 도끼날 가는 소리 외엔 아무 소리도 들리지 않는다. 등불이 다시 바람에 출렁이며 도끼날 가는 사람의 오른쪽 볼을 비춘다. 그을음 위로 붉은빛을 흘린 듯하다.

"내일은 누구 차렌가?" 하고 엉킨 머리카락이 묻는다.

"내일은 할마마마 차례잖아" 하고 또 한 사람이 무심하게 대답한다. 그러다가 그 둘은 다시 박자에 맞춰 노래한다.

"살아 있는 백발은 바람기가 물들인다. 이제 그 목을 치니 빨간 피가 그 자리를 물들이누나."

숫돌은 여전히 슉슉 돌아간다. 도끼날에선 불꽃이 튄다. "아하, 이 정도면 충분하지" 하며 도끼를 쳐들어 등불에 도끼날을 비춰본다.

"할마마마 한 사람뿐이야? 다른 사람은 없고?" 하고 엉킨 머리카락이 다시 묻는다.

"그러곤 뭐, 그 두 명 있잖아."

"아아, 안됐네. 안됐어. 기어코 죽게 되는구먼" 하고 한 사람이 안타까워하자 "안됐지만 뭐 별수 없잖나" 하고 다른 사람이 시커먼 천장을 바라보다 입을 다물어버린다.

어느새 동굴도 망나니들도 등불도 사라지고 보상탑 한가운데 나 혼자 멍하니 서 있다. 정신을 차리고 보니 내 옆에 조금 전 까마귀에게 빵을 주고 싶다고 한 꼬마가 서 있다. 그 꼬마 옆에는 이상하고 수상쩍은 느낌이 들던 젊은 여자도 함께 서 있다.

남자아이가 벽을 보고 "저기 개가 그려져 있네" 하고 소리쳤다. 그러자 여자는 과거 권력자의 목소리를 대신하듯 엄숙한 말투로 "개가 아니지. 왼쪽에 있는 건 곰이고, 오른쪽에 있는 건 사자란다. 이 그림은 더들리가의 휘장이야" 하고 대답한다.

사실 그때 나도 그 그림이 개인지 돼지인지 곰곰이 생각하고 있던 터라 이 여자의 설명을 어깨너머로 듣고 있었는데, 점점 더 묘한 여자라는 생각이 들었다. 그도 그럴 것이 지금 '더들리가의 휘장' 어쩌고 하는 말투에 아주 자신감이 차 있어서 마치 자기네 집 이야기를 하는 것처럼 들렸기 때문이다. 나는 꼼짝 않고 옆에 서서 꼬마와 여자를 주시하고 있었다. 여자는 설명을 계속한다.

"이 휘장을 벽에 새긴 사람은 존 더들리란다."

이번에도 '존'이란 이름을 언급할 때 꼭 자기 오빠의 이름을 말하는 것같이 들린다.

"존에게는 네 명의 형제들이 있었는데 그 형제들이 이 그림에서 곰, 사자, 그리고 주위를 둘러싸고 있는 화초로 나타나 있지."

여자의 설명을 듣고 보니 사방에 정말로 꽃인지 잎인지

덩굴들이 유화의 틀처럼 곰과 사자를 둘러싸고 있는 문양이 새겨져 있다.

"여기에 있는 것은 에이콘스Acorns(도토리), 이건 앰브로스Ambrose야. 이쪽 것은 로즈Rose(장미)인데 로버트Robert를 대표하는 것이지. 이 밑에 있는 허니석클Honeysuckle(인동) 무늬 보이지? 허니석클은 헨리Henly를 의미하는 거야. 왼쪽 위에 새겨져 있는 건 제라늄Geranium으로 이건……"까지 말을 하고는 입을 다문다. 계속되던 설명이 끊어져 나도 그 순간 여자를 쳐다보았다. 산홋빛 입술이 전기에 감전이라도 된 듯 바르르 떨리고 있다. 살모사가 먹잇감을 앞에 두고 놀리는 혀끝 같은 모양이다. 여자는 잠시 그대로 서 있다가 휘장 밑에 새겨진 글귀를 능숙하게 풀이하기 시작한다. 여자는 이 구절을 태어나서 지금까지 하루도 빼놓지 않고 매일 읽어온 것처럼 막힘없이 줄줄 읽어 내려갔다.

이 동물들을 자세히 보는 사람은,
이것이 왜 여기 그려져 있는지 쉽게 알 수 있으리라.
대지를 사랑한 네 형제의 이름이
왜 가장자리에 묶여 있어야만 하는지를.

Yow that the beasts do wel behold and se,
May deme with ease wherefore here made they be

Withe borders wherein……

4 brothers names who list to serche the grovnd.

사실 벽에 새겨진 글씨는 무슨 글자인지 알아보기도 어렵다. 나 같은 사람은 머리를 쥐어짜 봤자 한 글자도 읽지 못할 것이다. 이 여자가 한층 더 이상스럽게 느껴졌다. 왠지 난 기분이 꺼림칙해서 그 여자와 아이 사이를 지나 앞으로 빠져나왔다. 총부리가 나와 있는 모서리를 돌아 나오자 이번엔 문양인지 글자인지 분간할 수 없을 정도로 어지럽게 휘갈겨 쓴 벽에 똑바른 글씨로 조그맣게 새긴 '제인'이라는 글씨가 보였다. 나는 무의식적으로 그 글씨 앞에 멈춰섰다. 영국의 역사책을 한 번이라도 읽은 사람이라면 누구나 제인 그레이라는 이름을 들어본 적이 있을 것이다. 그리고 이름을 들었다면 그녀의 불행한 운명에 동정의 눈물을 흘렸을 것이다. 제인은 의붓아버지와 남편의 야심 때문에 18년간의 짧은 생을 형장에서 마감해야 했다. 짓밟힌 장미의 꽃술에서 끝없이 향기가 풍겨 나와 아직도 역사를 읽는 사람들의 호기심을 자극한다. 그리스어를 해석해서 플라톤을 읽어내, 당대의 석학인 애스컴으로 하여금 혀를 내두르게 했다는 일화는 사람들의 뇌리에 깊이 각인되어 있을 것이다. 나는 제인의 이름 앞에 미동도 없이 서 있었다. 서 있었다는 표현보다 움직일 수 없었다는 표현이 더 정확할 것이다.

내 공상의 무대는 벌써 열렸다.

눈앞이 희뿌예서 아무것도 보이지 않는다. 이윽고 암흑 속의 한 점으로 불꽃이 피어오른다. 그 불꽃이 점차 커지고 내부에선 인기척이 느껴진다. 그다음엔 그것이 점점 또렷해져 마치 쌍안경을 들고 보는 것처럼 확실하게 눈앞에 나타난다. 이젠 점점 커져 멀리서부터 내 앞으로 다가선다. 정신을 가다듬고 다시 보니 가운데에 젊은 여자가 앉아 있다. 오른쪽에는 한 남자가 서 있는 것 같다. 두 사람 모두 어디선가 본 듯한 모습인가 싶더니 이내 대여섯 발자국 앞으로 다가와 갑자기 멈춘다. 남자는 전에 동굴 안에서 노래를 불렀던, 눈이 움푹 들어가고 키가 작은 망나니다. 왼손엔 날이 시퍼런 도끼를 들고 허리엔 칼을 찬 채 내리칠 순간만을 기다리고 서 있다. 나도 모르게 침을 꿀꺽 삼킨다. 여자는 흰 천으로 눈을 가리고 두 팔로 머리를 놓을 형틀을 더듬어 찾는 모양이다. 형틀은 일본에서 나무꾼들이 장작을 팰 때 쓰는 틀만 한 크기로 끝에는 둥그런 철제 원형이 붙어 있다. 형틀 앞에 지푸라기를 뿌려놓은 것은 흐르는 피가 바닥에 퍼지는 것을 막기 위한 수단일 것이다. 뒷벽에는 두세 명의 여자들이 흐느끼며 서 있다. 하녀인 듯하다. 흰 망토를 두른 성직자가 긴 소매를 걷고 여자의 손을 끌어당겨 형틀로 데려다준다. 여자는 백설처럼 흰옷을 입고 있는데 여자의 어깨까지 내려오는 황금빛 머릿결은 구름이 흘러가듯 출렁인다. 머리카락 사이로 드러난 여자의 얼굴을 본 순간 난 숨이 멎을 만큼 깜짝 놀랐다. 눈과 눈썹 모양, 갸름한 얼굴형, 부드러워 보이는 두 볼까지 아까 본 그 이상한 느낌의 여자, 바로 그녀였다. 무심결에 가까이 다가가려 했으나 두 발이 얼어붙어 한 발자국도 뗄 수가 없었다. 여자는 마침내 형틀에 두 손을 얹는다. 입술이 바르르 떨린다. 조금 전 꼬마에게 더들리가의 휘장을 설명하던 때의 모습 그대로이다.

여자는 머리를 형틀을 향해 기울이고 낮은 목소리로 "나의 남편 길드퍼드 더들리는 이미 신의 부름을 받았는가?" 하고 묻는다. 어깨 위로 흘러내린 황금빛 머리가 가볍게 물결친다. 성직자는 "나는 아는 바 없소" 하고 대답하고 "아직 진리의 길에 들어설 준비가 안 되어 있소?" 하고 반문한다.

여자는 "사실을 말하면 나와 내 남편이 믿고 따랐던 길은 방황의 길이요, 착오의 길이었소" 하고 대답한다.

성직자는 아무 대꾸 없이 그대로 서 있다. 여자는 좀더 침착해진 어조로 "내 남편이 앞섰다면 뒤따를 것이고, 뒤에 있다면 내가 부를 것이오. 정의로운 신의 나라에서 정도를 밟고 갈 것이오" 하고 말을 마친 다음 형틀 위에 머리를 얹었다. 눈이 움푹 들어간 키 작은 망나니가 말없이 도끼를 높이 쳐들어 그대로 내리친다. 내 바지 무릎 근처에 피가 두세 방울 튀는 순간 모든 광경이 홀연히 사라졌다.

주위를 둘러보니 남자아이와 함께 있던 여자는 어딜 갔는지 그림자도 보이지 않는다. 난 여우에 홀렸다가 깨어난 얼굴을 하고 탑을 걸어 나왔다. 돌아오는 길에 다시 종탑 아래를 지나는데 높은 창에 가이 포크스(영국의 폭약 음모 사건 책임자. 의회 지하실에 폭약을 설치해 제임스 1세 등을 폭사시키려 했으나 발각되어 처형당함)가 순간적으로 얼굴을 내비치며 "조금만, 조금만 더 시간이 있었으면…… 이 성냥 세 개비가 다 탈 때까지만이라도 나에게 시간이 있었으면……" 하고 말하는 소리가 들린다.

아무래도 정신이 이상해질 것 같아 서둘러 탑을 빠져나왔다. 다리를 건너와 뒤돌아보니 북쪽에 자리 잡은 나라여서 그런지 시커먼 구름이 뒤덮이고 비가 내리기 시작한다. 바늘구멍도 빠져나갈 정도로 가는 빗줄기가 도시의 먼지와 매연을 씻어내는 동안 내가 지옥의 그림자를 보듯 올려다본 것이 런던탑이다.

집에 도착해서 주인에게 오늘 런던탑을 보고 왔다고 얘기했더니 주인이 그곳에 까마귀가 다섯 마리 있지 않았냐고 묻는다. 아니, 이 주인은 혹시 그 여자의 친척인가. 난 말도 못 하고 속으로 너무 놀라 어안이 벙벙해져 있는데 주인은 껄껄 웃으며 "그건 신께 바치는 새지요. 예부터 그곳에서 관리하고 있기 때문에 한 마리라도 모자라면 곧 새로 보충한답니다. 그래서 언제나 그곳 까마귀는 다섯 마리지요" 하고 곧바로 설명을 해주어서 내 공상의 일단락은 런던탑을 본 바로 그날 깨어지고 말았다. 나는 또 그 주인에게 벽에 새겨진 글귀들에 대해 이야기했다. 그러자 주인은 별거 아니라는 듯이 "아, 그 낙서들 말이요? 그거 사람들이 쓸데없는 짓들을 해서 명소를 훼손했지 뭡니까. 죄인들이 남긴 글귀다 뭐다 떠드는데 다 근거 없는 소립니다. 그중엔 관광객들이 써놓은 가짜들이 더 많지요" 하는 것이다.

이번 설명으로 심각하고도 절절했던 나의 공상은 여지없이 깨진다. 나는 마지막으로 무척이나 아름다운 여인을 봤는데 벽에 새겨진 글귀를 줄줄 읽는 것이 보통 신비한 게 아니더라고 이야기했다. 그러자 주인은 별 시답잖은 소리 다 듣겠단 표정으로 "그야 당연하지요. 모두들 그곳에 갈 땐 안내문을 읽고 가잖아요. 그러니 그 정도 아는 건 놀랄 일도 아니지요. 무척이나 아름다웠다고요? 이것 보쇼, 런던엔 그런 여자들이 발에 치일 정도로 많답니다. 선생도 조심하지 않으면 큰일납니다. 조심하쇼" 하고 엉뚱한 곳에 불똥이 튄다. 이것으로 내 공상의 마지막 부분까지 완전히 박살나고 말았다. 주인은 확실히 20세기 런던 사람이다.

그 후론 다른 사람과 만나서 절대로 런던탑 이야기는 하지 않겠다고 결심했다. 두 번 다시 구경 가지도 않겠다고 마음먹었다.

이 이야기는 기행문 형식으로 쓰였지만 실제로 많은 부분이 필자의 상상으로 지어낸 이야기이므로 독자들은 너무 심각하게 받아들이지 말기 바란다. 탑의 역사에 관해서는 중간중간에 희곡적으로 재미있는 에피소드를 골라 끼워 넣었는데 철저한 고증을 거치지 않은 것이니 사실과 맞지 않는 부분이 있을 수 있다는 것을 밝힌다. 그 가운데에서도 엘리자베스(에드워드 4세의 비)가 감옥에 갇힌 두 왕자를 만나러 간 장면과 두 왕자의 목을 벤 사람들이 나누는 대화 장면은 셰익스피어의 역사극《리처드 3세》에 언급된 부분이다. 셰익스피어는 클래런스 공작이 탑 안에서 죽음을 당하는 장면을 그릴 때는 상당히 사실적으로 묘사하고, 왕자의 죽음은 망나니들의 대화를 빌려 내면적으로 묘사했다. 내가 그 책을 읽을 때 상당히 감동받은 장면이기도 하여 이 글을 쓸 때 그 맛을 살려보고자 한 것이다. 그러나 대화 중에 묘사되는 주변 경관들은 순전히 나의 상상으로 만들어진 부분으로 셰익스피어와는 무관하다.

망나니들이 도끼날을 갈며 부르던 노랫말은 에인즈워스의《런던탑》이라는 소설에서 따온 것으로 나의 창작의 산물이 아니다. 그의 작품에서는 도끼날이 망가진 건 솔즈베리 백작부인의 처형 시 일어난 일이라고 묘사되고 있다. 내가 책을 읽을 때에 처형 장면은 한두 장에 지나지 않는 부분이었지만 상당히 재미있었다. 뿐만 아니라 도끼날을 갈면서 흉측한 가사를 아무렇지도 않게 부르는 대목도 길지 않았는데 가장 기억에 남을 정도로 감동적이었기 때문에 그 맛을 그대로 답습해보려 흉내 낸 것이다. 단 가사의 의미와 문구, 대화 내용, 감옥 안의 광경은 모두 나의 공상으로 지어낸 것이다. 에인즈워스의 〈지옥문〉 노래 가사를 소개한다.

목을 치는 도끼는 날카롭고 납덩이처럼 무거웠으며,
날이 목에 닿자 머리는 떨어져나갔다.
웡~웡~웡~웡~

앤 왕비는 자신의 하얀 목을 단두대 위에 올려놓았다.
그리고 마지막 일격이 가해지기를 기다렸다.
칼날은 그녀의 목을 정확히 두 동강으로 잘라놓았고,
너무나 삽시간이라 그녀는 고통조차 느끼지 못했다.
웡~웡~웡~웡~

솔즈베리 백작부인은 귀부인들이 마땅히
그래야 하는 것처럼 품위 있는 모습으로 죽으려 하지 않았다.
나는 도끼를 들어 올려 그녀의 두개골을 두 조각 냈다.
바로 그때 도끼날의 이가 빠져 무뎌져버렸다.
웡~웡~웡~웡~

캐서린 왕비는 조금이라도 쉽게 죽게 해달라고
나에게 금으로 된 사슬을 주었다.
그리고 그녀는 자기가 준 값비싼 뇌물을 아까워하지 않았다.
그녀의 머리는 내가 내리치자마자 멀리 날아갔기 때문에!
웡~웡~웡~웡~

The axe was sharp, and heavy as lead,
as it touched the neck, off went the head!
Whir~Whir~Whir~Whir~

Queen Anne laid her white throat upon the block,
Quietly waiting the fatal shock;
The axe it severed it right in twain,
And so quick - so true - that she felt no pain.
Whir~Whir~Whir~Whir~

Salisbury's countess, she would not die
As a proud dame should - decorously.
Lifting my axe, I split her skull
And the edge since then has been notched and dull.
Whir~Whir~Whir~Whir~

Queen Catherine Howard gave me a fee –
A chain of gold – to die easily:
And her costly present she did not rue,
For I touched her head, and away it flew!

Whir~Whir~Whir~Whir~

이 가사를 전부 번역하려 했으나 아무리 노력해도 생각만큼 되지 않았다. 게다가 너무 길어질 염려가 있어 그만두기로 한다(한국어판에서는 독자의 이해를 돕기 위해 번역하여 실었다). 두 왕자의 유폐 장소와 제인의 처형장에 대해서는 유명한 들라로슈의 그림에서 영감을 받은 것이다.

배에서 내린 죄인 가운데 와이어트라는 자는 유명한 시인의 아들로 제인을 위해 군사를 일으켰다. 아버지와 아들이 같은 이름이라 착오가 있을까 봐 적어둔다. 탑 주위의 풍경을 좀더 자세히 묘사하는 것이 독자에게 탑 그 자체를 소개하여 그곳에 가보고 싶다고 자연스럽게 느끼도록 만드는 데 필요한 조건이라고 알고 있지만, 여행기를 쓰겠다고 쓴 것도 아니고 또 시간이 한참 지나 정확한 풍광이 생각나지 않는다. 따라서 자칫 주관적인 글이 중복되어 독자에게 불쾌감을 줄 수 있다고 생각하지만 위와 같은 사정이 있으니 어쩔 수 없다.

작품 해설

독자의 마음을 움직이는 정직한 이야기

오늘날에도 여전히 따뜻하고 맑은 마음으로 대할 수 있는 일본의 고전 문학이 있다. 바로 나쓰메 소세키의 대표작 〈도련님〉이다.

이 작품에 등장하는 주인공 '도련님'은 한마디로 세상물정 모르는 막무가내이다. 인생을 안다고 자부하는 사람이라면 '그렇게 살아 득 될 것 하나 없다'란 충고 한마디쯤 해주고픈, 서슬은 퍼렇지만 이파리(?) 같은 사람이다. 칼날이 못 되면 무딘 면도날이라도 되어야지 왜 이파리라는 표현이 떠올랐을까? 아마도 도련님이 겉으로는 냉정해 보이지만, 마음속은 한없이 따뜻한 사람이기 때문일 것이다.

도련님은 아무리 화가 나도 상대를 머리로 제압할 수 없다고 번번이 인정하고 마는, 어리숙하지만 용감하고 정직한 사람이다. 이런 성격의 도련님이 여러 인간상들과 부딪치며 엮어가는 생활은 사건의 연속이다. 동료 교사인 빨간 셔츠와 떠버리의 함정에 걸려들어 낭패를 보고, 장난꾸러기 학생들에게 시달림을 받고 집에 돌아오면, 하숙집 주인은 골동품을 사라고 사람을 볶아댄다.

이 작품은 군더더기 없는 문체로 유쾌하게 읽히지만 코끝을 찡하게 만드는 순간도 있다. 특히 도련님이 자신을 돌봐준 늙은 하녀 기요를 생각하는 마음은 읽는 이들의 가슴속에 잔잔한 물결을 일으킨다.

나쓰메 소세키는 국비 유학생 1호가 될 만큼 인정받는 지식인으로 영문학을 전공했지만 한문과 하이쿠, 세계사에도 큰 관심을 가지고 있었다. 이 책에 함께 수록된 단편 〈깊은 밤 고토 소리 들리는구나〉와 〈런던탑〉은 그의 다양한 관심 영역을 보여주는 작품이다.

〈깊은 밤 고토 소리 들리는구나〉는 소심한 성격의 주인공이 친구의 이야기를 듣고 경험하게 되는 이틀간의 유령 소동을 재미있게 구성한 작품이다. 그리고 〈런던탑〉은 저자가 유학 시절 런던탑을 둘러보며 혼자 긴장하고, 숨죽이고, 깊은 감상에 빠졌으나 하숙집 주인의 몇 마디로 모든 긴장이 한순간에 무너지고 만다는 내용이다. 나쓰메 소세키다운 반전의 묘미를 한껏 느끼게 한다.

《도련님》에 수록된 세 작품의 내용과 주제는 모두 다르지만 한 가지 공통점이 있다. 그것은 마지막 장을 넘기며 웃을 수 있다는 것이다. 더 이상의 설명이 필요 없는 일본의 대문호 나쓰메 소세키의 작품을 번역하게 된 것을 큰 행복으로 생각한다. 믿고 맡겨주신 출판사 여러분과 이 책을 읽으신 모든 독자 여러분께 감사를 전한다.

나쓰메 소세키 연보

1867년 2월 9일 도쿄 신주쿠 출생으로 본명은 긴노스케. 출생 후 곧 양자로 입양.

1874년 아사쿠사의 도다 소학교 입학.

1875년 생가로 돌아옴. 이치가야 소학교로 전학.

1878년 〈마사시게론正成論〉을 쓰고 친구와 잡지 발간.

1879년 도쿄부립 제1중학교 입학.

1881년 모친 별세. 제1중학교 중퇴 후 니쇼 학사에 입학하여 한문학 수학.

1883년 세이리쓰 학사에 입학하여 영문학 수학.

1886년 제1고등중학교 재학 중에 복막염으로 유급을 반복하나 수석으로 졸업.

1888년 나쓰메 가로 복적. 제1고등중학교 본과에 진학하여 영문학 전공.

1889년 마사오카 시키와 친교, 그의 문학에 영향 받음. '소세키'라는 필명 처음 사용.

1890년 도쿄제국대학 영문학과 입학.

1893년 도쿄제국대학 영문학과 졸업 후 동 대학원에 입학하여 적을 둔 채 도쿄고등사범학교 영어 교사로 부임.

1895년 마쓰야마중학교의 교사로 부임.

1896년 구마모토 제5고등학교에 부임. 나카네 교코와 결혼.

1900년 문부성 장학금으로 영국 유학.

1903년 도쿄제국대학 제1고등학교 교사로 부임. 도쿄제국대학 영문과 교수 겸임.

1904년 메이지대학 강사 겸임.

1905년 《나는 고양이로소이다》 발표.

1906년 《도련님》《풀베개》 발표.

1907년 교수직 사임. 아사히신문사에 입사해 전업 작가로 활동.

1908년 《아사히신문》에 《산시로》 연재.

1909년 《아사히신문》에 《그 후》 연재.

1910년 위궤양으로 투병.

1911년 문부성으로부터 문학박사 학위 수여를 통지받았으나 거절.

1912년 《아사히신문》에 《행인》 연재.

1914년 《마음》 발표.

1915년 《아사히신문》에 《한눈팔기》 연재.

1916년 《명암》 연재 중 위궤양 악화로 사망.

옮긴이 오유리

성신여자대학교 일문과를 졸업하고 롯데 캐논, 삼성경제연구소에 재직하는 동안 번역 업무에 종사했다. 현재는 전문 번역가로 활동 중이다. 역서로 소노 아야코의《긍정적으로 사는 즐거움》, 시게마쯔 키요시의《오디세이 왜건, 인생을 달리다》,《소년, 세상을 만나다》,《안녕 기요시코》, 요시다 슈이치의《워터》,《일요일들》,《파크 라이프》, 다자이 오사무의《인간실격·사양》, 나쓰메 소세키의《마음》외 다수가 있다.

나쓰메 소세키 선집

도련님

1판 1쇄 발행 2019년 6월 25일
1판 7쇄 발행 2025년 6월 10일

지은이 나쓰메 소세키 | 옮긴이 오유리
펴낸곳 ㈜문예출판사 | 펴낸이 전준배
출판등록 2004. 02. 11. 제 2013-000357호 (1966. 12. 2. 제 1-134호)
주소 04001 서울시 마포구 월드컵북로 21
전화 02-393-5681 | 팩스 02-393-5685
홈페이지 www.moonye.com | 블로그 blog.naver.com/imoonye
페이스북 www.facebook.com/moonyepublishing | 이메일 info@moonye.com

ISBN 978-89-310-1157-9 03830